Jean Lassalle
Das tote Model

Jean Lassalle ist das Pseudonym eines deutschen Autors, der in Düsseldorf und in Nizza heimisch ist. Ende der 70er Jahre lebte er für kurze Zeit in Brest. Er war mit einer Französin liiert. Anfang 1983 kam er zum ersten Mal nach Nizza – der Kunst und des einzigartigen Lichts wegen. Seitdem ist er immer wieder zurückgekehrt. Aus dem Sehnsuchtsort ist längst eine neue Heimat geworden.

Jean Lassalle

Das tote Model

Ein Cote d'Azur-Krimi

PIPER

Mehr über unsere Autoren und Bücher:
www.piper.de

Wenn Ihnen dieser Krimi gefallen hat, schreiben Sie uns unter Nennung des Titels »Das tote Model« an empfehlungen@piper.de, und wir empfehlen Ihnen gerne vergleichbare Bücher.

ISBN 978-3-492-50357-0

Redaktion: Uwe Raum-Deinzer
Satz auf Grundlage eines CSS-Layouts von digital publishing competence (München) mit abavo vlow (Buchloe)
Covergestaltung: FAVORITBUERO, München
Covermotiv: Bilder unter Lizenzierung von Shutterstock.com genutzt
Printed in Germany

... comme beauté

Du bist die Schönheit, die sich selbst ignoriert.
Vergessen im Nebel der Zeit.
Am Fuße seiner Schatzinsel.
Und die auf den Eroberer wartet.
Wer wird dich vor dem Schicksal retten?

Jacques Higelin
1940–2018

1

Sonnenstrahlen durchbrachen das dichte Blätterdach der Palmen im *Parc Masséna*. Das *Musée Masséna* war für ein groß angelegtes Fotoshooting ausgewählt worden. Die Rückfront der Villa mit ihrer Säulenterrasse sollte die Kulisse für die aufregendsten und provokantesten Fotos abgeben, die die Modewelt seit Helmut Newton gesehen hatte. So dachte jedenfalls Jules Giraud, der Fotograf.

Das *Musée* war im neoklassizistischen Stil errichtet worden und präsentierte Exponate aus der Zeit der Belle Époque. Genau das richtige Ambiente für ein Shooting, dachte Jules.

Der Fotograf lief im Park umher und rauchte scheinbar versonnen eine Zigarette. Er schien mit einem unerschütterlichen Selbstvertrauen gesegnet. Tatsächlich war er jedoch hochgradig erregt und nervös. Ein klitzekleiner Zweifel meldete sich, den er sofort wieder vertrieb.

Die Fotos *mussten* einfach gut werden. Nein, gut war nie gut genug. Damit würde er sich niemals zufriedengeben. Die Fotos, die ihm vorschwebten, mussten spektakulär sein; sie mussten Topspin haben. Bei über neunzig Millionen hochgeladenen Fotos auf Instagram – tagtäglich – war das nicht einfach. Heute glaubte jeder, der ein Smartphone halten konnte, er sei ein begnadeter Fotokünstler.

Jules Giraud würde ihnen zeigen, was einen richtigen Fotografen ausmachte.

Er suchte nicht den Vergleich mit Helmut Newton. Helmut Newton war einzigartig. Nein, darum ging es ihm nicht. Seinen Fotos in der *Elle* oder der französischen *Vogue* sollte man auf den ersten Blick ansehen, dass sie echte »Giraud-Arbeiten« waren. Er hatte sich mit der Zeit eine unverwechselbare fotografische Handschrift zugelegt. Eine Prise Glamour, eine kleine Extravaganz, die er und auch nur er besaß.

Jules warf seine Zigarette achtlos zu Boden. Durch die Blätter der Palmen sah er die Kuppel des *Hôtel Negresco* schimmern. Auf der *Promenade des Anglais,* die sich sieben Kilometer am Meer entlangschlängelte, tobte der Verkehr, aber das hörte man im hinteren Teil des Parks nicht.

Im Innern des *Musée* wurden seine Models vor den Augen von Napoleon III. geschminkt und für ihren großen Auftritt zurechtgemacht. Alles musste stimmen; alles musste perfekt sein.

Jules konnte mit Fug und Recht behaupten, dass es *seine* Models waren. Seine Fotos hatten sie erst zu dem gemacht, was sie jetzt waren: in der ganzen Nation bekannte Gesichter. Er hatte sie auf die Titelbilder aller großen Modezeitschriften gebracht. Er wusste genau, wie er sie inszenieren musste, wie ihre schönsten Seiten am besten zur Geltung kamen.

Wer für ihn und mit ihm nicht knallhart arbeitete, brauchte erst gar nicht zum Shooting erscheinen. Wer aber genauso wie Jules bereit war, alles zu geben, der konnte es mit ihm weit bringen.

Die Mädchen hatten genau die richtige Einstellung; sie brannten für den Job. Sie liebten es, ihre Körper vor der Kamera zu präsentieren und zu posieren. Das war unbedingt erforderlich. Jules' Kamera war unbestechlich. Sie brachte sofort jede Unsicherheit und jede Verkrampfung zum Vorschein. Seine Fotos sollten natürlich sein. Doch die Mädchen bewegten sich untereinander so unbekümmert und cool, als wäre die Kamera gar nicht anwesend.

Stefanie hatte glänzende schwarze Haare bis zu den Hüften und ein Lächeln, das jedes Herz zum Schmelzen brachte. Sie musste sich nicht einmal darum bemühen. Sie lächelte auf diese unnachahmliche Art und Weise, dass es ihr Geheimnis blieb, wie sie das schaffte.

Marie aus Cannes war der starke Kontrast zu ihr: eine blonde verwunschene Fee, die jeden mit einem einzigen Augenaufschlag verzaubern konnte. Gisèle aus dem Senegal hatte rehbraune Augen und eine mokkafarbene Haut.

Jules' aufregendstes Model war Anna aus Nizza. Er hatte noch nie ein Mädchen erlebt, mit dem vor der Kamera eine derart große Verwandlung vor sich ging wie mit ihr. Zunächst blieb sie kühl und reserviert. Doch nachdem ihr Make-up aufgetragen war, wurde Anna zu einer anderen Frau. Reifer. Weiblicher. Erotischer. Anna war erst achtzehn Jahre alt. Sie wurde selbstsicherer und emotionaler. Auf ihrem Gesicht erschienen all die Gefühle, die sie für gewöhnlich unter Kontrolle behielt.

Durch das Fenster sah Jules den Models im Inneren des *Musée Masséna* zu. Annas Lippen wurden von der Make-up-Artistin tiefrot geschminkt – im Kontrast zu ihrem hellen Teint.

Annas wundervolles ovales Gesicht zog ihn magisch an, ließ ihn nicht wieder los. Jules hatte diese Faszination, die von ihr ausging, noch bei keinem anderen Model erlebt. In ihrem Ausdruck lag etwas Magisches. Millionen Leserinnen würden diesen magischen Moment mit ihm teilen. Es war nicht schwer, Anna eine große Karriere vorauszusagen. Sie würde später mal mit allen großen Fotografen zusammenarbeiten.

Aber noch war sie sein. Er hatte sie in der Fußgängerzone von Nizza entdeckt und angesprochen. Es kostete Jules erhebliche Überzeugungsarbeit, sie dafür zu gewinnen, vor einer Kamera zu posieren. Anna hatte zuerst entschieden abgelehnt, und er hatte ihr versprochen, zunächst nur Probefotos zu machen. Er wollte ihr zeigen, wie schön sie war. Für Jules waren die Fotos atemberaubend – für Anna ganz okay. Trotzdem gab Anna seinem unermüdlichen Werben um sie schließlich irgendwann nach.

Patrick Laval kam zu ihm herübergelaufen. Er schaffte das Equipment aus dem Auto heran, das auf der Vorderseite zum Eingang parkte. Patrick war sein Assistent. Auf ihn konnte er sich voll und ganz verlassen. Jeder Mann sollte einen Adlatus wie Patrick und eine Muse wie Anna haben, fand Jules.

»Wo willst du die Reflektoren haben?«, fragte Patrick.

»Stell sie erst einmal links und rechts vor den Säulen hin.«

Vor dem Museum herrschte gleißendes Licht. Die Terrasse selbst lag in den Morgenstunden überwiegend im Schatten. Jules wollte sich nicht vom Tageslicht abhängig machen. Viel zu unsicher. Mit einem Belichtungsmesser führte er eine erste Messung durch.

Er nickte Patrick zu. Sie verstanden sich auch ohne viele Worte. Sie wussten genau, was sie voneinander erwarteten. Ein seit vielen Shootings eingespieltes Team. Jules war zweifellos der eloquentere der beiden, ein Mann, der sich gern in den Vordergrund spielte, auch gern mit einem Model an seiner Seite.

Er ging ins Museum und trat zu seinen Models. Das Styling war so gut wie abgeschlossen. Es war genauso, wie er es haben wollte. Seine Spannung stieg wieder. Es konnte gleich losgehen.

»Alle mal herhören, Ladys!« Jules baute sich hinter ihnen auf – er war ein hochgewachsener, athletischer Mann. Er musste nicht erst um ihre Aufmerksamkeit buhlen. »Das wird ein sehr klassisches Shooting werden. Old fashioned, mit einigen kleinen Überraschungen und Stilbrüchen.«

Jules Giraud freute sich diebisch über seinen Coup. So hatte er es mit dem Art Director besprochen, und er hatte sich einige ausgefallene Bildkompositionen einfallen lassen. In den Spiegeln las er die Mimik der Models. Zustimmendes Nicken. Sie wussten, worauf es ankam; sie wussten, was von ihnen erwartet wurde, wie er sie haben wollte.

Nur Anna blieb ungerührt. Natürlich. Das sah ihr wieder einmal ähnlich. Jules konnte nichts in ihrem Gesicht lesen. Vielleicht sollte er es auch nicht. Er wurde einfach nicht schlau aus ihr. Das musste er auch nicht. Die Hauptsache war, dass sie einen großartigen Job machte.

Die Models liefen auf die Terrasse hinaus. Jules wies ihnen ihre Plätze zu, wo sie sich positionieren sollten. Patrick hatte links und rechts Reflektoren aufgebaut sowie zwei Scheinwerfer. Sogar eine Trittleiter stand bereit, falls er aus einer erhöhten Position Aufnahmen machen wollte.

Jules befand sich in seinem Element. Wenn er fotografierte, war er ganz bei sich selbst. Seinen Models wurden riesige geschwungene Hüte aufgesetzt, so wie beim Pferderennen in Ascot. Sie warfen Schatten auf ihre Gesichter.

»Ja. Genau so. Bleibt so!«, rief Jules ihnen begeistert zu. »So ist es perfekt.«

Klick, klick! Dann noch einmal: Klick, klick, klick!

Er schoss Salven von Fotos aus unterschiedlichen Blickwinkeln; mal aus der Totalen, dann Großaufnahmen.

»Senkt den Kopf zu Boden!«, wies er sie an. »Ja, so. Genau so. Jetzt hebt den Kopf! Nicht zu schnell. Ja, ja. Die Augen weit aufreißen. Ja. Super.«

Stefanie strahlte ihn mit ihren riesigen, glühenden Augen direkt an. Unter dem weißen Hut kamen ihre schwarzen Haare besonders gut zur Geltung.

»Anna, bitte!«, ermahnte Jules sie. »Dein Blick schweift ab. Du sollst direkt in die Kamera schauen«, forderte er sie auf.

Mit zwei Fingern deutete er auf die Linse – in Wahrheit meinte er seine Augen. Oder konnte sie ihn nicht direkt anschauen?

»Was?«, fragte sie aggressiv zurück.

Jules gab keine Antwort. Er wollte vor den anderen Mädchen keinen Streit austragen. Die Atmosphäre zwischen Anna und ihm war schon spannungsgeladen genug.

War es ein Fehler gewesen, Anna zu dem Shooting einzuladen, dachte er.

In dem Moment schaute sie direkt in die Kamera, zögerlich, widerstrebend, aber mit großer Anmut und großem Liebreiz. Anna berührte ihn zutiefst, sie ging ihm unter die Haut. Sie brachte in ihm etwas zum Schwingen, was er sich nicht erklären konnte. Wusste sie, wie unglaublich schön sie war, wie sehr sie Männerherzen höherschlagen ließ?

Auf der Stelle schoss Jules ein Dutzend Fotos von ihr.

»Sehr gut, Anna. Wunderbar. Formidable«, lobte er sie. Es widerstrebte ihm, Anna vor den anderen Models hervorzuheben. Die Mädchen könnten eifersüchtig auf sie werden. »Okay. Du kannst dir eine Auszeit nehmen. Ich mach inzwischen mit den anderen weiter.«

Die Outfits wurden gewechselt. Die großen Hüte verschwanden.

Stefanie, Marie und Gisèle posierten in bleistiftengen Röcken. Große Sonnenbrillen kamen zum Vorschein. Seine Models setzten sie aber nicht auf; sie spielten damit. Sie hielten die Brillen lässig in der Hand. Es sah vollkommen unbeschwert und losgelöst von irgendwelchen Alltagssorgen aus. Die Mädchen genossen ihr Leben. Genau so hatte er sich die Fotos vorgestellt.

Jules schoss eine Serie. Es war an der Zeit, dass er Anna wieder in Szene setzte. Anna gab den Bildern eine gewisse Schwere und auch Tiefe.

Jules schaute sich nach ihr um. Keine Anna zu entdecken. »Wo ist Anna?«, rief er. Er schaute ins Innere des *Musée Masséna,* bemerkte einen Aufseher, der ihn beim Fotografieren beobachtete. Die betörend schönen Models machten ihn wohl an. Nur seine Anna war nirgends zu entdecken.

Unruhe kam auf. Jules' Gesichtszüge verhärteten sich.

»Schafft mir Anna herbei!«, befahl er schroff.

Er hatte endgültig genug von ihr. Anna glaubte wohl, sich alles erlauben zu dürfen. Für diese Eigenmächtigkeit würde sie sich erklären müssen. Damit kam sie nicht durch.

Die Mädchen schauten sich an, warfen sich fragende Blicke zu und zuckten mit den Schultern. Alle schüttelten sie die Köpfe. Niemand wusste, wo Anna abgeblieben war. Sie mussten nun alle auf sie warten.

»Ich glaube, sie ist zur Toilette gegangen«, warf Louise, die Visagistin, ein. Es klang so verschüchtert, als wüsste sie es selbst nicht genau.

»Dann such sie!«, forderte Jules sie auf. »Sie soll hierherkommen. Jetzt – und nicht erst in fünf Stunden. Sie ist nicht Marilyn Monroe, auch wenn sie sich so fühlen mag.«

Jules verabscheute es, wenn sein Shooting unterbrochen wurde. Er war gerade so schön im Flow gewesen. Es herrschte genau die richtige Atmosphäre in dieser mediterranen Stadt, die er mit seinen Fotos einfangen wollte. Das Publikum liebte das.

Louise machte sich durch die Gänge auf die Suche nach Anna. Am liebsten wäre es ihr, Anna würde gleich in ihrem atemberaubenden Outfit den Korridor entlangkommen. Warum hatte sie nichts gesagt? Jules konnte fuchsteufelswild werden, wenn es nicht weiterging. Das wusste Anna auch. Wollte sie ihn provozieren? Wollte sie, dass er vor allen Anwesenden explodierte?

Louise lief rasend schnell den Saal entlang, schaute sich nach allen Seiten hin um, sah direkt auf das Gemälde und das strenge Gesicht Napoleons III., als könnte er ihr verraten, wo Anna abgeblieben war. Sie warf in jeden herrschaftlichen Saal einen Blick.

Hatte Anna sich versteckt? Louise musste Anna finden, so schnell wie möglich. Sie selbst musste sich erst orientieren, wo sich die Toiletten befanden. Sie wollte verhindern, dass es zum Eklat kam. Anna war ein so eigenwilliges Mädchen. Louise wusste auch nicht, was in ihrem Kopf genau vor sich ging.

Aber darum ging es nicht. Es war jetzt nicht die Zeit, nach Erklärungen zu suchen.

Louise trieb sich zu größter Eile an. Der Kopf rauschte ihr von all den Sinneseindrücken, den Marmorsäulen, den Gemälden, den dicken Stores an den Fenstern.

Zum Glück entdeckte sie am Ende des Gangs eine Marmortreppe. Da musste es sein. Sie schöpfte wieder Hoffnung. Ohne lange zu überlegen, jagte sie die Treppe hoch, nahm zwei, drei Stufen auf einmal. Dass sie Anna nicht auf Anhieb fand, beunruhigte sie weit mehr, als sie sich eingestehen wollte.

Auf der ersten Etage mussten die Toiletten sein. Louise würde Anna aufspüren und auf der Stelle zum Shooting zurückbringen.

Aber auch dort fand sie die Toiletten nicht.

Louise wurde schwarz vor Augen von der geschwungenen Treppe. Sie hetzte durch einen Saal, fand die Fortsetzung der Treppe bis ins oberste Stockwerk. Ein Labyrinth war das. Louise bemerkte, dass sie nicht weiterkam. Eine Sackgasse. In einem abgedunkelten Raum gab es eine Ausstellung über Jazz in Nizza. Endlich stieß sie auf eine Aufseherin.

»Nein, die Toiletten befinden sich im Untergeschoss. Sie können …«

Aber das hörte Louise schon nicht mehr. In Windeseile rannte sie den Weg zurück. Ein englisches Paar rempelte sie an. Louise wusste selbst nicht genau, was sie antrieb. Eine schreckliche Vorahnung beschlich sie.

Die Visagistin erntete missbilligende Blicke des Aufsichtspersonals. Das war kein Rennparcours. Schon schwenkte sie links auf den Empfang und den Ausgang zu.

Verdeckt und schlecht einsehbar fand sie einen Gang gegenüber der Rezeption mit einem deutlichen Hinweisschild: Toiletten. Die Hetzjagd durch das Treppenhaus hätte sie sich sparen können. Louise schlitterte über den glatten Boden. Beinahe wäre sie ausgerutscht.

Plötzlich stand sie oben an der Treppe, schaute die Stufen hinunter. Was sie sah, ließ sie laut aufschreien.

»Anna!«, stieß sie hervor und dann noch einmal: »Anna!«

Ihr Schrei hallte vom Kellergeschoss durch die ganze Villa.

Keine Antwort. Keine Reaktion.

Am unteren Ende der Treppe lag ein in sich gekrümmter Körper, zweifellos Anna. Der enge Rock war zerrissen. Die Beine merkwürdig gebogen.

Louise stürzte die Treppe hinunter. Die Stufen waren feucht, nein, nass. Rutschig.

Die Visagistin beugte sich zu Anna, kam ihrem Gesicht sehr nahe. Wider besseres Wissen drehte Louise Annas Kopf zur Seite: »Anna, Anna, kannst du mich hören?«

Panik ergriff Louise. Aus einer weit auseinanderklaffenden Wunde über der rechten Augenbraue und auf dem Nasenrücken, sickerte Blut über die Fliesen. Louise tastete reflexartig nach Annas Halsschlagader.

Von ihrem entsetzlichen Schrei angelockt, tauchten die Dame vom Empfang und ein Aufseher auf. Die Frau wollte sie bereits zur Ordnung rufen. Im letzten Moment blieben ihr die Worte im Hals stecken.

»Rufen Sie einen Krankenwagen!«, schrie Louise. »Schnell!«

Auch Jules und all die anderen Models drängten sich an der Treppe.

»Was ist mit Anna?«, rief Jules besorgt. »Ist ihr etwas passiert?«

Louise richtete sich stumm wieder auf. Jegliches Licht in ihren Augen war erloschen; ihr Gesicht zur Maske erstarrt. Sie schaute zur Seite; sie konnte niemanden ansehen, auch Jules nicht, vor allem nicht Jules. Für ihn musste diese Nachricht wie ein Schock wirken. Louise' Augen füllten sich mit Tränen. Sie konnte Annas Puls nicht mehr fühlen.

»Ich glaube, Anna ist tot!«, entgegnete sie zutiefst erschüttert. Louise wollte nicht, dass jemand im Augenblick des schieren Entsetzens sie ansah.

Von weit her hörten sie schon das Sirenengeheul stetig lauter und dröhnender werden.

2

Der Salutschuss hallte weithin hörbar über die *Baie des Anges. Midi.* Das Signal, dass es Punkt zwölf Uhr war.

Für Bernard Bonnot war der Kanonenschuss vom ehemaligen Schlosshügel das Signal, auf seiner Joggingrunde entlang der *Promenade des Anglais* das Letzte aus sich herauszuholen. Die Stadt öffnete und weitete sich zum Meer hin mit ihrem breiten Boulevard. Bernard rannte an den berühmten *Chaises bleues* entlang, aber er nahm sie kaum wahr.

»Quäle dich, du Sau!«, feuerte er sich selbst an.

Eigentlich hatte er das große Verlangen, seine Schritte zu verlangsamen, anstatt in einen schnellen Lauf überzugehen. Die Sonne brannte erbarmungslos. Mit aller Willenskraft hielt Bernard durch, ohne seinem inneren Wunsch nachzugeben. Er durfte jetzt nicht schlappmachen. Sein T-Shirt zierte schon längst ein riesiger Schweißrand. Er wusste, wie wichtig es war, sein Training durchzustehen.

Das hatte er nun davon, dass er sich all die Jahre dermaßen hatte gehen lassen. Er brachte mindestens sechs, wenn nicht gar acht Kilo zu viel auf die Waage. Als Bernard noch *Commissaire divisionnaire de Police* gewesen war, ging es ihm vor allem darum, äußere Gefahren abzuwehren: in einen Hinterhalt zu geraten oder in ein nicht vorhersehbares Feuergefecht verwickelt zu werden. Er hätte sich nicht vorstellen können, dass der wahre Feind, die größere Gefahr, in seinem Innern lauerte. Er hatte unter permanentem Stress und Druck gestanden und nicht gemerkt, wie ausgelaugt und erschöpft er gewesen war. Vor vier Jahren passierte es dann plötzlich – ohne jegliche Vorwarnung.

Er war durch den *Jardin Albert I.* am Pavillon vorbeigeradelt. Der Garten lag gegenüber dem Meer, direkt an der *Promenade des Anglais.* Von einer Minute zur anderen war ihm schwarz vor Augen geworden. Passanten berichteten, dass er Schlangenlinien gefahren sei. Daran konnte er sich erinnern. Der Weg war ihm auf einmal bedrohlich nahe gekommen. Dass er hart mit dem Kopf aufgeschlagen war, daran konnte er sich später nicht mehr erinnern. Er erinnerte sich vor allem an einen höllischen Schmerz, der in seine Brust fuhr; einen Schmerz, wie er ihn noch nie zuvor erlebt hatte, so, als würde sein Körper auseinandergerissen werden. Ein Gefühl der Vernichtung und große Angst gingen damit einher; eine Angst, die er selbst bei seinen gefährlichsten Einsätzen nicht erlebt hatte. Da hatte er genau gewusst, wo der Feind lauerte. Auf einmal aber war er hilflos, was er nur schwer ertragen konnte. Die Angst der Ängste bemächtigte sich seiner: die Todesangst. Das war ein Gefühl, das er nie wieder erleben wollte. Er wurde ohnmächtig und schlug auf dem Gehweg auf.

Als er wieder zu sich kam, beugten sich mehrere Sanitäter über ihn. Er befand sich auf einer Liege. Jemand spritzte ihm ein Medikament in die Vene. Das musste der Notarzt sein. Er hatte unglaubliches Glück gehabt. Wäre es zu einer anderen Zeit an einem weniger öffentlichen Ort geschehen – jede Hilfe wäre wahrscheinlich zu spät gekommen. Der Krankenwagen brachte ihn sofort ins *Hôpital l'Archet I.*

Dort wurde ein Notfalleingriff vorgenommen, und es wurden ihm blutverdünnende Medikamente gegeben. Damit die Blutgefäße sich nicht wieder schlossen, setzten die Ärzte ihm zwei Stents ein. Er hatte einen akuten Herzinfarkt erlitten.

Bernard Bonnot war der Boden unter den Füßen weggezogen worden. Von einem Moment zum anderen war nichts mehr so, wie er es gewohnt war. Scheinbar ewige Gewissheiten galten nichts mehr. Er schaute in einen Tunnel der Ungewissheit, wie es mit ihm weitergehen würde. Das kannte er nicht. Er war es bei der *Police Judiciaire* gewohnt gewesen, Anweisungen zu geben und die Kontrolle der Einsätze zu koordinieren. Seinem Herzen konnte er aber nicht einfach den Befehl geben weiterzuschlagen.

Notgedrungen hatte er lernen müssen, mit sich selbst geduldig zu sein und den Raubbau an seinem Körper und seiner Psyche zu beenden. Das fiel ihm unendlich schwer. Er musste lernen, auf die Hilfe und Unterstützung von Krankenschwestern angewiesen zu sein. Er musste lernen, auch einmal Ratschläge anzunehmen. Als *Commissaire divisionnaire* trug er die Verantwortung und fällte Entscheidungen für seine Untergebenen. Das war auf einmal infrage gestellt.

Er musste mit dem Rauchen aufhören, seine Ernährung umstellen, und er musste weiter blutverdünnende Medikamente einnehmen, damit es nicht zu einem erneuten Infarkt kam. Stress galt es, unbedingt zu vermeiden. Zu seiner Stellenbeschreibung als *Commissaire* gehörte Stress aber zwingend dazu.

Seine Frau Danielle hatte ihm dabei geholfen, durch diese schwere und für ihn unerfreuliche Zeit zu kommen. Nach der akuten Phase wurde er in die Reha geschickt. Wichtig und entscheidend war vor allem viel Bewegung. Er musste lernen, mit sich selbst achtsamer umzugehen und die ersten Warnsignale zu erkennen, anstatt sie zu ignorieren.

Die Ärzte rieten ihm, den Dienst bei der *Police Judiciaire* zu quittieren. Die Gefahr war einfach zu groß, dass er in alte Verhaltensmuster zurückfiel. Ein weiterer Infarkt wäre dann nicht auszuschließen. Bernard Bonnot willigte ein und wurde frühzeitig in den Ruhestand versetzt. Das war das Beste, was ihm passieren konnte.

Bernard genoss sein Leben als Pensionär. Dass er einmal *Commissaire* gewesen war, interessierte ihn nicht länger. Im Nachhinein hasste er die Schinderei sogar. Aus einer größeren Distanz betrachtet war er überrascht, wie viel er mit sich hatte machen lassen. Er hatte es als völlig normal empfunden, auch mal sechzig Stunden in der Woche zu arbeiten. Er hatte es aus reiner Pflichterfüllung heraus getan.

Doch das war nun vorbei. Dieses Leben lag hinter ihm. Er musste nicht länger seine Autorität bei jüngeren Kollegen unter Beweis stellen, die ihn herausforderten, ihn und seine Anweisungen infrage stellten. Stattdessen quälte er sich jetzt beim Jogging, achtete auf seinen Blutdruck und seine Cholesterinwerte.

Dafür wurde ihm ein neues Leben geschenkt. Er lebte nun bewusster. Wer einmal am Rand der Klippe gestanden und in den Abgrund geschaut hatte, der wusste kristallklar, dass es auch zu spät hätte sein können. Bernard brauchte nicht mehr über jedes Stöckchen springen, dass ihm hingehalten wurde. Er brauchte nicht mehr sein Leben seiner Karriere als *Commissaire* unterzuordnen. Wie er das gehasst und verabscheut hatte! Dieses Leben hätte ihn um ein Haar umgebracht. Aber er war nie restlos angstfrei, dass er nicht doch einen zweiten Infarkt erleiden könnte.

Die Stelle im *Jardin Albert I.* versuchte er zu meiden, denn das verursachte ihm Beklemmungen in der Brust. Es erinnerte ihn zu sehr daran, wie knapp er davorstand, vernichtet zu werden. Das wollte er auf keinen Fall wieder erleben.

Wahrscheinlich hätten sie ihn sowieso rausgeworfen, oder er hätte ein Disziplinarverfahren am Hals gehabt. Es gab nämlich eine Aktion, die schrecklich schiefgelaufen war. Davon wusste niemand. Auch Danielle nicht. Bernard sprach nicht darüber. Mit seinem Herzinfarkt kam er ihnen zuvor.

Noch nie hatte er von seinen Kollegen, aber auch von seinen Vorgesetzten so viel Zuspruch und aufmunternde Worte erhalten wie nach seiner Erkrankung.

»Du schaffst das, BB.« – »BB, halt durch!« – »Wir werden dich vermissen.«

Für sie alle war er nur BB. Sie zogen ihn damit auf, meinten es aber auch respektvoll. Ja, eitel war er. Er brauchte Zuspruch und Komplimente und Anerkennung wie die Luft zum Atmen und machte keinen Hehl daraus.

Umso befreiter und losgelöster genoss er seinen Lauf am Meer entlang, endlich allen Zwängen entkommen. Er brauchte niemandem etwas beweisen, am allerwenigsten sich selbst. Das hielt er sich stets vor Augen.

Vor ihm klingelte ein Radfahrer wie verrückt, weil Bernard einem Touristen auswich und ein kleines Stückchen auf dem Radfahrweg entlanglief.

»Scheißkerl«, brüllte Bernard ihm hinterher. Die Leute wurden immer rücksichtsloser. Heute befand sich jeder auf dem Egotrip, wollte besser, größer und schneller als alle anderen sein. Die Welt war definitiv verrückt geworden.

Auch das brauchte Bernard nicht.

Seine Welt auf einige wenige Vergnügungen zusammengeschnurrt.

Das glitzernde Meer blendete ihn von der linken Seite. Danielle riet ihm ständig zu einer Sonnenbrille, was er genauso häufig ignorierte. Bernard wurde den Verdacht nicht los, dass sie ihn seit seinem Herzinfarkt mehr umsorgte, als für ihn gut war.

Er schaute den jungen blonden Touristinnen hinterher, konnte sich an ihrem Anblick erfreuen, an ihren langen Haaren. Das war etwas, was ihn aufrichtete. Wenn Danielle davon erfuhr, würde sie ihm die Augen auskratzen. Nein, sie wusste das. Sie kannte ihn genau. Er konnte ihr nichts vormachen.

Die großen Hotels verschwanden. Apartmenthäuser mit orangefarbenen Markisen tauchten auf.

Bernard trippelte an der Ampel auf der Stelle, um seinen Schwung nicht zu verlieren. Bei Grün sprintete er los über die *Prom'*, nahm auf der anderen Seite den schmalen Weg zum Hotel *La Vie*, das ein wenig zurückversetzt von der Straße lag und seiner Frau gehörte.

Damit hatte er Danielle nach Nizza gelockt. Eine einmalige, günstige Gelegenheit, ein Hotel zu erwerben. Sie stammte ursprünglich aus Rennes in der Bretagne und hatte eine Crêperie in Saint-Malo geführt. Bernard hatte sie während einer dreiwöchigen Schulung an der dortigen *Écoles nationales de police* kennengelernt. Er hatte jeden Tag mindestens zweimal bei ihr eine Crêpe bestellt, manchmal sogar dreimal, obwohl er die Dinger nicht besonders mochte. Aber Danielle Joubin hatte er vom ersten Moment an gemocht und seinen Blick kaum von ihr abwenden können. Ungeniert hatte er sie angestarrt. Ihre brünetten Haare fielen ihr bis auf die Schultern. Die intensiv leuchtenden Augen ... In der Mitte ihres Kinns ein feines Grübchen. Das gefiel ihm besonders gut.

»Sie sehen aus, als kämen Sie direkt aus dem Urlaub«, hatte Danielle gesagt.

Er hatte laut aufgelacht. »Sie meinen wegen meiner Bräune? Da, wo ich herkomme, ist es eben sehr schön. Ich komme aus Nizza. An dreihundert Tagen im Jahr scheint dort die Sonne«, hatte er gesagt und unüberhörbar betont, wie stolz er auf seine Stadt war.

»Ach, Nizza«, machte sie eine wegwerfende Bemerkung. »Das mondäne Nizza. Nizza ist doch nur etwas für die Reichen und Schönen.«

»Nein, das stimmt nicht«, hatte er ihr widersprochen. »Ich lebe mein ganzes Leben schon in Nizza. Ich bin dort geboren. Bin ich etwa reich und schön? Ich arbeite für den Staat. Ich bin *Commissaire.*«

Für Danielle waren die Leute in Nizza hochnäsig, eingebildet, hielten sich für etwas Besonderes. Bernard bildete da zuerst keine Ausnahme. Im Gegenteil: Er bestätigte auf krasse Weise ihre Vorurteile. Ausgeschlossen. Nach zehn Tagen war sie Bernards Esseneinladung gefolgt, und sie hatten einen traumhaften Abend miteinander verbracht. Dem noch weitere folgten.

Nach seiner Rückkehr an die Côte d'Azur führten sie eine Fernbeziehung mit allen damit verbundenen Schwierigkeiten. Bis Bernard das leer stehende Hotel in Nizza entdeckte. Wäre das nicht etwas für Danielle? – Keine

Chance. Danielle würde niemals die Bretagne für das snobistische Nizza verlassen, dachte er.

Doch inzwischen hatte Bernard auch andere Facetten in seinem Wesen gezeigt, die Danielle ihm gar nicht zugetraut hatte. Er ließ in seinem Werben um sie nicht nach. Das imponierte ihr. Als er ihr dann den Vorschlag mit dem Hotel machte, klein, aber fein, war es um sie geschehen. Er würde sich sogar an dem Kredit beteiligen.

Bernard lief im Hotel nach oben durch, wo ihre Privaträume lagen. In der Küche riss er den Kühlschrank auf, setzte eine Packung O-Saft an den Mund, ohne sich ein Glas zu nehmen. Er musste seinen Verlust an Flüssigkeit und Elektrolyte erst einmal ausgleichen.

Nachdem er die Packung halb leer getrunken hatte, fühlte er sich besser. Vor Minuten glaubte er noch, er müsse jeden Augenblick verdursten. Sein mächtiger Brustkorb hob und senkte sich rasend schnell.

Danielle schlich um ihn herum, schob ihn vom Kühlschrank weg zur Seite.

»Na, wie war ich, Katze?«

Er nannte sie Katze, weil in dem Hitchcock-Film *Über den Dächern von Nizza* mit Gary Grant und Grace Kelly die Figur, die Brigitte Auber spielte, auch Danielle hieß. Sie entpuppte sich am Ende des Films als die wahre Katze, die über die Dächer von Nizza und Cannes kletterte, in Hotelsuiten eindrang und wertvolle Colliers stahl.

Bernard wollte Danielle damit aufziehen. Es war aber auch anerkennend gemeint. Sie leitete und führte ihr Hotel geräuschlos wie eine Katze.

»Nicht schlecht«.

Bernard hatte sich verbeten, die Zeit zu messen. Er wollte keinen neuen Leistungsdruck erzeugen; er wollte aber schon wissen, ob er Fortschritte erzielte. Seinen Blutdruck bekam er in den Griff, aber die überflüssigen Pfunde wollten einfach nicht purzeln und die Cholesterinwerte nicht sinken. Dafür kochte Danielle einfach zu gut. Er konnte da nicht widerstehen.

Im Ruhestand hatte Bernard eine Schwäche für französische und amerikanische Kriminalfilme entwickelt. Für *Fahrstuhl zum Schafott* von Louis Malle, für *Nur die Sonne war Zeuge* von René Clement. Oder auch für die neueren Filme von Quentin Tarantino. Das war das Einzige, was ihn noch mit seiner Arbeit als *Commissaire* verband.

»Kann ich dich was fragen, BB?«

»Klar doch.«

Langsam beruhigte sich sein Atem wieder. Bernard gab sich souverän. Es musste Danielle wichtig sein, sonst hätte sie ihn auf der Stelle duschen geschickt. Bernard war gespannt darauf, was kommen würde. Er hoffte nur, sie würde ihn nicht auswählen, um die angekündigte Gruppe aus Strasbourg in Empfang zu nehmen. Danielle hatte ein Händchen dafür, auch auf schwierige Zeitgenossen zuzugehen. Sie konnte jedem das Gefühl geben, sie sei hocherfreut, ihn begrüßen zu dürfen.

Bernard konnte das nicht. Er redete gern Klartext. Begriffsstutzige Menschen machten ihn wütend, und er empfand es als eine persönliche Beleidigung, wenn sie nicht die einfachsten Dinge kapierten.

Danielle hingegen ließ sich dadurch nicht aus der Ruhe bringen. Sie erklärte es ihren Gästen auch das vierte oder fünfte Mal, wenn sie was nicht verstanden. Da kochte Bernard innerlich längst. Ihm konnte es nie schnell genug gehen. Es brauchte eine starke Willensanstrengung, nicht aufbrausend zu werden. Als *Commissaire* war das kein Problem gewesen. Seine Untergebenen kuschten einfach. In einem Hotel ging das nicht. Er vertrieb damit nur die

Gäste, und das konnte sie sich nicht erlauben. Denn dann bekam er es mit der Katze zu tun, die genau wusste, wie sie ein Hotel zu führen hatte. Dann war sie in ihrem Element. Sie war die Macherin.

Aber jetzt druckste Danielle herum, was für sie eher ungewöhnlich war. Sie strich sich eine dunkelbraune Strähne aus dem Gesicht. Eine Übersprunghandlung. Ihre Haare waren lang, reichten ihr bis über die Schulter.

»Hast du vom Tod des Mädchens im *Musée Masséna* gehört?«

Wie Bernard das hasste! Es war nicht das, was Danielle ihn hatte fragen wollen. Das war eine Frage und eine Feststellung zugleich. Er kannte das genau. Dafür war er lange genug *Commissaire* gewesen, die Finten und Ausflüchte der Leute genau zu durchschauen. Danielle traute sich nicht, ihn direkt zu fragen. Sie versuchte, das Terrain zu erkunden. Das passte gar nicht zu ihr.

»Ja, hab ich.« Bernard verdrängte den Polizisten in sich. Dieser Abschnitt seines Lebens lag hinter ihm, auch wenn er ihn nicht komplett ausblenden konnte. »Ich habe darüber in *Nice-Matin* gelesen. Üble Geschichte. Tragisch, wirklich tragisch, stürzt die Treppe zur Toilette hinunter.« Er hatte immer noch keine Ahnung, worauf Danielle hinauswollte.

»Anna hieß sie. Anna Piat. Gerade einmal achtzehn Jahre alt. Wunderschön«, sagte Danielle, als wollte sie Bernard damit imponieren. »Sie war Model. Ihre letzten Aufnahmen im *Musée Masséna* werden nun ihr Vermächtnis sein.«

»Ja, ich weiß«, sagte er beklommen. Doch was konnte er dagegen tun, dass sie zu Tode gestürzt war? Wie man hörte, war es ein Unfall, ein tragischer Unfall. Die Treppe zu den Toiletten sei nass gewesen, wie sich herausgestellt hatte. Und kein Hinweisschild war aufgestellt gewesen. Ein Albtraum war das für jeden, der dafür verantwortlich war. Das vergaß niemand; das holte einen sein ganzes Leben immer wieder ein. Ein Mensch war dabei ums Leben gekommen.

Warum interessierte sich Danielle für das Mädchen so sehr, dachte Bernard. Anna Piat hieß sie. Danielle schien ja bestens informiert zu sein.

»Kennst du sie?«, fragte er.

»Nein«, erklärte Danielle kopfschüttelnd, »aber Claire kennt sie!«

»Ach ja«, rief Bernard. »Claire kennt sie!«

Er war jetzt hellwach. Er wartete ab, was kommen würde. Fügte Danielle nun weitere Erklärungen hinzu? Es erzeugte stets ein ungutes Gefühl, wenn jemand jemanden kannte, der auf nicht natürliche Weise ums Leben gekommen war.

Danielle hatte Claire kennengelernt, als sie erst wenige Wochen in Nizza war. Alles war noch neu und ungewohnt für sie. Außer Bernard kannte sie niemanden; sie wollte aber auch nicht allein auf ihn angewiesen sein. Claire führte ein *Institut de Beauté*. Nach ihrem ersten Besuch bei Claire freundeten sich die beiden Frauen an. Danielle ging schnell aus sich heraus, konnte auf Menschen zugehen und sie für sich gewinnen.

Danielle hatte Claire zu sich eingeladen und wollte ihr kleines Hotel präsentieren, auf das sie so stolz war. Dabei lernte Bernard sie ebenfalls kennen. Damals war er noch *Commissaire* gewesen. Claire blieb aber vornehmlich die Freundin seiner Frau, die Geheimnisse mit ihr teilte, von denen er nichts wissen musste.

Danielle schwieg jetzt überraschend, steckte einen Finger zwischen die Lippen. Das tat sie nur, wenn sie verlegen und unsicher war. Warum aber sollte sie das sein?

Bernard wartete geduldig und nachsichtig. Es fiel Danielle offenbar schwer, darüber zu sprechen.

»Du kannst mich auslachen, wenn du willst …«, begann sie.

»Aber ich lach dich nicht aus«, widersprach Bernard. »Hast du das bemerkt?«

Sie ergriff ihn am Arm, an seinem schweißnassen Arm, und lachte, lachte laut und befreiend. Das tat Danielle gut. Ihre Anspannung löste sich; es war ihr wichtig, mit dem Mann, mit dem sie zusammenlebte, lachen zu können.

»Du pirschst dich heran, Katze. Worüber soll ich nicht lachen?«

»Claire glaubt nicht an einen Unfall.«

»Nein?«, sagte Bernard und setzte deutlich hörbar mindestens drei Fragezeichen dahinter. Danielle hatte endlich ausgesprochen, was ihr auf der Seele brannte.

»Nein«, bekräftigte sie dieses Mal mit Nachdruck.

»Was ist es denn, wenn es *kein* Unfall war?«

»Kennst du das Gefühl, dass man etwas nicht in Worte fassen kann, aber man genau weiß: Hier stimmt was nicht! Natürlich kennst du dieses Gefühl auch, BB.«

Bernard wurde auf einmal in eine Ecke gedrängt, in die er gar nicht hinwollte. Die Katze, seine Katze, versuchte leise und unaufdringlich Fakten zu schaffen. Auf einmal war sie wieder energiegeladen.

»Ja, ich weiß, es gab eine Untersuchung«, führte Danielle aus. »Annas Körper wurde in die Gerichtsmedizin gebracht. Das Herz weigert sich und sträubt sich mit aller Macht gegen das, was der Verstand weiß, aber nicht akzeptieren kann. Nimm von mir aus an, dass Claire sich vehement weigert, dass Anna auf diese blöde, lächerliche Weise aus dem Leben gerissen wurde. Eine nasse Treppe! Gibt es einen banaleren Tod?«

»Auch an einem Herzinfarkt zu sterben ist banal«, warf Bernard ein. »Ist der Tod nicht immer banal?«

Danielle ließ sich nicht ablenken. Sie wusste genau, dass Bernard diese Unterhaltung nicht führen wollte. »Claire hat ihre Zweifel. Verstehst du das denn nicht?«, appellierte sie an sein Mitgefühl. »Sie kann Annas Tod, so wie die Behörden es jetzt darstellen, nicht akzeptieren.«

»Natürlich verstehe ich sie. Sie wird damit leben müssen. Die Zweifel wird ihr kaum einer nehmen können. Was glaubt sie, was es sonst gewesen ist?«

So direkt darauf angesprochen, wich Danielle aus. Es war offensichtlich, dass BB nichts mit der Sache zu tun haben wollte. Wenn sie von vorneherein auf Granit stieß, wurde sie vorsichtig. »Könntest du nicht ...« Danielle brach ab; sie suchte nach einem neuen Einstieg. »Solange Claire nicht weiß, *wie* Anna genau ums Leben gekommen ist, kann sie ihren Tod nicht akzeptieren und verarbeiten. Das wird immer eine aufgerissene Wunde bleiben. Du brauchst auch nicht viel zu tun. Sprich mit ihr, BB. Bitte. Hör dich ein wenig um. Du weißt, wie schwer es ist, längere Zeit im Ungewissen leben zu müssen.« Sie spielte auf die Zeit an, unmittelbar nachdem er ins Hospital gekommen war.

»Nein, nein!« Bernard schwenkte entschieden die O-Saft-Packung. »Es tut mir leid. Du weißt genau, dass ich kein *Commissaire* mehr bin. Es tut mir leid. Wenn Claire bezweifelt, dass es ein Unfall gewesen ist, warum geht sie dann nicht zur *Police Judiciaire* und berichtet, was sie weiß oder beobachtet hat?« Bernard war es wichtig, dass Danielle nicht dachte, dass er hartherzig sei. »Hast du

Claire etwa versprochen, dass ich etwas für sie tun kann?«

»Nein, ich habe ihr nichts versprochen. Du musst das verstehen, BB, sie fühlt sich unsicher. Sie zweifelt. Sie fragt sich, was sie tun soll. Claire weiß zwar nichts Genaues, hat aber das unangenehme Gefühl, dass da etwas nicht stimmt. Und dieses Gefühl wird sie nicht los. Ich habe ihr gesagt, dass ich mit dir reden werde.«

»Dann ist es ja gut.« Bernard war erleichtert, dass er sich zu nichts verpflichtet fühlen musste. »Du weißt genau, dass ich kein *Commissaire* mehr bin. Es tut mir schrecklich leid, aber ich kann für Claire nichts tun.«

BB ließ sie abblitzen. Danielle stand hilflos, unbeholfen und wütend da, weil er sie abwimmelte. »Du brauchst ja nicht viel zu tun, BB. Rede einfach mit Claire. Hör dir wenigstens einmal ihre Bedenken an, warum sie ein so verdammt ungutes Gefühl hat.«

»Nein, auf keinen Fall. Ausgeschlossen.«

Danielle schüttelte den Kopf. Sie wusste aus Erfahrung, dass Bernard in manchen Dingen verdammt stur war und sich nichts sagen ließ. Auch Bernard war sich dessen bewusst. Es würde sich noch zeigen, wer von ihnen beiden den größeren Dickkopf hatte, denn so leicht würde sich Danielle auf keinen Fall abspeisen lassen.

3

Was vergab sich Bernard eigentlich dabei, fragte sich Danielle. Es kostete ihn doch nichts, wenigstens kurz mit Claire zu reden, ihr einige Fragen zu stellen und sich bei seinen alten Kollegen umzuhören? Das war nicht zu viel von ihm verlangt.

Er aber blieb stur – stur und borniert.

Warum weigerte er sich, auch nur im Entferntesten etwas mit seinem früheren Leben als *Commissaire* zu tun zu haben? Das war kindisch und albern oder sogar neurotisch. Wovor fürchtete er sich, wenn er kurz einmal als *Commissaire* aktiv werden würde?

Oder verschwieg er ihr etwas?

Gab es etwas, was sie, Danielle, nicht wissen durfte?

Die Katze lag auf der Lauer.

Es war völlig zwecklos, ihn direkt darauf anzusprechen. Sie brauchte auch nicht anzudeuten, er könnte sich vor etwas fürchten. BB würde es schlicht leugnen, so, wie er früher immer geleugnet hatte, dass er Schmerzen in der Brust hatte, bevor er einen Herzinfarkt bekam.

Die Katze musste sich auf leisen Sohlen an ihn heranschleichen. Danielle liebte den Film mit Brigitte Auber noch mehr, seitdem ihr Mann sie Katze nannte. Nicht Bernard besaß den größeren Dickschädel, sondern sie. Die Bretonen galten als die stursten und unbeirrbarsten Menschen in ganz Frankreich.

»Es tut mir leid«, sagte Danielle in die Dunkelheit hinein, »dass ich wieder davon anfange.« Sie lag neben BB in ihrem Doppelbett, hörte bereits seine regelmäßigen Atemzüge. Gleich würde er einschlafen. »Anna geht mir nicht aus dem Kopf.«

Er grummelte etwas vor sich, was sie nicht verstand.

»Anna war ein wunderschönes Mädchen. Ihr standen alle Möglichkeiten offen.« Danielles Gesichtsausdruck veränderte sich. Aber das sah Bernard nicht. »Ich habe gehört, sie mochte es nicht, fotografiert zu werden.«

»Warum das denn?«, entfuhr es Bernard. Er schlief offenbar nicht so tief, wie er vorgab. »Sie sah doch super aus. Sexy. Erotisch.«

»Aha, da spricht der Kenner! Gefällt sie dir?« Nach kurzem Zögern fügte sie hinzu: »Hat sie dir gefallen?«

Bernard wurde verlegen, strich sich mit der rechten Hand über sein Haar. Er war offenbar dabei, in ihre aufgestellte Falle zu stolpern. »Sie hat wohl jedem Mann gefallen, der Augen im Kopf hat«, gab er eine ausweichende Antwort. »Das ist nicht besonders schwer.«

Bernard war jetzt putzmunter. An Schlaf war nicht länger zu denken. Er schaltete die Nachttischlampe an, richtete seinen Oberkörper im Bett auf. »Hey, Baby!« Er klatschte beide Hände zusammen. »What do you want?«

So hatte ihn vor Jahren am Washington Square in New York ein schwarzer Dealer angesprochen, der ihm Drogen verkaufen wollte. Bernard versuchte offensichtlich, die Geschichte ins Lächerliche zu ziehen, ging es Danielle durch den Kopf.

Sie schaute zu ihm auf, mit Wärme und Mitgefühl. »Du weißt genau, was ich von dir will«

»Ja.«

»Umso besser.«

Bernard schaute sie nicht an. Er rang mit sich, über den Rubikon zu schreiten. Etwas hielt ihn zurück. Starke Hemmungen und Abwehrmechanismen rumorten in ihm.

Danielle beobachtete genau, welche widerstreitenden Kräfte in ihm wirkten und wer am Ende die Oberhand behielt.

»Also schön«, wandte er sich ihr wieder zu. »Ich mach es. Du wirst ja doch keine Ruhe geben. Aber nur unter einer Bedingung: Ich höre mir Claires Geschichte an; ich werde aber nicht den Flic geben. Das geht auch nicht. Ich kann jederzeit wieder aufhören, wenn ich keine Lust mehr habe oder Claire sich einen Spleen in den Kopf gesetzt hat, von dem sie nicht wieder runterkommt. Einverstanden?«

»Super, BB. Ich wusste, dass du nicht Nein sagen wirst. Du hast eben ein gutes Herz.«

»Sei dir da mal nicht so sicher.«

»Ich habe Claire gesagt, dass du morgen um sechzehn Uhr bei ihr vorbeischaust.« Die Augen der Katze leuchteten.

»Du wusstest genau, dass du mich rumkriegen wirst, oder?«, bemerkte Bernard pikiert.

Statt einer Antwort lächelte Danielle sybillinisch.

4

Hoch oben auf einer runden Straßenlaterne saß eine dicke Möwe – und kreischte.

Die Katze hatte ihn mal wieder raffiniert ausgetrickst.

Bernard grollte ihr nicht, sondern sich selbst. Seine Kollegen konnten ihn früher auch ständig rumkriegen. »BB, könntest du für mich meinen Wochenenddienst übernehmen. Meine Frau hat Geburtstag.« Er hatte meistens Ja gesagt.

In all den Jahren, die er bei der *Police Judiciaire* war, war er nicht länger als zwei Wochen krank gewesen – bis es ihn kalt erwischte. Es konnte sein, dass er manchmal morgens schweißgebadet aufwachte. Er schob es auf die heißen Nächte an der *Côte d'Azur,* aber das stimmte nicht. Wenn er ehrlich mit sich war, und das versuchte er wenigstens, dann war es die Angst, es könnte ihn wieder kalt erwischen. Diese Angst stand wie eine unüberwindliche Wand vor ihm. Dieser Angst konnte er nicht entkommen. Mal war sie stärker, mal wieder schwächer.

Davon erzählte er Danielle natürlich nichts. Sie würde sich unnötig um ihn sorgen. Sie sorgte sich schon genug um ihn. Er verabscheute es, wenn er jemandem zur Last fiel. So hatte er es immer gehalten. Auch seine Tochter Isabelle aus seiner ersten Ehe zog er überwiegend allein groß, und nur im äußersten Notfall, wenn nichts mehr ging, bat er seine Ex-Frau, auf die Kleine aufzupassen.

Auskünfte über den seltsamen Unfall von Anna Piat einzuholen, befreite ihn davon, an der Rezeption zu stehen. Das war ihm nicht unangenehm.

Ein Hotel zu führen, hatte Bernard sich ganz anders vorgestellt. Aber da kam er so schnell nicht wieder heraus. Der Kredit musste abbezahlt werden, für den sie beide hafteten. Danielle war mit Leib und Seele dabei, *ihr* Hotel zum Erfolg zu führen. Alles andere würde sie als ein Scheitern empfinden. Darin war sie ihm nicht einmal unähnlich.

Bernard ging die Angelegenheit ohne große Ambitionen an. Er wollte sich nicht verbiegen und sich nicht wieder für etwas einspannen lassen. Es würde sich schnell zeigen, dass Claires unangenehmes, beunruhigendes Gefühl einzig und allein darauf basierte, dass sie Annas Tod nicht akzeptieren konnte. Dinge nicht so ohne Weiteres akzeptieren zu können ... Darin war sie eine typische Nizzaerin. Das kannte er zur Genüge von zu Hause, von seiner Mutter und den zwei Schwestern.

Seine Familie, die Bonnots, lebten bereits in der achten Generation an der *Côte d'Azur.* Sein Urururgroßvater Lorenzo war 1853 nach Nizza gezogen, das damals noch zu Italien gehörte. Er war Fischer und heiratete eine Nizzaerin, die ihm sieben Kinder schenkte.

Fast alle seine männlichen Nachkommen wurden ebenfalls Fischer, Bernard Bonnot war der erste, der in den Polizeidienst eintrat. Eine Entscheidung, die er nie bereut hatte. Auch dass er sich aus Karrieregründen nicht nach Marseille versetzen ließ, wo er bessere Aufstiegschancen gehabt hätte, stellte sich im Nachhinein als richtig heraus.

Er liebte seine Heimatstadt. Er liebte die pastellfarbenen Häuser mit den roten Ziegeldächern, die Prachtbauten der Belle Époque, den quirligen alten Hafen mit den bunten

Fischerbooten, die Weinberge an den Ausläufern der *Alpes Maritimes,* die Palmen, das überwältigende Sonnenlicht und das azurblaue Meer.

Auch die Menschen, die die Stadt bevölkerten, liebte er. Ihren rustikalen Charme, ihren Esprit, ihre Leichtigkeit. Sogar Claire, das verrückte Huhn.

Claires *Institut de Beauté* befand sich in der *Rue Rivoli,* gegenüber seinem Lieblingskino *Rialto.*

Bernard ließ sich seinen Schwung nicht nehmen, trat entschlossen ein. Was er auf keinen Fall wollte, war, als *Commissaire* aufzutreten und zu agieren. Er kam als Freund, der sich die Bedenken und selbstquälerischen Gedanken einer Freundin seiner Frau anhörte.

Claire erwartete ihn bereits. Ungeduldig. Erwartungsvoll. Sie war fünfunddreißig Jahre alt, mehr als zehn Jahre jünger als Danielle. Eine ausgesprochen gepflegte Erscheinung, dezent geschminkt. Sie entschuldigte sich bei einer Kundin, der sie die Fingernägel manikürte, und kam ihm entgegen.

»*Bonjour,* BB. Es freut mich, dass du gekommen bist.«

»Danielle hat mir schon einiges erzählt, aber noch nicht alles. Sie wollte das dir überlassen.«

Claire nahm ihn in den hinteren Teil ihres Schönheitssalons mit und wies ihre Assistentin an, die Maniküre bei der Kundin fortzuführen. Hier hinten waren sie ungestört. Bernard sah Claire geduldig an, wartete darauf, was sie ihm sagen würde. Plötzlich fing sie unvermittelt zu lachen an und schüttelte den Kopf.

»Du glaubst mir nicht, nicht wahr?«, wiederholte sie. »Du denkst, Claire spinnt. Claire bildet sich das alles nur ein. Du bist nur gekommen, weil Danielle ihren Kopf durchsetzen musste und dich geschickt hat. Du wolltest mit ihr keinen Stress haben, stimmt's?«

»Das habe ich nicht gesagt.« Bernard zuckte mit den Schultern. »Fang einfach an zu erzählen. Dann kann ich dir sagen, ob ich dir glaube oder nicht. Es geht aber nicht darum, was *ich* glaube. Du glaubst nicht an einen Unfall, okay ... Letztlich geht es jedoch nicht darum, was die *Police Judiciaire* glaubt, sondern weiß. «

So direkt und konfrontativ angesprochen kam Claire ins Schleudern. Sie verstummte augenblicklich, wurde ernst. Diese Art der Gesprächsführung gefiel Bernard viel besser, als Hotelgäste mit seinem Getue einzulullen. Das war nichts für ihn. Er kam gern schnell auf den Punkt.

Claire bot ihm einen Platz und einen Kaffee an. Den Platz nahm er dankend an, den Kaffee lehnte er ab.

»Eine Frau spürt eben, wenn etwas nicht stimmt. Anna ist kein Mädchen, das auf einer Treppe ausrutscht. Sie ist trainiert, geht ins Fitnessstudio. Sie ist in der Lage, die Balance zu halten. Nun gut. Sie trug an dem Tag des Shootings Pumps. Das heißt aber nichts. In jeder anderen Hinsicht war Anna jedoch auffällig.«

Bernard horchte auf. »Was heißt das?«, warf er ein. Anna begann ihn zu interessieren. »Hatte sie Probleme?« Er vermied es, das Wort *krank* auszusprechen. Das verschreckte die Leute gleich, wenn man ihnen damit kam.

»Das kann man wohl sagen«, erwiderte Claire. »Anna hatte einen Haufen Probleme, wenn du verstehst, was ich meine.«

»Es tut mir leid. Ich habe keinen blassen Schimmer, worauf du hinauswillst«, sagte er schroff, aber ehrlich.

Claire versuchte, ihn verschwörerisch auf ihre Seite zu ziehen, als könnte er ihre Gedanken lesen. »Sie verabscheute ihren Körper, hasste ihr Gesicht. Sie fand es schrecklich, sich vor einer Kamera zu entblößen.«

Bernard fiel ihr ins Wort. »Ich verstehe gar nichts. Sie war doch ein hinreißend schönes Mädchen mit einer charmanten Ausstrahlung.«

»Wenn die Kamera auf sie gerichtet war, fühlte sie sich zu einem Objekt degradiert«, fuhr Claire fort.

Bernard gab sich alle Mühe, in der Fülle widersprüchlicher Informationen einen roten Faden zu entdecken. Er wünschte sich, Claire würde endlich auf den Punkt kommen. »Du tust ja gerade so, als hätte jemand Anna dazu gezwungen, als Model zu arbeiten. Wollte sie es nun, oder wollte sie es nicht? Sie hat doch einen Vertrag bei einer Modelagentur unterschrieben, oder?«

»Ja, hat sie.« Claire schaute zu Boden, schüttelte den Kopf. »Du verstehst mich nicht, du verstehst mich einfach nicht.«

»Es tut mir leid, Claire, ich will dir ja helfen. Ich verstehe sehr gut, dass es ein beschissenes Gefühl ist, wenn ein Mensch von heute auf morgen aus dem Leben gerissen wird. Du musst dich aber schon klarer ausdrücken und konkreter werden.«

»Natürlich wollte sie ein Model sein. Das war ihr wichtig. Sie wusste aber nie genau, ob sie schön genug war. Ich habe sie dabei beobachtet, wie sie sich von allen Seiten kritisch im Spiegel beäugt hat: ihr Gesicht, ihren Busen. Ich kann nicht sagen, was sie im Spiegel sah. Sie sah auf jeden Fall nicht das schöne Mädchen, das wir in ihr gesehen haben. Von ihrem Freund hat sie sich getrennt ohne genauen Grund. Sie befand sich in einer Krise, in einer schweren Krise. Niemand ist auf sie eingegangen oder hat ihr da herausgeholfen.«

»Hast du versucht, ihr zu helfen? Hat sie dir vertraut?«, fragte Bernard unmissverständlich. Er spitzte das Gespräch zu, damit Claire ihm ihre Geheimnisse offenbarte.

»Nein, nicht wirklich.« Claire seufzte schwer. »Ja, Anna hatte angefangen, mit mir darüber zu sprechen. Es war ja mit Händen zu greifen, dass sie etwas mit sich herumschleppte, mit dem sie nicht fertigwurde. Sie war nervös. Unruhig. Wenn ich mich ihr zu nähern versuchte, machte sie aber sofort dicht. An Anna kam niemand heran. Wenn du mich fragst, hatte Anna vor allem ein Vertrauensproblem. Sie konnte es nicht einmal als Kompliment annehmen, wenn die Leute ihr sagten, wie schön sie sei! Sie war fest davon überzeugt, dass sie es nur sagten, um ihr einen Gefallen zu erweisen, und sie in Wahrheit eigentlich hässlich fanden.« Claire zuckte mit den Schultern. »Was sollte ich tun? Ich drang nicht weiter in sie. Für mich war es jedoch offensichtlich, dass es ihr nicht gut ging.«

Bernard brachte Annas Zustand auf den Punkt. »Denkst du, Anna war depressiv? Willst du mir das sagen?«

Claire wirkte ratlos und konfus. Es war schwer, konkrete Anhaltspunkte von ihr zu erhalten.

»Es gehört schon einiges dazu, sich selbst die Treppe hinunterzustürzen. Soviel ich weiß, ist die Treppe nicht sehr hoch. Das Risiko ist groß, den Sturz zu überleben«, erklärte Bernard.

»Nein«, schloss Claire diese absurde Vorstellung aus. »Das hätte Anna niemals getan.«

Es ist zum Verzweifeln, dachte Bernard. Er hatte Mühe, die Contenance zu bewahren. Claire war schließlich eine Freundin von Danielle und ihm. Er war jetzt über eine halbe Stunde in ihrem *Institut du Beauté,* hatte aber noch immer nicht die geringste Ahnung, worauf sie hinauswollte. »Hast du schon einmal von Depersonalisation gehört«, startete Bernard einen neuen Versuch.

Jetzt war es Claire, die ihn verständnislos anschaute. »Nein, noch nie gehört.«

»Menschen mit einer Depersonalisationsstörung fühlen sich fremd im eigenen Körper. Die Schmerzen, die sie spüren, sind nicht ihre eigenen Schmerzen, sie empfinden es jedenfalls nicht so.« Bernard wusste nicht viel über die seltsame Krankheit, nahm sich aber vor, sich schlauzumachen. Er zückte einen Block und machte sich eine Notiz. Inzwischen musste er sich alles aufschreiben, das war zu seiner aktiven Zeit anders gewesen. Vorsicht! Ehe er sichs versah, steckte er mitten in Ermittlungen. »Claire, du bestätigst, dass Anna große Probleme hatte. Ein junges Mädchen in einer Identitätskrise oder etwas Schlimmeres, unsicher und haltlos. Einen möglichen Suizid traust du ihr nicht zu. An welcher rätselhaften Krankheit Anna litt, weißt du nicht. Das reicht für eine weitere Untersuchung aber nicht aus. Ich brauche genauere Anhaltspunkte, wo ich anknüpfen könnte.«

Claire schaute verunsichert zu Boden. Bernard war klar, dass er ihr unangenehmes Gefühl zerpflückt hatte, sodass am Ende nichts davon übrig geblieben war. So hatte sie sich das Gespräch wahrscheinlich nicht vorgestellt.

»Es tut mir leid, dir nichts anderes sagen zu können. Ich möchte dir keinesfalls zu nahe treten. Wenn sich deine Gefühle wieder beruhigen, wirst du selbst einsehen, dass es ein Unfall war, ein schrecklicher, tragischer Unfall.«

Bernard erhob sich. Mit einem strengen, bitterbösen Blick hielt Claire ihn zurück.

»Du hast eine Tochter«, sagte sie ihm direkt auf den Kopf zu.

Bernard hatte keine Ahnung, worauf sie hinauswollte. »Ja ...« Seine Augen leuchteten plötzlich. »Isabelle. Sie arbeitet für *Banque National Paris Paribas.* Ein wunderbares Mädchen. Du musst sie unbedingt einmal kennenlernen.«

»Dann müsstest du eigentlich nachvollziehen können, was eine Frau *fühlt,* wenn etwas nicht stimmt. Anna war nicht meine Tochter, aber ich wünschte ihr von Herzen, dass sie ihre Krise in den Griff bekommen würde. Doch sie schlitterte nur tiefer hinein. Dass sie sich von Marc trennte, war die größte Katastrophe in ihrem Leben.« Claire schluckte schwer. »Außer ihrem Tod natürlich. Er hat sie geliebt – und sie ihn. Dass sie ihn verließ, hat ihn aus der Bahn geworfen. Für ihn brach eine Welt zusammen. Er konnte es nicht begreifen, so wenig wie ich begreifen kann, dass Anna jetzt tot ist. Marc kam nicht über die Trennung hinweg. Nachdem er den ersten Schock überwunden hatte, brach seine Wut in ihm durch. Er hasste sie für das, was sie ihm damit angetan hatte.«

Wieder zückte Bernard seinen Notizblock, den er bereits eingesteckt hatte. Warum erzählten Zeugen die wichtigsten Informationen immer zuletzt?

»Woher weißt du das?«

»Er war hier, hier bei mir im Laden.«

»Er war bei dir?«, rief Bernard erstaunt. »Bist du sicher?«

»Natürlich bin ich sicher. So einen Auftritt, wie er ihn hingelegt hat, so etwas vergesse ich nicht. Ganz bestimmt nicht.«

»Was wollte er?«

»Er suchte Anna. Er war außer sich. Verzweifelt. Er wollte mit ihr sprechen beziehungsweise: Er wollte sie zurückhaben. Ehrlich gesagt, ich fand es besser für Anna, dass er sie in dem Moment nicht fand. Ich befürchtete, er könnte ihr in seinem Zustand etwas antun. Erinnerst du dich noch an Bertrand Cantat, wie er Marie Trintignants Gesicht mit Faustschlägen malträtierte?«

»Natürlich. Jeder erinnert sich noch an Marie Trintignant.«

Sie war nach einem heftigen Eifersuchtsdrama durch brutale Schläge ihres damaligen Freundes Cantat, des Sängers der Gruppe *Noir Désir,* ins Koma gefallen, ohne dass er Hilfe holte. Später verstarb sie an den Folgen ihrer schweren Verletzungen. Das sorgte in ganz Frankreich für Schlagzeilen. Eine Tragödie war das.

»Ich musste tatsächlich an Bertrand Cantat denken, als ich Marc gesehen hatte. Wie er seine Hände zu Fäusten ballte. In dem Moment wäre er zu allem fähig gewesen. Selbst wenn ich gewusst hätte, wo sich Anna aufhielt, ich hätte es ihm nicht gesagt.«

»Warum hat er Anna nicht einfach angerufen?«

»Sie hat ihn weggedrückt.«

»Wann war Marc bei dir?«

»Na, so vor einer Woche.«

Bernard machte sich eine Notiz. »Wusste er von dem Shooting?«

»Ja, von mir. Er ließ nicht locker. Ich sagte ihm immer wieder, er müsse jetzt gehen. Er ...«

»Schon gut.« Bernard wollte nicht, dass Claire sich vor ihm rechtfertigte. Vor einer Woche konnte sie nicht absehen, welche Konsequenzen es haben würde. »Du glaubst also ...«

»Aber ja, dass versuche ich dir doch die ganze Zeit zu erklären«, rief Claire.

»Na gut. Name und Adresse des Jungen?«

»Marc Lambert. Adresse weiß ich nicht. Die musst du selbst rauskriegen. Du glaubst also auch, da stimmt was nicht?«

»Das habe ich nicht gesagt, Claire.« Bernard wurde unruhig. Er drängte zum Aufbruch. »Ich schaue mir den Burschen mal an. Mehr kann ich nicht versprechen.« An der Tür blieb er noch einmal stehen. Er wollte die Spur, Anna könnte Suizid begangen haben, nicht vorschnell verwerfen. »Hatte Anna mal Todesangst oder schwere Verluste in ihrem Leben erlitten? Wie war die Beziehung zu ihren Eltern?«

»Keine Ahnung. Das musst du selbst herausfinden. Ich habe dir doch gesagt, hier stimmt etwas nicht. Es gibt mehr zu ermitteln, als du glaubst.«

5

Zu Hause ging Bernard Danielle aus dem Weg, um bloß keine erneute Diskussion über das tote Model über sich ergehen lassen zu müssen. Stattdessen stieg er in den Keller hinab und suchte nach Altpapier. Das Hotel hatte für seine Gäste drei Exemplare der täglich erscheinenden Tageszeitung *Nice-Matin* abonniert. Die der vergangenen Woche lagen sauber gebündelt und mit einer Schnur zusammengehalten zuoberst auf dem Altpapierstapel.

Bernard setzte sich an einen alten Campingtisch, der schon längst hätte entsorgt werden müssen, und schnürte das Bündel auf. Zum ersten Mal hatte die Tageszeitung vor acht Tagen über das tote Model berichtet. Die Sachlage war klar: Man ging von einem Unfall aus, und diese Einschätzung wurde am nächsten Tag offiziell von der Nizzaer Polizei verkündet. Anna Piat war in einer Pause zu den Toiletten im unteren Stockwerk gelaufen und hatte nicht bemerkt, dass dort eine Treppe frisch gewischt worden war.

Das Model war ausgerutscht und mit dem Kopf auf dem Steinfußboden aufgeschlagen. Nach der gerichtsmedizinischen Untersuchung war sie sofort tot. Nach dem Polizeibericht lag also ein klassischer Unfall vor, wie sie jährlich zu Tausenden vorkommen. Deshalb sah man auch keinen Grund für eine Obduktion oder sonstige weitergehende polizeiliche Untersuchungen.

Am dritten und vierten Tag nach Anna Piats Tod wurde die Berichterstattung dünner, und in den letzten drei Tagen hatte es keine Artikel mehr zu dem Thema gegeben. Natürlich hatte *Nice-Matin* auch etliche Fotos zu dem Unfall gebracht. Manche zeigten das *Musée Masséna* von innen und außen sowie den umliegenden Park. Aber viel interessanter waren die Bilder, auf denen der Fotograf Jules Giraud, sein namentlich nicht genannter Assistent und die Models Anna, Gisèle, Marie und Stefanie abgebildet waren.

Die Mädchen waren natürlich alle bildhübsch, typische Models eben, und der Fotograf entsprach hundertprozentig dem Künstlerklischee. Er trug einen ockerfarbenen Overall und hatte einen giftgrünen Schal mehrfach um den Hals geschlungen. An den Füßen ein Paar rosafarbene Doc Martens. Er grinste selbstbewusst in die Pressekamera, als wäre er *the king of the world.*

Kein sonderlich sympathischer Typ, wie Bernard fand. Anna Piat hingegen war offenbar ein mysteriöseres Mädchen, das mehr abgründige Geheimnisse verbarg, als die glamourösen Fotos in den Hochglanzmagazinen nahelegten. Wer war sie *wirklich,* fragte sich Bernard. Das wusste keiner so genau. Nicht ihr Freund, den sie vor den Kopf gestoßen und ihm den Boden unter den Füßen weggerissen hatte, nicht Claire, wahrscheinlich auch nicht ihre Mutter und ihr Vater.

Traute er ihr einen Selbstmord zu? Das war schwer zu sagen. Der Gerichtsmediziner hatte Suizid ausgeschlossen. Doch das besagte nichts. Ein großer Teil der Selbstmorde wurde nicht erkannt. Zum Teil auch aufgrund schlampiger Polizeiarbeit.

Als Bernard fünfzehn Jahre alt war, erhängte sich ein Klassenkamerad von ihm unterhalb der *Colline du Châ-*

teau an einem Baum. Damals wirkte das wie ein Schock auf ihn. Zum ersten Mal wurde er damit konfrontiert, dass jemand, den er *kannte,* den er leibhaftig gesehen, mit dem er gesprochen hatte, beschloss, seinem Leben ein Ende zu setzen. Ob das Leben sich lohnt oder nicht lohnt, war für Camus die wichtigste philosophische Frage. Natürlich hatte er die französischen Philosophen gelesen, als auch er auf der Suche nach sich selbst war.

6

Es gab aber keinen Beweis dafür, dass Anna Piat sich selbst die Treppe hinuntergestürzt hatte, dachte Bernard, als er die alten Zeitungen wieder verschnürt hatte und ins obere Stockwerk ging. Jedenfalls wollte er diese Möglichkeit nicht von vornherein ausschließen, so, wie Claire das tat.

War Marc Lambert in seiner Rage, in seinem Wunsch, sich an Anna zu rächen, so abgebrüht, sie die Treppe hinunterzustoßen? Befand Marc sich auf Aufnahmen der Überwachungskameras? Wurden von Anna Aufnahmen an ihrem Unfallort gemacht? Wahrscheinlich schon. Aber Bernard ging felsenfest davon aus, dass keiner seiner Ex-Kollegen die Festplatte der Überwachungskameras kontrolliert hatte. Wozu auch, wenn man von einem Unfall ausging.

Es war aber ein großer Unterschied, ob jemand auf einer Treppe ausrutschte oder mit starker Wucht gestoßen wurde. Anna war offenbar eine junge Frau mit vielen Problemen. Seine Tochter Isabelle hingegen war ein echter Glücksfall. Da hatte Bernard ausnahmsweise mal etwas Großes zustande gebracht, auf das er stolz sein konnte. Wenn er mit Anna Piat nicht weiterkam, würde er sich an Isabelle wenden, die ihm sicher auf die Sprünge helfen könnte, was in der Psyche einer Achtzehnjährigen so vor sich ging. Für Isabelle war das noch nicht so lange her. Sie war gerade erst neunundzwanzig Jahre alt.

»Und konntest du Claire helfen?«, fragte Danielle beiläufig, als sie Bernard in der Küche antraf.

»Kann ich noch nicht sagen. Ich stehe noch ganz am Anfang.«

»Aber es ist mehr dran, als du gedacht hattest?«

»Weiß ich nicht. Wird sich noch zeigen.«

Bernard konnte ausgesprochen geheimnisvoll sein, wenn er an einem Fall arbeitete. Was sollte er Danielle auch sagen? Er hatte nichts Konkretes in der Hand. Alles bloß Spekulationen. Marc Lambert war wenigstens so nett, einen Eintrag in den *Pages Blanches* zu hinterlassen – und seine Adresse, wo doch heute jeder ein Smartphone besaß: *Rue Benoît Bunico* in der Altstadt von Nizza.

Die Putzfrau der Reinigungsfirma wurde einem Verhör unterzogen. Auch wenn sie es vehement bestritt, vergessen zu haben, das Hinweisschild aufzustellen, ja, nicht einmal bei der Treppe im Erdgeschoss gewesen zu sein, sprachen die Indizien gegen sie. Ein Ermittlungsverfahren wegen fahrlässiger Tötung mit Todesfolge wurde eingeleitet. Wenn Bernard Bonnot keine neuen Beweise vorlegen konnte, dass sich auch Marc Lambert zu dem Zeitpunkt in dem Museum aufgehalten hatte, dann war's das. Annas Leiche würde in den nächsten Tagen freigegeben und auf dem *Cimetière du Château* beerdigt werden.

Bernard Bonnot schaute sich Annas Fotos im Internet an. Er wollte sich von ihr ein Bild machen. Durch ihren frühen Tod wurde sie zu einer kleinen Berühmtheit. Es war schon jetzt klar, dass die nächste Ausgabe der *Elle* reißenden Absatz finden würde. Bernard entdeckte sogar ein Foto von Anna in Spitzenunterwäsche in einem hauchdünnen Nichts in schwarzer Seide. Der Slip und ein zusammengebundenes Oberteil gaben mehr von ihrem Körper preis, als dass sie ihn verhüllten. Bernard konnte das Foto kaum mit all dem in Einklang bringen, was Claire ihm über Anna verraten hatte.

Da schaute eine hinreißend schöne Frau in die Kamera: selbstbewusst. Es machte den Anschein, als gäbe es nichts Schöneres für sie, als sich und ihren Körper zu präsentieren. Den rechten Arm stützte sie auf eine verzierte Kommode, den linken Arm hatte sie hinter dem Kopf verschränkt. Ihre schwarzen Locken fielen betörend schön wie ein Wasserfall.

Das Erstaunlichste an dem Foto war jedoch: Es gab nicht die geringsten Anzeichen, dass Anna es verabscheute, fotografiert zu werden. Im Gegenteil. Sie schaute offen in die Kamera, richtete ihren Blick direkt auf den Betrachter. Auf ihren vollen, sinnlichen Lippen lag ein feinsinniges Lächeln. Nicht unbedingt selbstironisch, aber zärtlich. Liebevoll. Große braune Augen. Bernard konnte nicht glauben, dass das die Anna sein sollte, die Claire ihm beschrieben hatte.

Auf dem Weg zu Marc Lambert wich Bernard geschickt den Menschentrauben am *Cours Saleya* aus, die vor den Obst- und Gemüseständen anstanden. Da war kaum ein Durchkommen möglich. Nur ein schmaler Streifen zwischen Ständen und den Stühlen der Restaurants wurde freigelassen. Er fand eine Lücke und überholte die langsam flanierenden Touristen. Wenn er ein Ziel vor Augen hatte, ließ Bernard sich von nichts und niemandem aufhalten. So hatte er es in seiner aktiven Zeit als *Commissaire* auch gehalten. Wenn er einen Fall auf den Tisch bekam, brannte er vor Ehrgeiz, ihn zu lösen. Dahin wollte er auf keinen Fall zurück. Es fühlte sich aber gut an, ein Ziel vor Augen zu haben, auf das er sich konzentrierte.

Der Duft von Rosmarin, Basilikum und kleinen Zitronenbäumchen wehte ihm in die Nase. Er hatte aber keine Zeit, diese mediterrane Pracht auf sich wirken zu lassen. Außerdem kannte er das Markttreiben zur Genüge und war daran gewöhnt. Bei Theresa wurde *Socca* in der riesigen Pfanne noch heiß in Portionen geteilt und zum Verkauf angeboten. *Socca* war eine Spezialität der Region und wurde aus Kichererbsenmehl hergestellt. Bernard achtete nicht darauf und ließ sie links liegen. Er war froh darüber, die von Menschen wimmelnde Geschäftigkeit hinter sich zu lassen.

In der *Rue Droite* – einer der ältesten Straßen in der Altstadt – ging es ruhiger zu. Trotz der intensiven Septembersonne lag die Gasse überwiegend im Schatten. Nun drehte Bernard erst richtig auf. Er hatte freie Bahn. Er fürchtete sich auch ein wenig davor, sein Ziel nicht zu erreichen.

Einige Geschäfte waren geschlossen. Gitter versperrten den Eingang. Es gab Galerien, die ihre Kunst anboten. In der Straße herrschte ein prächtiges Farbenspiel: grüne Fensterläden und ockerfarbene Fassaden. Nach rechts führten Gassen steil nach oben zum ehemaligen Schlosshügel. Er bog in die *Rue Rossetti* ein. Vor einem Haus, das von Bars und Restaurants eingerahmt war, ließ er es sich nicht nehmen, kurz stehen zu bleiben und hinaufzuschauen. Vor gut zwanzig Jahren hatte er hier einmal gewohnt. Er hatte in der Stadt Spuren hinterlassen, und die Stadt Spuren in seiner Erinnerung.

Bernard lief ein Stück zurück in die *Benoît Bunico.* Selbst für die Altstadt war die Straße eng. Hier kam kein Auto durch. Er fand das Haus umgeben von einem Restaurant und einer Boutique. Die Tür war ein Tor mit spitzen Gittern. Bernard spähte durch einen Spalt in das Marmortreppenhaus. Niemand zu sehen. Er schaute auf die Klingelleiste mit den Namen auf knallrotem Untergrund. Da fand er ihn: Marc Lambert. Er wollte dem Jungen auf den Zahn fühlen, was er zu dem überraschenden Tod von Anna Piat zu sagen hatte. Hatte er seine zerstörerische Rage genauso wenig unter Kontrolle gehabt wie Bertrand Cantat?

Bernard drückte auf den Klingelknopf. Noch einmal. Keine Reaktion. Niemand öffnete ihm. Um sicherzugehen, drückte Bernard noch ein drittes Mal auf die Klingel.

In dem Moment stürzte ein Mann in schwarzer Jogginghose und blauen Laufschuhen die Treppe hinunter. Kurz starrte er auf das Tor – und den Mann davor. Dann machte er plötzlich auf dem Absatz kehrt und rannte durch den gegenüberliegenden Ausgang auf den *Place Rossetti* hinaus, als wäre der Teufel hinter ihm her.

Durch Bernard ging ein gewaltiger Ruck. Starke Reflexe. Schneller Antritt. Trainiert als Jogger. Er musste auf die *Rue Rossetti* zurück, musste um den Häuserblock herumlaufen. Dabei stieß er beinahe mit einem älteren Mann zusammen und konnte ihm gerade noch rechtzeitig ausweichen. Marc Lambert hatte bereits einen gewaltigen Vorsprung. Es konnte keinen Zweifel geben, dass er es war, der vor ihm davonlief.

Am *Place Rossetti* lief Bernard durch eine schmale Gasse neben einer Pizzeria. Vor ihm kreuzte ein halb nackter Brasilianer seinen Weg, der mit seinem Tambourin die Touristen abkassieren wollte. Um ein Haar wäre Bernard an einer Stufe bei der Fontäne abgestürzt. Er sah gerade noch, wie Marc nach rechts in einer Gasse verschwand. Bernard beschleunigte seine Schritte, soweit das in den engen Gassen in der Altstadt überhaupt möglich war. Ein Mann schob umständlich sein Motorrad zurück. Er hätte ihm fast das Hinterrad vor das Schienbein geknallt.

In jede Gasse, in jedes Restaurant warf er einen flüchtigen Blick. Er wurde genauso draufgängerisch, wie er früher immer gewesen war. Der junge Schnösel brauchte nicht zu denken, dass er ihn abhängen konnte, nur weil er dreißig Jahre jünger war. Der Wettlauf durch die Gassen mobilisierte seinen Ehrgeiz und seine letzten Kraftreserven.

Vom *Place Vieille* schlug Marc einen Schlenker nach rechts. Bernard blieb ihm dicht auf den Fersen. Der Abstand schmolz. Er bekam Oberwasser. Marc nun etwa zehn, fünfzehn Meter vor ihm. Er lief, als ginge es um sein Leben.

»Bleib stehen!«, brüllte Bernard ihm hinterher. »Ich will mit dir reden.«

Marc Lambert blieb nicht stehen, nicht eine Sekunde schien er daran zu denken. Die Straße weitete sich. Neben dem Gebäude des *Conseil Général Des Alpes-Maritimes* versperrte eine Touristengruppe Bernard den Weg. Von einem Moment zum anderen implodierte er, seine Kräfte verließen ihn – schlagartig. Marc lief uneinholbar davon.

Bernard stützte seine Hände auf seine Oberschenkel ab, keuchte, strich sich sein verschwitztes Haar zurück. Sein Herz hämmerte mit unglaublicher Wucht. Ihm wurde schwarz vor Augen, wie damals, als der Weg ihm bedrohlich entgegenkam und er vom Fahrrad stürzte. Er hielt sich die Stirn und hoffte darauf, dass seine Schwächephase verging.

»Hinter wem bist du denn her?« Bernard schaute direkt in das lächelnde Gesicht von Philippe Plupart. »Oder ist der Teufel hinter dir her? Dann musst du noch ein bisschen trainieren.«

7

Langsam kam Bernard wieder zu Kräften und erholte sich.

Dass er ausgerechnet Philippe Plupart in die Arme lief, während er sich die Lunge aus dem Leib hetzte, passte Bernard überhaupt nicht. Er wäre am liebsten im Boden versunken oder Plupart aus dem Weg gegangen. Doch das ging jetzt nicht mehr. Bernard sah seinem Ex-Kollegen an, dass dieser darauf brannte, Neuigkeiten zu erfahren. Wenn Bernard dem jetzt nachgab, dann wusste das gesamte *Commissariat de Police* über ihn Bescheid.

Philippe Plupart und er hatten früher eng zusammengearbeitet. Bernard war nicht einmal wesentlich älter als er, nur fünf Jahre. Nur wegen seines Herzinfarkts war er nicht mehr dabei. Philippe war einer der größten Schreihälse gewesen, der wiederholt beteuerte, wie leid es ihm tue, was Bernard widerfahren war, und wie sehr er ihn vermissen würde. Bernard wusste damals nicht, ob er das ernst nehmen sollte. In ihrer aktiven Zeit hatte er nie den Eindruck gehabt, dass sie sich besonders nahestanden. Im besten Fall verband sie eine herzliche Gleichgültigkeit – die schlimmste Form der Verachtung!

Bernard richtete jetzt seinen Oberkörper auf; er war gut einen halben Kopf größer als Philippe, und reckte ihm herausfordernd sein breites, maskulines Kinn entgegen. »Meinst du nicht, dass die *Police* gerade dabei ist, einen großen Fehler zu begehen?«, ging Bernard ihn direkt an. Er wollte Plupart auf den Zahn fühlen, wollte von ihm zusätzliche Informationen herausbekommen, die für ihn nützlich sein konnten.

Sofort stellte sich ihr altes Verhältnis wieder ein: Bernard Bonnot war der Vorgesetzte, Philippe Plupart der Wasserträger, der die Drecksarbeit machte, die mühselige, zeitraubende Kleinarbeit.

Plupart schaute ihn verwundert an. »Wovon sprichst du, BB?« Ja, das war der alte BB, so wie Plupart ihn kannte: forsch, energisch, die Hand immer am Drücker.

»Na, ich meine den *Unfall*«, und Bernard sprach das letzte Wort voller Herablassung aus, »von Anna Piat. Seid ihr ganz sicher, dass es ein Unfall war?«

Bei Plupart machte es endlich klick. »Was fragst du mich?« Philippe Plupart breitete die Arme aus. »Der Unfall wurde gründlich untersucht. Der Gerichtsmediziner hat ein schweres Schädel-Hirn-Trauma festgestellt, an dessen Folgen sie letztlich starb. Unsere Ermittlungen haben ergeben, dass Anna Piat auf ihren High Heels nach vorn die Treppe hinuntergestürzt und mit dem Kopf auf dem Steinboden aufgeschlagen ist. Sämtliche Begleitumstände deuten alle auf einen Unfall hin. Die Treppe war nass, und damit meine ich sehr nass. Und außerdem ...«

Bernard unterbrach Plupart. »Dann hätten wir den Fall, dass das Trauma einen jungen Menschen direkt zum Friedhof führt.«

Plupart schaute Bernard verwundert an. Dann nickte er anerkennend. »Genau. Wenn jemand ein Schädel-Hirn-Trauma hat, ist er nur noch schwer zu retten.« Plupart schaltete schnell. »Was hast du denn eigentlich damit zu tun? Genügt es dir nicht mehr, Betten zu beziehen und die Gäste beim Frühstück zu bedienen? Oder lässt Danielle dich auch mal an die Rezeption? Wie nennst du sie? Katze. Klingt gruselig.«

»Lass Danielle aus dem Spiel. Sie hat nichts damit zu tun.«

»Stellst du jetzt etwa private Ermittlungen an?«, setzte Plupart nach. Er witterte Lunte. »Ist es dir als Hotelier zu langweilig? Es ist eben etwas anderes, im Feuer zu stehen und einen komplizierten Fall zu lösen. Hast du etwa was herausgefunden? Spuck es schon aus! Gibt es etwas, was der Untersuchungsrichter wissen müsste?«

»Ich habe immer die Ansicht vertreten, dass Gründlichkeit vor Schnelligkeit geht. Heute wollen junge Untersuchungsrichter die Fälle schnell vom Tisch, um unbeschwert mit ihren Familien ins Wochenende zu starten.«

Philippe Plupart schaute die Straße entlang und dann in Bernards Gesicht. »Wen hast du verfolgt?« Sein Ton klang streng. »Darf ich dich daran erinnern, dass du nicht mehr dabei bist. Du bist draußen, BB, vergiss das nicht.«

»Das weiß ich. Du brauchst keine Angst zu haben. Deshalb frage ich dich ja.«

»Ich kann dir nur helfen, wenn du den Mund aufmachst. Ich kann dich auch drankriegen wegen Zurückhaltung und Unterdrückung von Beweismitteln.«

»Jetzt gib mal nicht so an und spiel hier nicht den großen Flic.«

Philippe stand herausfordernd da. Wartete. Es war Bernard klar, dass er ihm etwas anbieten musste, wenn er weiterkommen wollte. Er hatte sich weit vorgewagt, Plupart erst richtig heißgemacht. Bernard überlegte, was und wie viel er Plupart erzählen sollte. Claire hatte ihn echt in die Bredouille gebracht. Warum war sie nicht einfach selbst zur Polizei gegangen?

Bernard tastete sich vor. »Was ist, wenn Anna Piat nicht allein bei den Toiletten gewesen ist, wenn bei ihr noch jemand ...« Er kam nicht dazu, zu Ende zu sprechen.

»Alle Achtung!«, rief Plupart aus. »Du bist noch bescheuerter geworden, als ich gedacht habe. Die Sonne verdörrt dir dein Gehirn. Das ist der größte Schwachsinn, den ich seit Langem gehört habe. Das stellt selbst deine krassesten Theorien in den Schatten. Immer hübsch gegen den Strom. Gib dir keine Mühe, BB. Es ist alles überprüft worden. Von einem Mann ist nichts bekannt. Anna Piat war allein bei den Toiletten.« Philippe Plupart stemmte eine Hand in die Seite und baute sich vor Bernard herausfordernd auf. »Nun lass mal die Katze aus dem Sack! Erzähl mir mal deine blendende Theorie, von der niemand einen blassen Schimmer hat, weder der Gerichtsmediziner noch der Untersuchungsrichter.«

Bernard schnaufte und schob sein Haar hinter das Ohr. Er verfluchte den Umstand, ausgerechnet zu so einem frühen Zeitpunkt Philippe Plupart in die Arme gelaufen zu sein. Er hatte nichts in der Hand. Keine Beweise. Er hatte nicht einmal mit Marc Lambert gesprochen. Das Einzige, was er hatte, war eine abenteuerliche Theorie, die nicht einmal von ihm stammte. Aber jetzt stand er dazu. Er würde keinen Rückzieher machen.

»Was hältst du davon, Philippe«, Bernard klopfte ihm freundschaftlich auf die Schulter, »wenn du mich einfach meine Arbeit machen lässt.« Bernard grinste breit und gewinnend.

»Was heißt Arbeit? Erzähl es mir jetzt – nicht in einer Woche! Dann ist die Luft raus.«

»Da dürftest du ausnahmsweise recht haben.« Bernard überlegte, schaute die Straße entlang Richtung *Palais de Justice.* In Gedanken war er schon ein Stück weiter.

»Okay. Ich erzähle es dir. Ich soll jemandem einen Gefallen tun.«

»Wem?«

»Das tut nichts zur Sache. Hör einfach zu. Spar dir deine Kommentare für später auf.«

»Oder quält dich dein schlechtes Gewissen wegen ...?«

»Jetzt halt einfach mal die Klappe, sonst erzähle ich nichts.«

»Schön. Schieß los.«

»Wie ich schon sagte, was hältst du davon, wenn Anna Piat nicht allein im Basement bei den Toiletten war.« Philippe Plupart blähte die Backen. »Stell es dir wenigstens einmal vor. Auf der Terrasse findet das Shooting statt. Vier wunderschöne Models. Der Museumsbetrieb läuft normal weiter. Jeder kann raus, jeder kann auch rein. Stell dir weiter vor, jemand lauert Anna Piat an der Treppe auf. Vielleicht jemand, den sie kennt. Und zack: Er gibt ihr einen harten Stoß, vielleicht auch einen Tritt in den Rücken. *Et voila* – Anna Piat fliegt die Treppe hinunter. Gut, die Gerichtsmediziner haben die Todesursache festgestellt. Sie können aber nicht feststellen, *wie* der Sturz zustande kam. Den Unterschied, ob einer ausrutscht oder gestoßen worden ist, kann aufgrund der Lage des Körpers nur ein Experte feststellen. Ist Annas Körper bewegt worden?«, fragte Bernard

Plupart schaute ihn verdutzt an und schüttelte den Kopf. »Das kann ich dir nicht sagen. Ich bin mit dem Fall nicht befasst. Deine These ist aber so ungeheuerlich absurd, dass ich nicht einmal darüber lachen kann. Wie ich dich kenne, weißt du auch bereits, wer es gewesen ist.« Plötzlich ging ihm ein Licht auf. »Es war der Typ, den du verfolgt hast, den du aber nicht einholen konntest. Als er deine Flic-Fresse gesehen hat, ist er vor dir getürmt. War es so?«

»So ungefähr. Ich erwarte nicht, dass du mir glaubst, Philippe. Lass das allein meine Sache sein. Du könntest mir aber einen Gefallen tun. Ich habe dir die Geschichte erzählt.«

»Was?«, fragte Plupart scharf zurück.

»Ich möchte die Festplatte mit der Kameraüberwachung überprüfen. Es ist mir klar, dass ich nicht ins Blaue irgendwelche Spekulationen aussprechen kann. Ist unser Mann auf der Videoüberwachung, wissen wir, dass er sich an dem Tag im *Musée Masséna* aufgehalten hat. Das wäre doch ein merkwürdiger Zufall, nicht wahr?«

»Es gibt weder ein *unser Mann* noch ein *wir,* BB. Du bist nicht mehr dabei, auch wenn es dir schwerfällt. Falls etwas dran ist, übernehmen wir das, das heißt *ich.* Es könnte nämlich sein«, und er sagte es mit Stolz, »dass mir noch eine Beförderung bevorsteht. Ich kann dir aber versichern, dass die Untersuchung mit aller Sorgfalt durchgeführt wurde.«

Es hörte sich an, als wollte Philippe Plupart seinem Ex-Chef Bernard alles heimzahlen, was er in all den Jahren unter ihm einstecken musste.

»Nicht so dicke, Philippe. Die Kameraüberwachung ... Und wenn wir schon einmal dabei sind: Auch die Aufnahmen der KTUler von Anna Piat an ihrem vermeintlichen Unfallort, bitte.«

»Sonst noch was? Soll ich vielleicht auch noch ein Ermittlungsverfahren einleiten? Gegen Unbekannt oder verrätst du mir den Namen?«

Es ging Bernard mächtig gegen den Strich, Plupart den Namen auf die Nase zu binden. Er hatte Angst, Plupart könnte es versauen. Mit Marc Lambert zu reden, möglicherweise ihm ein Geständnis zu entlocken, erforderte Fingerspitzengefühl. Ehrlich gesagt, traute Bernard das Philippe nicht zu. Er würde mit der Brechstange vorgehen. Das war nichts für ihn. Immer auch vorausgesetzt, es stimmte, was Claire ihm über Marc erzählt hatte.

»Nun ja, wenn wir schon dabei sind, ich bräuchte den Namen der Reinigungsfrau, der der Unfall angelastet wird. In *Nice-Matin* steht nur ihr Vornahme und der Anfangsbuchstabe ihres Nachnamens. Vielleicht kann ich ihr helfen«, hakte Bernard nach.

»Du bist noch größenwahnsinniger, als ich dachte, BB.«

»Ich fasse das jetzt mal als ein Kompliment auf.« Bernard lächelte breit und gewinnend über das ganze Gesicht. »Nimm es doch einmal so, Philippe«, er klopfte ihm mit seiner fleischigen Hand gegen die Brust, »du kannst von Glück sagen, dass ich mich um die Sache kümmere und mich ihr annehme. Wie steht die *Police Judiciaire* da, wenn an der Sache mehr dran ist, als ihr denkt? Du kommst mir aber mit billigen Drohungen. Du reibst mir Selbstverständlichkeiten unter die Nase. Dass ich nicht mehr dabei bin, weiß ich selbst. Das brauchst du mir nicht sagen. Anstatt mir, nun ja, für meine Hypothese mit Kusshand zu danken, mauerst du. Philippe, bemühe dich nicht. Ich kann noch laufen, und ich habe noch ein paar Freunde in der Stadt. Ich werde auch ohne dich den Namen der Frau herausfinden.«

Bernard ließ Plupart einfach stehen und entfernte sich in Richtung *Palais de Justice.*

8

Bernard wälzte sich im Bett hin und her. Er konnte nicht einschlafen. Starke Unruhe und Zweifel quälten ihn. Er hatte sich vor Philippe Plupart weit aus dem Fenster gelehnt, hatte sich Claires Version der Ereignisse zu eigen gemacht. Es kamen ihm nun Bedenken, ob es tatsächlich so gewesen war. Er hatte keinen mächtigen Polizeiapparat hinter sich, der ihm zuarbeitete, der Steinchen für Steinchen, Puzzleteil für Puzzleteil zusammenfügte, bis es ein schlüssiges Gesamtbild gab.

Er wusste einfach zu wenig über Anna Piat und Marc Lambert. Philippe konnte er vergessen. Von ihm war keine große Hilfe zu erwarten. Er würde wahrscheinlich im *Commissariat* herumerzählen, dass Bernard Bonnot nun vollkommen durchgeknallt war. Das einzig Gute war, er musste nicht länger seinen Dienst tun. Er war ein freier Mann.

Bernard konnte vor diesem Großkotz allerdings auch nicht einknicken. Er brauchte *handfeste* Beweise, die seine Spekulation entweder erhärteten oder aber widerlegten, wenn er nicht komplett zur Witzfigur werden wollte, die niemand mehr ernst nahm. Mit Sicherheit rührte im Fall Anna Piat kein Flic mehr einen Finger, niemand stellte Nachforschungen an. Das Model würde bald auf dem *Cimetière du Château* beigesetzt werden. Todesursache: Sturz.

Er hatte am Vorabend versucht, Annas Familie zu erreichen, doch entweder war besetzt, oder nach kurzer Zeit ging der Anrufbeantworter an. Er sprach kurz auf den AB, stellte sich vor, sagte, wer er war, machte sich aber nicht allzu viele Hoffnung. Die Familie war vermutlich komplett mit sich selbst beschäftigt, mit ihrer Trauer und den Vorbereitungen für die Beerdigung. Ein Außenstehender, der noch dazu mit einer leicht abwegigen Theorie aufwartete, störte da nur. Den konnten sie sicher nicht brauchen. Bernard Bonnot nannte deshalb auch nicht den Grund seines Anrufs und auch nicht seinen ehemaligen Titel, *Commissaire*. Ein Titel, der ihm immer Respekt und auch den nötigen Nachdruck verschafft hatte. In dem Chaos würde sein Anruf wahrscheinlich untergehen. Er hoffte trotzdem, Näheres über Anna erfahren zu können.

War sie tatsächlich ein Mädchen, das sich nicht gern fotografieren lassen wollte? Und war Marc Lambert der gewaltbereite junge Mann, der sich an ihr rächte? Hatte Marc vielleicht über die Familie versucht, an Anna heranzukommen?

Bernard Bonnot bekam Annas Bild nicht aus dem Kopf. So, wie sie vor der Kamera posierte, war es schwer vorstellbar, dass sie sich nicht fotografieren lassen wollte. Er fühlte, hier stimmte etwas nicht. Dass Anna sich umgebracht haben könnte, davon wollte die Familie sicher am wenigsten wissen. Man würde ihn wahrscheinlich hochkantig rausschmeißen.

Der einzige Lichtblick war, dass er tatsächlich den Namen der Reinigungsfrau herausbekam. Ein Anruf beim Redakteur von *Nice-Matin* genügte. Notgedrungen musste Bernard dem Journalisten Jean Tonnet seine Theorie erklären, wie Anna Piat möglicherweise ums Leben gekommen war. Streng vertraulich natürlich. Dafür rückte Tonnet den Namen der Reinigungsfrau heraus, die die Polizei stundenlang verhört hatte. Eine Hand wäscht die andere. Bernard Bonnot hatte eben doch noch einige Freunde in der Stadt.

»Du schläfst nicht?«, fragte Danielle leise.

»Nein«, brummte er.

»Dich beschäftigt der Fall?«

»Ja.«

»Hast du Nachforschungen angestellt?«

»Ja.«

»Hast du etwas herausgefunden?«

Er war jetzt hellwach. Sein Kopf kristallklar. An Schlaf war nicht zu denken. Er schaute in eine imaginäre Ferne und versuchte, sich ein Bild von Anna zu machen, wie sie tief in ihrem Innersten gefühlt haben musste. Ihre Zerrissenheit. »Ich werde einfach nicht schlau aus Anna, so, wie Claire sie beschrieben hat. Ein wunderschönes, charmantes Mädchen, das es verabscheute, sich fotografieren zu lassen.«

Danielle bemerkte, dass ihn Anna emotional stark beschäftigte. »Sie war eben ein widersprüchliches, ambivalentes Mädchen. Du willst verstehen, wie es in ihrem tiefsten Innern aussah, richtig?«

»Ja. Ich will wissen, was sie antrieb, was sie ausmachte, ihre Hoffnungen, ihre Ziele und auch, was sie hemmte. Auf diese Weise stoße ich hoffentlich auf die Zusammenhänge, die zu ihrem Tod führten.«

Mit Bernards Schlaf war es jetzt vorbei. Bernard und Danielle wussten genau, wie sehr sich der Ex-Flic mit einem Problem auseinandersetzen konnte, bis er endlich die Lösung gefunden hatte. Aufgeben war für ihn keine Option. Das stresste ihn sogar. Bernard sollte Stress aber unbedingt vermeiden. Aber er brauchte das Adrenalin, er brauchte es wirklich. Er brauchte die Spannung. Das hielt ihn wach, das hielt ihn auf Trab. Er brauchte das Risiko. Die Gefahr. Nur dann hatte er das Gefühl, er lebte wirklich. Sich gemütlich hinter der Rezeption zu verschanzen, war nichts für ihn.

»Hast du schon mal daran gedacht, dass Claire sich mit der Geschichte wichtigmachen könnte?«

»Nein. Glaubst du ihr etwa nicht?«, fragte Danielle.

Unausgesprochen hörte Bernard einen Vorwurf in ihrer Stimme, ging aber nicht darauf ein. »Oder hat sie schon einmal Ereignisse widergegeben, die deiner Wahrnehmung vollkommen widersprechen?«

»Nein.« Danielles Stimme stockte. »Ich lege für Claire meine Hand ins Feuer. Sie würde niemals etwas behaupten, was nicht stimmt oder wahr ist. Sie ist viel zu vorsichtig und rücksichtsvoll, um falsche Behauptungen aufzustellen. Ich finde es nicht fair von dir, ihre Aussage in Zweifel zu ziehen.«

»Schon gut. Das Problem ist: Ich habe bloß ihre Aussage, die sie allerdings entschieden vertritt. *Ich* bewege mich da auf ganz dünnem Eis, verstehst du? Es ist deshalb wichtig für mich zu wissen, wie belastbar Claires Angaben sind. Anna hat sich von ihrem Freund getrennt, was ihm den Boden unter den Füßen weggezogen hat. Claire hat mir erzählt, Marc sei bei ihr im Laden gewesen, außer sich vor Wut auf Anna. So ein Typ wie Bertrand Cantal, der jeder Frau die Fresse poliert, die ihn abserviert.« Bernard machte eine Pause. »Oder sie die Treppe hinunterstößt.«

»O mein Gott«, stieß Danielle aus, »dann ist es wahr, dass mit dem Unfall etwas nicht stimmen könnte?«

»Das kann ich nicht sagen. Dafür fehlt mir jeglicher Beweis. Allerdings haben meine Ex-Kollegen den Vorfall äußerst lässig aufgenommen. Um nicht zu sagen schlampig. Ich frage mich, warum Claire sich an dich gewandt hat, warum meldet sie die Vorkommnisse nicht der *Police?*«

»Claire ist niemand, der sich mit Geschichten hervortut. Sie wirkte in solchen Situationen eher hilflos. Sie war sich selbst nicht sicher, ob sie zur Sprache bringen sollte, was sie bedrückte. Ich habe sie darin bestärkt.«

»Ihr steckt die ganze Zeit die Köpfe zusammen, telefoniert miteinander. Was redet ihr eigentlich, wenn ich nicht dabei bin?«

»Das ist doch wohl klar. Wir lästern über dich, was für ein schlechter Hotelier du bist. Zum Glück hast du mich, sonst hättest du schon längst alle Gäste vergrault.«

»Natürlich. Das hätte ich mir denken können«, lachte Bernard. »Du hast Claire aber hinter meinem Rücken darin bestärkt, dass ich ihr helfen werde.«

»Natürlich. Ich bin stolz auf dich. Ich weiß, dass du als *Commissaire* unermüdlich bist, auch wenn du manchmal unausstehlich sein kannst.«

Bernard drehte seinen Körper zu seiner Katze, schob eine Hand unter die Bettdecke und kitzelte ihren Bauch, dass sie kreischte. Er beugte sich zu ihrem Gesicht hinunter und schob ihre Haare beiseite. Dann küsste er sie lang und innig.

9

Bernard spürte gleich, als er die Tür zur Terrasse öffnete, dass es ein strahlend heller Tag werden würde. Trotz aller Unruhe war es ihm gelungen, tief zu schlafen. Glitzerndes Licht breitete sich über das Meer bis zum Horizont aus: ein tiefes, sattes Blau. Ein sinnenfrohes Spiel der Farben, das es nur in Nizza gab. Dafür liebte Bernard Nizza. Er würde diese Stadt für keinen anderen Ort auf der Welt eintauschen wollen. Er war glücklich darüber, dass es ihm gelungen war, Danielle hierherzulocken.

Kurz vor zehn Uhr stand Bernard am Stehpult vor dem Eingang des Hotels Negresco. Auf einem Podest reckte die Skulptur von Niki de Saint Phalle ihre Posaune empor. In der Rue de Rivoli parkten die Luxusschlitten der Gäste: ein Aston Martin Vantage V12, ein Bentley Mulsanne Speed, ein Ferrari FF, ein Lamborghini Huracán und ein Maserati GranTurismo Convertible. Von drei Rolls-Royce-Limousinen gar nicht zu reden.

Das Musée Masséna befand sich direkt gegenüber dem Hotel. Dort war Anna Piat zu Tode gestürzt.

Bernard lächelte Cyril zu, dem groß gewachsenen schwarzen Portier des *Negresco* mit Dreitagebart und einem unverschämt gut gelaunten Lächeln. Jedes Mal wenn er Cyril sah, bekam auch er gute Laune. Cyril trug die typische Uniform der Portiers des *Negresco* – blaues Sakko, rote Pluderhosen, blaue Seidenstrümpfe – mit einer charmant zur Schau gestellten Lässigkeit.

Er gab Bernard mit einer Kopfbewegung einen Wink. »Sie sitzen auf der Terrasse.«

»Danke!« Bernard war ihm dankbar für den Tipp. Er hatte tatsächlich noch ein paar Freunde in der Stadt, die ihm weiterhalfen und ihn nicht auflaufen ließen, wie der hochnäsige Plupart. Cyril hatte ihn gleich angerufen, als Jules Giraud und seine Models vor zwanzig Minuten zum Frühstück ins *Negresco* gekommen waren.

Bernard musste es einfach versuchen, mit dem Fotografen und den Models zu sprechen, auch wenn ihm klar war, dass er sie in ihrer Trauer störte. Es führte aber kein Weg daran vorbei. Jede Ermittlung war unzureichend und zum Scheitern verurteilt, wenn er nicht mit den Beteiligten darüber sprach, wie sie das Geschehen erlebt hatten. Und was das Wichtigste war: was ihnen möglicherweise aufgefallen war.

Bernard ging eilig durch die Hotelhalle, wandte sich nach rechts, lief an den mit Gemälden überladenen Sälen entlang. In der Brasserie *La Rotonde* sah er, dass drinnen und draußen das Frühstück serviert wurde. Kellner liefen eilig umher, tischten Berge von Köstlichkeiten auf. Er konnte sich gar nicht daran sattsehen. Mindestens fünfzig verschiedene Sorten Käse, Salate, Bayonner Schinken, Cervelas de Lyon, Coppa di Corsica, diverse Fischspezialitäten und auch Champagner standen bereit. Bernard bekam schon wieder Hunger, obwohl er bereits gefrühstückt hatte.

Er trat auf die lichtdurchflutete Terrasse hinaus. Es war für ihn nicht schwer, unter all den Gästen die Gesuchten auszumachen: Der Fotograf und seine Mädchen saßen gemeinsam unter einem großen Sonnensegel an einem

Tisch, Gisèle, Marie und Stefanie. Hinter Jules hockte ein weiterer Mann, dessen Name er nicht wusste, der aber auf einer der Fotografien im *Nice-Matin* abgebildet war. Bernard hatte keine Ahnung, wer das war. Egal, nun stand erst einmal seine heikelste Aufgabe an. Sie erforderte Fingerspitzengefühl und Einfühlungsvermögen. Die Models kannte er ebenfalls aus der Zeitung, hatte sich ihre Namen gemerkt.

Bernard Bonnot ging direkt auf die Gruppe zu. Marie hatte ihre blonden Haare hochgesteckt und entblößte ihren schönen Nacken. Über ihre schmalen Schultern spannten sich die Spaghetti-Träger ihres schwarzen Tops. Ihr Gesicht war aschfahl und wirkte schmaler, als es ohnehin schon war. Die Augen lagen in tiefen Höhlen, als hätte sie stundenlang geweint. Sie schaute Bernard nicht einmal an. Sie schaute einfach nur ins Nichts.

Auch Stefanie wirkte abwesend. Ein Schatten ihrer selbst. Nur ihre leere Hülle saß am Tisch. Ein Croissant war kaum angebissen, die Kaffeetassen halb ausgetrunken. Bernard bewunderte ihre seidig glänzenden Haare, die ihr bis zum Po gingen. Ihr strahlendes Lächeln war jedoch erloschen.

Schon beim Näherkommen spürte Bernard die Traurigkeit, die beklemmende Melancholie, die von dem Tisch ausging. Es war ein strahlend schöner Tag – doch bei ihnen herrschte tiefste Nacht. Kaum einer sprach ein Wort. Auch nach wenigen Tagen konnten sie anscheinend das schier Unfassbare immer noch nicht begreifen – und schon gar nicht in Worte fassen. Anna Piat tot. Auf absurde Weise die Treppe hinuntergestürzt. Gerade eben war sie noch mitten unter ihnen gewesen, aktiv und lebendig – und auf einmal sollte Anna nicht mehr sein?

Es fiel Bernard nicht schwer, sich in die Gemütsverfassung der Models einzufühlen. Dafür war ihre Trauer mit Händen zu greifen. Annas Tod war so sinnlos und absurd. Die kleine Gruppe stand noch immer unter Schock. Annas Tod lähmte ihre Gefühle, machte sie hilflos und verzweifelt, da sie nichts gegen ihren Verlust tun konnten. Sie vermissten Anna. Alle.

Bernard räusperte sich. »Guten Morgen ...«

Jules nahm seine Sonnenbrille ab und schaute ihn fragend an.

Bernard stand ein wenig verlegen da, als wüsste er nicht, was er sagen sollte; wichtig war aber, im ersten Moment die richtigen und angemessenen Worte zu wählen. »Ich möchte Ihnen mein Beileid aussprechen zu dem tragischen Unfall von Anna Piat.«

»Danke!«

Es war Jules Giraud anzumerken, dass er den Eindringling schnell wieder loswerden wollte.

Bernard blickte wiederholt zu Stefanie und den anderen Models. Ihm wäre es lieber gewesen, mit ihnen allein zu sprechen. Sie würden wahrscheinlich bereitwilliger über Anna reden, wer sie war, was sie umgetrieben hat. Das Wichtigste überhaupt: Trug Anna sich tatsächlich mit Selbstmordabsichten? Und hatte jemand sie zusammen mit Marc Lambert gesehen?

Jules abschätzender Blick legte sich auch auf Bernards Stimmung. Es machte ihn gehemmter, als ihm lieb war. »Es tut mir leid, Sie beim Frühstück zu stören. Es haben sich da einige Fragen zu Anna Piat ergeben«, erklärte Bernard.

»Was für Fragen?«, fuhr Giraud ihn an. Er richtete sich in seinem Stuhl auf. »Wer sind Sie überhaupt?«, fragte er gleich gereizt. »Kommen Sie von der Presse?«

»Oh, entschuldigen Sie, ich habe mich noch nicht vorgestellt. Ich heiße Bernard Bonnot. Eine Freundin von mir hat mich kontaktet. Sie hat Bedenken, dass sich bei Annas Tod wirklich alles so zugetragen hat, wie es die Polizei darstellt. Annas Freund Marc ist völlig aufgelöst und verzweifelt zu ihr gekommen, auf der Suche nach Anna.«

»Ja und?«, fragte der Fotograf desinteressiert.

»Anna hatte sich überraschend von ihm getrennt, und Marc wollte sie zurückhaben. Er ertrug es nicht, von ihr abgewiesen zu werden. Er ist vom Typ her ein wenig wie Bertrand Cantat. Verstehen Sie, was ich meine? Als ich ihn gestern in seiner Wohnung aufsuchte, ist er panisch vor mir geflüchtet ...«

Die Models tauschten überraschte, verstörende Blicke aus.

»Anna hat sich von ihm getrennt?«, fragte Stefanie. »Das glaube ich nicht. Sie waren doch unzertrennlich. Jeden Augenblick schaute Anna auf ihr Handy, ob sie nicht irgendwelche Nachrichten von ihm bekommen hatte. Mehr weiß ich nicht über ihn. Anna hat nicht viel über ihr Privatleben erzählt.«

»Sie haben auch keine Ahnung, warum Marc verschwunden ist?«, setzte Bernard nach.

»Sagen Sie mal«, entgegnete Jules Giraud aufgebracht, »merken Sie nicht, dass Sie stören? Sie platzen in unsere Gedenkstunde für Anna hinein, in der wir uns an sie erinnern wollen.«

»Ich werde meine Unterbrechung kurzhalten. Versprochen.«

»Es interessiert uns nicht, dass Anna sich von ihrem Freund getrennt hat. Was haben wir damit zu tun? Ich habe jedenfalls keine Lust, Ihre impertinenten Fragen zu beantworten. Wir ringen mit uns selbst. Wir können nicht begreifen, dass Anna nicht länger unter uns ist. Wir möchten, dass unser Schmerz endlich aufhört. Doch das interessiert Sie offenbar nicht im Geringsten.«

Ein Kellner drehte sich zu dem Tisch um, da Jules am Ende laut wurde, griff aber nicht ein.

»Entschuldigen Sie bitte, ich wollte Ihnen nicht zu nahe treten. Selbstverständlich verstehe ich Ihre Trauer und Ihren Schmerz über den Verlust eines Menschen.« Bernard versuchte, die aufgeladene Stimmung zu entspannen. Der Mann sollte ihm gewogen bleiben und nicht gleich auf Abwehr schalten, bevor das Gespräch überhaupt begonnen hatte. »Hatte Anna sich in der letzten Zeit verändert?«, versuchte es Bernard erneut mit einer weniger verfänglichen Frage. »Es heißt, sie wollte sich nicht gern fotografieren lassen.«

Gisèle sagte überraschend: »Jules, blaff den Mann nicht an. Du weißt ja nicht, was er sagen will. Es stimmt doch, dass Anna nicht beim Shooting mitmachen wollte. Du hast sie dazu überredet, weil du sie unbedingt dabeihaben wolltest.«

Bernard war dem Mädchen sehr dankbar für ihr Einschreiten. »Was wissen Sie über Anna? Hatten Sie den Eindruck, dass Anna nicht hinter dem stand, was sie tat?«

»Worauf wollen Sie mit Ihren Fragen eigentlich hinaus?«, mischte sich Jules wieder ein.

Die Mädchen wurden nachdenklicher, als sie ohnehin schon waren. Bernards Fragen trafen offenbar einen wunden Punkt.

»Na, komisch war Anna schon«, bestätigte Gisèle. »Komm schon, Jules, das wirst du bestätigen können!«

»Ja, Anna soll sich hin und wieder seltsam verhalten haben.«

»Was meinen Sie mit seltsam?«, hakte Bernard nach. »Können Sie das näher beschreiben?«

Bernard schaute in die Gesichter der jungen Frauen. »Ich weiß, das ist alles nicht leicht für Sie. Bitte versuchen Sie es wenigstens! Können Sie sich an ein Ereignis erinnern, das charakteristisch für Annas Verfassung gewesen ist? Hatte sie das Gefühl, ihr Leben würde ihr entgleiten?«

Bernard sah den Models an, dass sie ernsthaft über seine Frage nachdachten.

»Nun ja, Anna war gewiss kein einfacher Mensch«, antwortete Gisèle.

Jules Giraud brauste wieder auf. »Warum wollen Sie das alles so genau wissen? Wenn Sie nicht von der Presse sind, dann von der *Police?*«

»Jetzt halten Sie doch mal endlich den Mund. Lassen Sie Mademoiselle aussprechen und einen Gedanken zu Ende formulieren. Bitte!«, forderte Bernard den Fotografen auf. Manchmal konnte der Ex-Commissaire sich nicht zurückhalten, dann musste Bernard sagen, was er dachte.

Er hatte sich Jules Giraud gerade zum Feind gemacht; bei der dunkelhäutigen Schönheit hatte er aber einen Stein im Brett.

»Ja, es stimmt schon, Anna hatte ein Problem mit ihrem Aussehen. Mir kam sie immer wie ein Mädchen vor, das im falschen Körper steckt. Sie wollte im Grunde eine andere Frau sein. Nie klar ausgesprochen, aber als Frau spürt man so etwas. Ich hingegen liebe es, fotografiert zu werden.« Zum ersten Mal huschte ein Lächeln über Gisèles Gesicht. »Nicht so Anna. Jules musste sie dazu drängen, sonst hätte sie niemals an dem Shooting teilgenommen. Für dich gab es immer nur Anna«, wandte sich das Model direkt an den Fotografen. »Das wollte ich dir schon immer einmal sagen. Es ist gut, dass das jetzt zur Sprache kommt. Du hast Anna uns vorgezogen. Warum? Das habe ich nie verstanden. Sind wir dir etwa nicht gut genug?«

Aufmerksam registrierte Bernard, dass durch die Gruppe ein Riss ging. Ein schwelender Konflikt, der durch seine Fragen nun offen zutage trat.

»Das stimmt doch gar nicht, wie du das darstellst«, verwahrte sich Jules gegen ihren Vorwurf. »Ich habe mich immer bemüht, euch alle gleich zu behandeln. Das kannst du mir jetzt nicht vorwerfen.«

»Bemüht ja – Anna war aber deine Nummer eins«, versetzte Gisèle.

Bernards Blick flog hin und her. Das Gespräch nahm eine plötzliche, unvorhersehbare Wendung. Warum hatte der Fotograf Anne bevorzugt und protegiert? Bernard blickte den jungen Mann hinter Jules Giraud an, der sich bisher auffallend zurückgehalten, kein Wort gesagt, keine Miene verzogen hatte.

»Es reicht jetzt«, schaltete sich Jules energisch ein. »Ich möchte Sie bitten, uns in Ruhe zu lassen. Ich weiß nicht, was Ihre ganze Fragerei bringen soll.«

Bernard sah ihm an, dass er nahe dran war aufzuspringen, um seine Wut an ihm abzureagieren. »Das kann ich Ihnen genau sagen«, blieb Bernard standhaft. Er ließ sich auch nicht durch das aufbrausende Temperament des Fotografen beeindrucken. »Was ist, wenn es *kein* Unfall gewesen ist? Würden Sie dann auch versuchen, alle möglichen Fragen abzublocken?«

Bernard schaute in betretene Gesichter. Das war natürlich eine glatte Provokation. Aber sie zeigte Wirkung.

Jules Giraud hatte endgültig genug, sprang von seinem Sitz auf und baute sich vor Bernard auf, groß und athletisch. »Ich weiß nicht, was Sie antreibt. Ich weiß nicht, wer Sie dazu angestiftet hat, zusätzlich zu unserem Schmerz Ihre bohrenden Fragen zu stellen. Ja, Anna mag nicht einfach gewesen sein. Sie war aber ein äußerst talentiertes Model und ein liebenswerter Mensch. Wir alle haben sie angebetet. Sie hat wahrscheinlich gar nicht bemerkt, wie sehr wir sie geliebt haben. Jeder von uns. Wenn Sie behaupten, es wäre kein Unfall gewesen, dann ist das eine gemeine Lüge.« Sein Blick schweifte ins Nichts, sammelte sich wieder.

Bernard wollte etwas erwidern, aber der Fotograf unterbrach ihn mit einer herrischen Geste.

»Es ist schon schwer genug, mit Annas Tod fertig zu werden. Aber es war ein Unfall! Ein schrecklicher Unfall. Damit müssen wir alle hier am Tisch leben. Dann sind Sie es also, der diese fiesen Gerüchte in die Welt setzt«, schleuderte Jules Bernard entgegen. Er griff nach der aktuellen Ausgabe des *Nice-Matin* und drückte sie Bernard gegen die Brust. »Hören Sie auf, solch niederträchtige Gerüchte zu verbreiten! So«, seine Stimme klang schneidend, »und jetzt verschwinden Sie! Wir wollen Sie hier nicht mehr sehen.«

Irritiert nahm Bernard die Zeitung. Er hatte keine Ahnung, wovon Giraud redete. Er schlug den *Nice-Matin* auf und starrte verblüfft und fassungslos auf die Schlagzeile: »Neue Gerüchte um den Tod von Anna Piat«, stand da in großen Lettern auf Seite eins. Bernard Bonnot wäre am liebsten im Boden versunken. Dieser Scheißkerl von Redakteur hatte ihn aufs Kreuz gelegt. Jede Unterhaltung, jedes Gespräch mit Jules Giraud war ab sofort vermintes Gelände. »Sie wissen ja, wie die Presse heute arbeitet: verbreiten nur Fake News.«

»So, Fake News nennen Sie das«, schäumte Jules vor Erregung. Er stand erneut kurz davor, die Beherrschung zu verlieren. »So hören Sie sich aber nicht an. Sie scheinen mir fest davon überzeugt zu sein, dass es kein Unfall war, und sind anscheinend wild entschlossen, das herauszufinden. Reicht das, oder muss ich noch deutlicher werden?« Jules Giraud stand mit geballten Fäusten da; er hatte große Mühe, seine Gefühle unter Kontrolle zu behalten.

10

Es blieb Bernard Bonnot nichts anderes übrig, als wieder abzuziehen.

In den vornehmen Sälen des *Negresco* hielt er sich noch zurück. Draußen vor dem Hotel an der *Rue de Rivoli* fluchte er ungehemmt vor sich hin. »Scheiße, verdammte Scheiße!« Er konnte sich kaum wieder einkriegen. Ein einziges Desaster war das. Ein Ermittlungsdesaster. Er stand mit nichts in den Händen da. Dabei war er so nahe an die Models herangekommen. Diese magische dunkelhäutige Schönheit hatte Jules Giraud mächtig unter Druck gesetzt. Seine Nerven lagen offensichtlich blank, verständlich nach der Tragödie. Es warf neue Fragen auf, Fragen, die Bernard nun nicht mehr stellen konnte.

Alle Fragen nach Marc Lambert hatten sie abgeblockt. Er versprach sich davon, genauere Aufschlüsse zu erhalten, ob es sich um einen unglücklichen Sturz gehandelt oder jemand nachgeholfen hatte.

Er war nicht mehr dazu gekommen, Jules Giraud zu fragen, ob er mit Anna Piat eine Affäre gehabt hatte. Die Art und Weise, wie vehement er sie verteidigte und zu beschützen versuchte, hörte sich danach an. Hatte Marc Lambert von ihrem Verhältnis Wind bekommen? Das könnte erklären, warum Anna sich Hals über Kopf von ihm getrennt hatte. In letzter Konsequenz schreckte Bernard davor zurück, Jules Giraud diese intimen Fragen vor seinen Mitarbeitern zu stellen.

Das Bild von Anna, das Bernard sich von ihr zu machen versuchte, nicht so sehr ihre glamouröse Erscheinung auf den Hochglanzseiten der Modezeitschriften, sondern ihr inneres, tieferes Bild, wurde unklarer, je mehr er über sie erfuhr. Bernard schwamm wieder. Die ersten konkreten Hinweise lösten sich wieder in Luft auf. Es kamen neue Beziehungen und Verknüpfungen hinzu, die auf jeden Fall einer genauen Untersuchung bedurften. Er hatte es versaut. Und das alles nur, weil ein übereifriger Redakteur seine Informationen nicht vertrauensvoll für sich behalten konnte.

Er zückte sein Handy. Wartete. Seine Anspannung stieg. Der Redakteur von *Nice-Matin* würde das büßen müssen. So hatten sie das keineswegs abgemacht. Wem konnte man heute noch etwas anvertrauen, ohne dass nicht gleich die ganze Welt davon erfuhr? Was hatte Jean Tonnet seinem Chefredakteur erzählt, dass dieser so dreist und unverschämt war, die Gerüchte als Aufmacher auf Seite eins zu veröffentlichen? Bernards Herz raste vor Wut über diese perfide Attacke. Das konnte er nicht brauchen. Tonnet hatte ihn ausgetrickst, stellte ihn in aller Öffentlichkeit bloß. Es würde sich schnell wie ein Lauffeuer in der Stadt verbreiten, dass er, Bernard Bonnot, der Urheber der Gerüchte war. Die Leute würden reden und seinen Namen in den Schmutz ziehen. Die Konsequenzen, die ihm drohten, waren nicht einmal annähernd abzuschätzen. Wenn Annas Familie davon erfuhr, dass er hinter der Sache steckte, würde sie möglicherweise zivilrechtlich gegen ihn vorgehen. Er konnte sich schon einmal warm anziehen oder gleich seinen Anwalt einschalten, dass da eine große Lawine auf ihn zurollte.

Bevor Bernard die Nummer von Jean Tonnet eingeben konnte, klingelte sein Handy – Philippe Plupart. Das hatte ihm gerade noch gefehlt.

»Ja?« Bernard tat so gleichgültig und gelangweilt wie möglich.

»Bist du jetzt vollkommen durchgeknallt, BB? Mit dieser Veröffentlichung machst du nichts besser, sondern alles nur noch schlimmer. Du wirst die Arbeit öffentlicher Institutionen damit nicht beeinflussen. Anna Piat *ist* die Treppe hinuntergestürzt. Es war ein Unfall. Wenn du nicht damit klarkommst, dass du nicht mehr bei der Police bist, BB, dann lass dein Minderwertigkeitsgefühl nicht an anderen aus. Du benutzt Anna doch nur, um dich auf eine billige Art zu profilieren.«

»Stopp mal, Philippe, jetzt halt die Luft an!«, wehrte sich Bernard.

Plupart ließ ihn jedoch nicht zu Wort kommen. »Du meinst, du könntest damit einen öffentlichen Skandal provozieren und Druck ausüben, weil ich dein Ansinnen abgeschmettert habe. Aber ich warne dich, Bernard. Du weißt offenbar nicht, was du tust. Du magst zwar mit einem Finger auf die Behörden zeigen, wir wären zu blöd oder unfähig zu erkennen, dass es sich möglicherweise um ein Verbrechen handelt, es zeigen aber vier Finger auf dich zurück. Du streust Gerüchte in die Welt, die durch nichts bewiesen sind. Ich sag dir, was du nun tun wirst: Du wirst diese Gerüchte dementieren. Damit das klar ist. Du wirst dich in aller Form öffentlich dafür entschuldigen, dass nichts, aber auch gar nichts an den Gerüchten dran ist und du zu keinem Zeitpunkt die Absicht hattest, die Öffentlichkeit zu täuschen. Darüber hinaus ...«

»Philippe, jetzt halt endlich mal den Mund. Ich habe mit dieser Veröffentlichung nichts zu tun. Ich weiß nicht, wie diese Schlagzeile in *Nice-Matin* gekommen ist.«

»Du hältst mich wohl für bescheuert, dir das zu glauben ... Du bist der Einzige, der herumläuft und diese Gerüchte verbreitet. Wer außer dir soll denn die Quelle für die Schlagzeile sein? Kannst du mir das verraten? Es gibt nur dich. Du hast dich weit aus dem Fenster gelehnt. Ich bin noch nicht fertig. Du wirst darüber hinaus erklären, dass du die Arbeit der Gerichtsmedizin nicht diskreditieren wolltest. Haben wir uns verstanden?«

»Du machst ein riesiges Fass auf. Jetzt komm mal wieder runter.« Bernard wartete einen Augenblick. »Marc Lambert ist verschwunden. Wusstest du das? Er geht nicht ans Handy, ruft nicht zurück und scheint auch sonst von der Erde verschluckt worden zu sein.«

»Okay.« Philippe klang weniger aufgebracht. »Schaff ihn mir heran. Dann nehmen wir das in die Hand. *Wir* drehen ihn durch die Mangel, worauf du dich verlassen kannst.«

Aufgelegt.

Bernard Bonnot kam nicht dazu, weitere Erklärungen abzugeben. Plupart wollte sie nicht hören. So einfach war das.

Bernard schloss kurz die Augen. Der reinste Albtraum war das. Er sollte sich nur einmal umhören, sich Claires Bedenken anhören – mit einem Schlag stand er nun plötzlich selbst in der Schusslinie und musste um seine Reputation kämpfen.

Cyril lächelte ihn breit an. »Alles okay bei dir?«

»Ja, alles okay.« Cyrils unnachahmliches Lächeln gab ihm wenigstens vorübergehend seine gute Laune zurück.

Bernards Gedanken rotierten. In Windeseile überschlug er seine nächsten Schritte. Er brauchte dringend handfeste Beweise, die bestätigten, dass an den Gerüchten mehr dran war als reine Spekulation. Er zückte sein Smartphone und wählte die Nummer von Jean Tonnet, was er schon vor Minuten machen wollte.

»Sind Sie jetzt vollkommen durchgeknallt?«, blaffte Bernard ihn gleich an. »Ich habe Ihnen Informationen gegeben zu Anna Piat. Ja. Das sind aber nichts als Arbeitshypothesen. Sie waren nicht zur Veröffentlichung bestimmt.« Tonnet holte tief Luft, wollte etwas sagen, doch Bernard würgte ihn ab. »Sie haben mich ausgetrickst. Sie biegen das wieder gerade. Sie behindern dadurch meine Ermittlungen. Ich war vorhin bei den Models nahe dran, dass sie etwas Konkretes auspacken. Durch Ihre hirnrissige Berichterstattung haben Sie alles zunichtegemacht. Jules Giraud hat mich rausgeworfen. Keiner will mehr mit mir sprechen.«

»Wie stellen Sie sich das vor, die Geschichte geradebiegen? Sie haben mir doch erzählt, dass Anna Piat die Treppe hinuntergestoßen wurde.«

»Ich habe Ihnen aber nicht gesagt, dass Sie es veröffentlichen dürfen. Sie sind doch sonst so gewitzt und kreativ. Ihnen wird schon etwas einfallen, oder muss ich ein ernstes Wort mit Ihrem Chefredakteur sprechen?«

»Sie haben auch von dem Deal profitiert, vergessen Sie das nicht, Monsieur Bonnot. Sie haben den Namen der Putzfrau bekommen.« Tonnet machte eine Pause. »Es gibt da etwas Merkwürdiges.«

Bernard achtete nicht genau darauf. Jean Tonnet wollte sich nur wieder herausreden. »Ach ja. Was denn?«

»Es ist mir erst wieder vor Kurzem eingefallen. Anna Piat hat bei uns in der Redaktion angerufen.«

Bernard wurde nun doch hellhörig. »Und weshalb?«

»Das ist ja das Merkwürdige. Das weiß keiner so genau. Sie hat daraus ein großes Geheimnis gemacht. Sie könne das nicht am Telefon sagen, aber es sei wichtig. Sehr wichtig.«

»Und Sie haben keinen blassen Schimmer, was sie wollte?«

»Nein, keine Ahnung. Wir haben der Sache keine große Bedeutung beigemessen.«

»Trotzdem danke, dass Sie es mir gesagt haben.« Bernard klang wieder versöhnlicher. Was wollte Anna von einem Redakteur von *Nice-Matin?* Bernard konnte sich darauf keinen Reim machen. Anna blieb geheimnisvoll.

Der Salutschuss knallte weit hörbar über Bernard hinweg. *Midi.* Das war das Einzige, worauf er sich verlassen konnte – und auf Danielle natürlich.

11

Bernard Bonnot stampfte entschlossen die *Prom'* entlang zum gusseisernen Tor des *Parc Masséna*. Er stand mächtig unter Druck. Auch Cyrils gewinnendes Lächeln hatte ihn nicht wirklich beruhigt. Es fühlte sich an, als würde ihm wieder der Boden unter den Füßen weggezogen. Wiederholt wählte er Marc Lamberts Nummer. Fehlanzeige. Sollte er noch mal mit Claire sprechen? Hatte sie vielleicht eine Idee, wo er Marc auftreiben konnte?

Er musste unbedingt mit Annas Familie Kontakt aufnehmen. Sie sollte nicht denken ... ja was eigentlich? Wenn Plupart nicht herumposaunte, dass er der Urheber der Gerüchte in *Nice-Matin* war, wusste keiner davon, dass er dahintersteckte. Wirklich beruhigen konnte ihn das aber nicht.

Bernard lief den Weg entlang an den Bänken vorbei zur Rückfront des *Musée Masséna*. Hier hatte das Shooting stattgefunden. Hier hatte Jules Giraud die aufregenden Fotos seiner Models geschossen – und zum Schluss hatte es in einer Tragödie geendet.

Als *Commissaire* untersuchte er zuerst den Tatort. Ein Tatort gab jede Menge Auskünfte über das geschehene Verbrechen und über den oder die Täter. Hier hatte aber niemand Spuren gesichert; keine Forensiker in weißen Schutzanzügen hatten ihn auf DNA-Spuren untersucht. Die einzige Hoffnung, die ihm blieb, waren die Überwachungskameras im Museum. Es wäre eine Sensation, wenn Marc Lambert auf der Festplatte zu sehen war.

Bernard schaute auf die Terrasse, konnte aber nichts Besonderes feststellen. Die Fenster zum Museum waren geschlossen. Nichts deutete darauf hin, dass hier vor wenigen Tagen ein Shooting stattgefunden hatte. Er nahm den Seitenweg und gelangte über die ansteigende Auffahrt zum Hauptportal. Am liebsten wäre er zur Rezeption gegangen, hätte der Dame seinen Dienstausweis vor die Nase gehalten und die Villa auf den Kopf gestellt. Bernard aber waren die Hände gebunden. Er musste sich notgedrungen ein Eintrittsticket kaufen.

Er schaute sich nicht die Ausstellung an, es drängte ihn gleich zu den Toiletten. Auf dem Weg entdeckte sein geübtes Auge am Stuck unter der Decke eine Überwachungskamera. Der Empfangsbereich wurde dadurch gut erfasst. Von der Rezeption gelangte er in einen Nebenraum. In einer Vitrine fanden sich zahlreiche Bücher über Nizza und eine Büste von Napoleon. Die Eingangskamera erfasste diesen Bereich aber nicht. Bernard drehte sich um und entdeckte zu seiner Verblüffung Aufzugtüren. Er lief gleich zu der Dame an der Rezeption.

»Sagen Sie, wohin führt der Aufzug dort?«

»Er führt in die erste und zweite Etage.«

»Auch in den Keller?«

»Auch in den Keller.«

»Man könnte also, ohne von jemandem gesehen zu werden, von der obersten Etage zu den Toiletten hinunterfahren?«

»Ja.«

Bernard bemerkte, dass die Frau vor Neugierde brannte, warum er das so detailliert wissen wollte. »Es würde keiner mitbekommen, wenn jemand die Treppe zu den Toiletten nimmt, dass unten bereits jemand auf ihn wartet?«

»Ja. Worauf wollen Sie hinaus?«

»Das nimmt auch keine Überwachungskamera auf?«

»Nein. Wir sind nicht so unverschämt, die Leute bei ihrem Geschäft zu beobachten.«

»Schade, wirklich schade«, bemerkte Bernard. »Wissen Sie zufällig, wer Anna Piat gefunden hat?«

»Ich.« Es kam wie aus der Pistole geschossen. »Zuerst war da so eine Visagistin. Sie hat das ganze Haus zusammengeschrien. Dann bin ich schon hinzugestürzt. Ich hatte ja keine Ahnung ...« Sie drückte sich ihre Hand auf den Mund. Für einen Moment schloss sie die Augen. »Mein Gott, das arme Mädchen! Ich habe noch nie so etwas Schreckliches gesehen. Das viele Blut.«

BB befand sich jetzt in seinem Element. Er war wieder der scharf analysierende *Commissaire.* Auf die Gefühlslage von Madame ging er weniger ein. »Ist Ihnen an diesem Tag an Anna Piat etwas aufgefallen? War sie verstört? War sie beunruhigt?«

»Nein.« Sie schüttelte verständnislos den Kopf.

Bernard bewegte sich auf dünnem Eis. Gleich würde er sich offenbaren müssen. »Sitzen Sie immer hier?«

»Ja, fast immer. Ich gehe aber auch schon mal ins *Musée.*«

»Ist Ihnen aufgefallen, dass Anna Piat von jemandem verfolgt wurde?«

»Nein.« Ihre Antwort war geradezu entrüstet. Verständnislos. »Stimmt mit dem Unfalltod von Anna etwas nicht? Ich habe die Schlagzeile gelesen. Kommen Sie von der *Police Judiciaire?*«

Bernard lächelte ihre Bedenken einfach weg. »Machen Sie sich keine Sorgen. Es sind Gerüchte, denen ich genauer nachgehe. Gerüchte – sonst nichts. Bis jetzt ist weder irgendetwas bestätigt noch widerlegt.« Bernard hatte die Dame trotzdem in Aufregung versetzt.

»Ich hole Ihnen einen Kollegen. Der hat beim Shooting die ganze Zeit zugeschaut, nicht auf der Terrasse, aber durch ein Fenster. Der konnte seine Augen von den Models nicht abwenden, wenn Sie verstehen, was ich meine.« Auf eine verschworene Art zwinkerte sie ihm zu, als teilten sie ein gemeinsames Geheimnis. Und weg war sie.

Wenig später kam sie mit einem jungen Mann zurück. Groß. Schlank. Schwarze Hose, weißes Hemd. Zweitagebart. Seine Lippen presste er verkniffen zusammen. Er war in Habtachtstellung, wie Bernard sofort feststellte. Bernard stellte sich vor, verriet aber nicht, dass er ein ehemaliger *Commissaire* war. Auch der Aufseher stellte sich vor, zog seine Hand aber schnell wieder zurück, als wäre es ihm unangenehm, berührt zu werden: Eric Michaud.

»Sie haben gesehen, wie Anna Piat die Treppe hinunterstürzte?«, provozierte Bernard ihn.

»Nein, um Gottes willen, nein. Ich habe vom Napoleon-Saal aus zugeschaut, wie draußen auf der Terrasse das Shooting stattfand. So etwas sieht man nicht alle Tage. Ein Fotoshooting – großartig! Die wunderschönsten Mädchen, wenn Sie verstehen, was ich meine.« Eric Michaud klang beunruhigt. Er schaute auf die Dame von der Rezeption, dann wieder auf Bernard. »Sind Sie von der *Police?* Ist das eine Untersuchung?«

»Nennen Sie es reine Neugierde von mir. Ist Ihnen an Anna Piat etwas aufgefallen? War sie nervös? Ist ihr jemand gefolgt?«

»Nein. Na ja, es gab eine Missstimmung beim Shooting. Der Fotograf gab ihr die Anweisung, sie solle in die Kamera schauen. Das tat sie auch. Wenn Sie mich fragen, hat er Anna klar vor den anderen Models bevorzugt. Das hat man ganz deutlich gespürt. Wie meinen Sie das, es sei ihr jemand gefolgt?«

»Nun ja, haben Sie bemerkt, dass ihr jemand nachgegangen ist? Oder hat ihr in den Sälen beziehungsweise am Empfang ein junger Mann aufgelauert?« Bernard verfluchte sich selbst, dass er kein Bild von Marc Lambert dabeihatte. Ein schweres Versäumnis, das er unbedingt ausbügeln musste. Er war davon ausgegangen, dass er lediglich ein paar allgemeine Nachforschungen anstellen würde, und jetzt steckte er mittendrin in einem Verhör. Er selbst konnte nur eine sehr unzureichende Beschreibung von Marc Lambert geben. Er hatte ihn kaum gesehen – und dann auch nur von hinten. »Ein junger Mann. Sportlich. Dunkles Haar, um die zwanzig. Trägt überwiegend schwarze Kleidung, schwarze Jogginghose, schwarzes T-Shirt.«

Eric Michaud zuckte die Achseln. »Nein, mir ist nichts aufgefallen. Dir?«

Aber auch die Dame vom Empfang konnte sich nicht an ihn erinnern.

»Er ist ein sehr markanter Typ. Na schön, ich komme wieder. Dann zeige ich Ihnen ein Foto von ihm.« Bernard wurde das Gefühl nicht los, als würde es Michaud leidtun, ihm nicht mehr helfen zu können.

Bernards Anspannung war keineswegs geringer geworden. Die angestaute Energie entlud sich auf dem viel zu kurzen Weg zu Claires Geschäft. Er sollte eigentlich wieder seine Joggingrunden drehen, doch dafür hatte BB keine Zeit. Er stürmte in den Laden. Claire manikürte einer Kundin gerade die Fingernägel.

Bernard packte sie am Handgelenk. »Wir müssen reden.« Der Kundin versprach er: »Es geht gleich weiter. Ihre gepflegten Hände werden noch schöner gemacht.«

Er führte Claire in die angrenzenden Behandlungsräume.

»Ich habe mich umgehört. Bis jetzt habe ich nicht viel herausgefunden. Ich war bei Marc Lambert. Als er mich sah, ist er durch den gegenüberliegenden Ausgang auf den *Place Rossetti* geflüchtet. Seitdem ist er verschwunden. Weißt du, wo er sich herumtreibt, Kneipen, Freunde, Plätze? Hat Anna darüber etwas erzählt, wo sie sich getroffen haben?«

»Nein.« Claire schüttelte den Kopf. »Nein.« Sie fühlte sich von Bernards Attacke überfahren. »Hast du den Bericht in *Nice-Matin* veranlasst?«, fragte sie ihn erschrocken.

»Hör bloß auf. Das hat mir heute schon genug Aufregung und auch Ärger eingebracht. Der Scheißkerl von Redakteur hat mich aufs Kreuz gelegt. Deshalb bin ich zu dir gekommen. Hör zu, Claire, das ist jetzt sehr wichtig, für mich wie für dich. Der Bericht in *Nice-Matin* ist eine Katastrophe. Damit kann ich aber leben. Was ich aber nicht ausstehen kann und womit ich *nicht* leben kann, ist, wenn du mir nicht die Wahrheit gesagt hast. Ich frage dich: Stimmt das alles so, was du mir erzählt hast?«

»BB, was ist los mit dir?«, rief sie ärgerlich. »Was ist in dich gefahren? Natürlich stimmt das alles so, wie ich es dir gesagt habe. Warum sollte ich denn lügen?«

»Entschuldige bitte.«

Claire sah ihm an, wie angespannt er war und welchem Druck er ausgesetzt war. Auf einmal stand Bernard selbst im Mittelpunkt der Kritik, für etwas, das er gar nicht zu verantworten hatte. »Schon gut.«

»Fällt dir nicht doch etwas zu Marc Lambert ein, was du mir nicht erzählt hast?« Bernard wollte sichergehen, dass ihm alle Informationen vorlagen. Claire zögerte. Sie sah Bernard an, wie erregt und aufgewühlt er war. »Hast du ein Foto von Marc? Ich brauche ein Foto von ihm, um es Zeugen vorlegen zu können.«

»Nein, ich habe kein Foto. Wieso sollte ich ein Foto von ihm haben? Sei nicht so laut, du vertreibst mir ja die Kundin.«

Bernard ging nicht darauf ein. »Ich war gerade im *Musée Masséna* und habe mir den Tatort angeschaut. Ja, es ist möglich, dass Anna die Treppe hinuntergestoßen wurde. Mein Gefühl sagt mir, dass es sogar sehr wahrscheinlich ist. Es gibt da einen Aufzug, der vom obersten Geschoss bis ins Basement fährt. Das bekommt die Dame am Empfang nicht mit. Ich habe aber keinen Beweis, dass es Marc gewesen ist. Ich weiß nicht einmal, ob er zu dem fraglichen Zeitpunkt im *Musée* war.«

»Du hattest doch was von Überwachungskameras gesagt …«, meinte Claire.

»Ich bin kein *Commissaire* mehr, ich kann die Herausgabe der Festplatte nicht anordnen. Da sind mir die Hände gebunden. Und es gibt noch eine Ungereimtheit. Der Aufseher, der die Mädchen beim Shooting durch das Fenster zur Terrasse beobachtet hat, kommt mir auffällig vor. Offenbar verschweigt er etwas. Es ist daher von umso größerer Bedeutung, Marc aufzuspüren und ihn zur Rede zu stellen.«

Claire schwirrte der Kopf von all den Neuigkeiten, die Bernard rasend schnell vor ihr abspulte. Was hatte sie nur getan? Hätte sie doch besser nie etwas gesagt! Mit ihren so harmlos und unscheinbar wirkenden Bedenken hatte sie eine Lawine losgetreten. Inzwischen wusste die ganze Stadt davon. Claire konnte von Glück sagen, dass ihr Name nicht veröffentlicht worden war.

»Ich habe heute Vormittag beim Frühstück die gesamte Shootingcrew im *Negresco* getroffen. Es herrschte eine beklemmende Stimmung. Ein Model brachte es auf den Punkt: Jules Giraud, der Fotograf, hat Anna bevorzugt. Weißt du etwas über ihn? Hat Anna etwas über Giraud erzählt?«

»Nein.« Claire bekam es immer mehr mit der Angst zu tun, was sie alles wissen sollte, von dem sie doch keine Ahnung hatte.

»Ich hatte den Eindruck, Jules wollte Anna beschützen. Er war sehr aufgeregt und beteuerte, dass Anna durch einen Unfall ums Leben gekommen sei. Könnte es sein, dass Anna mit ihm etwas hatte?«

»Nein, um Himmels willen, nein.« Claire seufzte schwer. »Ich weiß es doch nicht, ich weiß es doch nicht. Anna konnte unzugänglich, ja, unnahbar sein. Sie trug vieles mit sich herum, worüber sie nicht sprach.«

»Wenn beide eine Affäre hatten und Marc davon erfuhr, hätte er ...«

»BB, es tut mir leid. Mir schwirrt der Kopf von all deinen Fragen. Ich muss zurück zu meiner Kundin. Und bitte komm nicht wieder unangemeldet in mein Geschäft. Lass uns lieber telefonieren.« Claire lief nach vorn zurück. Zum Schluss drehte sie sich noch einmal um. »Mir fällt ein, Anna hat sich mit Marc öfters in einer Brasserie in der Nähe des *Palais de Justice* getroffen, wenn dir das weiterhilft.«

»Du weißt nicht zufällig den Namen der Bar?«

»Nein, tut mir leid.«

Bernard durchfuhr eine Idee. Es war heiß. Er wusste mit einem Schlag, wie er an ein Foto von Marc Lambert kommen konnte. Das war die beste Idee, die er an diesem Tag hatte.

12

Bernard Bonnot saß an seinem Laptop und wunderte sich, warum er nicht schon früher auf die Idee gekommen war. Die Idee war genauso simpel wie grandios. Unten im Garten hörte er Gäste laut lachen. Sie amüsierten sich köstlich. Danielle sprach mit ihnen.

Langsam hielt über der *Promenade* und dem Meer die Dämmerung Einzug.

Bernard öffnete seine Facebook-Seite. Seine Tochter Isabelle hatte ihn bequatscht und ihn dazu überredet, seinen eigenen Facebook-Account einzurichten.

Er gab ins Suchfeld Marc Lambert ein. Genauso wie er es erhofft hatte, erschien ein Foto von Marc. Er hatte sich auch auf Facebook verewigt. Es war sogar noch besser, als Bernard zu hoffen wagte: Er fand ein Foto von Marc *und* Anna. Es zeigte ein Paar, wie es verliebter nicht sein konnte. Anna strahlte mit ihren braunen Augen Marc offen an. Auch das Datum war verräterisch: 2. September. Nur wenige Tage bevor sie sich von ihm trennte. Doch das Foto selbst konnte früher aufgenommen worden sein. Bernard lud das Bild auf seinen Rechner. Die Datei war nicht sehr groß, gerade einmal acht Kilobyte, aber immerhin: Er hatte ein Foto, das er überall herumzeigen konnte: der Dame am Empfang oder dem Aufseher Eric Michaud.

Bei so viel Glück versuchte er es gleich wieder. Anna Piat. Fehlanzeige. Er hätte schwören können, dass Anna auch ihre eigene Facebook-Seite besaß. Er gab Annas Namen auf Instagram ein und wartete gespannt auf das Ergebnis. Der erste Treffer war tatsächlich Anna. 22.400 Follower zählte sie. Es gab aber auf ihrem Account nur wenige Fotos von ihr. Für ein Model, das in diesem Business tätig war, war das unfassbar. Models lebten davon, dass ihr Name bekannt und sie zu einer öffentlichen Person wurden.

Eine Hand legte sich auf Bernards Schulter. Erschrocken fuhr er herum. Danielle beugte sich zu ihm hinunter und schaute auf den Bildschirm.

»Mein Gott, hast du mich erschreckt!«, rief Bernard.

»Ich wollte sehen, was du treibst und wo du bleibst. Du hast nicht auf größten Krach reagiert. Kommst du nicht von ihr los, BB?«, fragte Danielle besorgt.

»Das geht jetzt nicht. Ich bin mittendrin. Ich verstehe Anna nicht. Sie macht es einem auch nicht einfach. Ich finde keinen Draht zu ihr. Sie bewegt sich in der Öffentlichkeit; ihre Fotos werden in angesagten Modezeitschriften publiziert, sie selbst tut aber alles dafür, öffentlich nicht in Erscheinung zu treten. Sie hat kaum eigene Fotos auf Instagram hochgeladen. Verstehst du das?«

»Ehrlich gesagt nein«, erwiderte Danielle. »Ich dachte, du kommst zum Essen. Ich habe Galette gemacht.«

»Gleich.« Bernard wandte sich wieder dem Bildschirm zu. »Ich bin sofort fertig.«

»Ich bereue inzwischen, dich gedrängt zu haben, Claire einen Gefallen zu erweisen. Die Sache hat eine Dimension angenommen, die dir nicht guttut. Ich hätte es wissen müssen. Wenn du etwas gefunden hast, in das du dich richtig verbeißen kannst, dann tust du das auch.«

Bernard zuckte mit den Achseln.

»Was ist mit dir los? Warum ist es so ungeheuer wichtig für dich geworden, den Tod dieses Mädchens aufzuklären?«

Wenn die Katze so mit ihm sprach, dann wollte sie eine konkrete Antwort hören, dachte Bernard. »Das ist schwer zu erklären.«

»Versuche es wenigstens!«, forderte Danielle ihn auf.

»Das geht nicht. Nicht jetzt.« Er versuchte, sie abzuwimmeln.

»Warum geht es nicht?«

»Weil ich nicht kann.«

»Weil du nicht kannst oder weil du nicht willst?«, ließ Danielle nicht locker. »Es hat doch nicht nur mit Anna Piat zu tun. Da steckt mehr dahinter.«

Bernard fuhr sich mit einer Hand durchs Haar. Er war nervös.

»Es hat auch etwas mit dir zu tun«, stellte Danielle fest.

Bernard nickte.

»Kannst du es mir nicht sagen? Wir kennen uns schon so lange. Ich werde dich deshalb nicht verfluchen und verdammen, egal was passiert ist.«

»Ja, ich weiß.« Der strahlende und stets gut aufgelegte Bernard fiel in sich zusammen. »Ich werde es dir erzählen. Ganz bestimmt. Lass mir Zeit, Katze. Ich muss erst selbst damit klarkommen und verstehen, was passiert ist.«

Danielle wandte sich zur Tür. Zum Schluss schaute sie sich noch einmal nach ihm um. Auf ihrem Gesicht lag Melancholie. Bernard liebte diesen Ausdruck an seiner Frau. Sie würde aber niemals zugeben, dass sie traurig sei. »Du sollst wissen, du kannst jederzeit zu mir kommen, und wir sprechen darüber.«

»Ja, ich weiß.«

Sofort wandte er sich wieder dem Bildschirm zu. Er wollte so viele Informationen wie möglich über Anna Piat bekommen.

13

Eine Kolonne Limousinen fuhr langsam die *Allée François Aragon* zum *Cimetière du Château* hinauf. Die Straße schlängelte sich steil bergan um eine enge Kurve herum bis hinauf zum Schlosshügel. Von hier oben hatte Bernard einen fantastischen Blick über die roten Dächer der Altstadt bis zum Meer und den Bergen. Der Friedhof war von einer hohen Mauer umgeben. Zypressen säumten den Weg.

Er wollte nicht aufdringlich erscheinen und wartete in gebührendem Abstand von den eintreffenden Trauergästen, die nach und nach den Limousinen entstiegen. Viele von ihnen waren trotz der Hitze in schwarze Anzüge und Kostüme gekleidet.

In den letzten Tagen war schon genug schiefgelaufen, was keineswegs hätte schieflaufen dürfen. Die größte Katastrophe war der Bericht in *Nice-Matin.* Es folgten keine weiteren Artikel, die die Gerüchte anheizten. Es gab keine Stellungnahme der Familie, weder in die eine noch in die andere Richtung. Es gab bloß eine offizielle Erklärung in einem knappen, dafür zwingenden Ton. »Die gerichtsmedizinische Untersuchung ist mit großer Sorgfalt geführt worden. Anna Piat verstarb an einem schweren Schädel-Hirn-Trauma.«

Das war eine bitterböse Retourkutsche für jeden, der das Gegenteil behauptete. Bernard wusste das. Wer trotzdem dabei blieb, war entweder ein Lügner, oder aber er musste Beweise vorlegen, die seine Behauptung bestätigten. Doch das konnte Bernard nicht. Durch den unautorisierten Zeitungsbericht war der Fall endgültig auch zu seinem geworden. Ohne weitere Untersuchungen einzuleiten, war Anna Piats Leichnam zur Beerdigung freigegeben worden. In den Medien tauchte auch nicht erneut die Spekulation auf, es könnte sich um einen Suizid handeln.

Bernard lehnte gut zwanzig Meter vom Eingang entfernt an seinem Peugeot. Es kribbelte ihn mächtig in den Fingern, sich die Wartezeit mit einer Zigarette zu vertreiben. Stattdessen kaute er einen Kaugummi. Sein Stresspegel war wie immer sehr hoch, wenn er seine Zeit mit sinnlosem Warten verbrachte.

Er hatte es vor allem auf eine abgesehen: auf Madame Piat. Monsieur Piat war vor drei Jahren bei einem Autounfall ums Leben gekommen. Wie es hieß, hatte Anna einen zwei Jahre älteren Bruder und eine jüngere Schwester.

Bernard hielt Ausschau nach einer Frau um die vierzig in Begleitung ihrer Kinder. Er hielt es für richtig, sich ihr gegenüber zu erklären und sich seiner Verantwortung zu stellen. Alle Versuche, die Familie telefonisch zu erreichen, waren gescheitert. Für Bernard war das hier die einzige Möglichkeit, mit ihnen Kontakt aufzunehmen.

Das kleine, ausgedruckte Bild von Marc und Anna hatte er in Cafés rund um das *Palais de Justice* herumgezeigt. Nichts als Schulterzucken und ausweichende Antworten. In der *Bar de la Degustation* hingegen erkannte ein Kellner Marc. Er hatte ihn aber schon eine Ewigkeit nicht mehr gesehen. Bernard überreichte ihm seine Visitenkarte. Er sollte ihn sofort anrufen, wenn Marc auftauchte.

In Bernard kam Bewegung. Er nahm den Kaugummi aus dem Mund, wickelte ihn in Silberfolie und ließ ihn in der Hosentasche verschwinden. In einem Pulk von Trauergästen entdeckte er eine unerschütterlich aufrecht gehende, scheinbar durch nichts zu beugende Frau. An ihrer Seite ein hübscher junger Mann, der seine Mutter um einen Kopf überragte, sein Arm bot ihr Halt und Stütze.

Bernard wagte es, sich im Schatten der Friedhofsmauer den Trauernden einige Meter weit zu nähern. Er war sich bewusst, dass sein auffälliges Verhalten Aufmerksamkeit auf sich ziehen würde. Das Risiko musste er eingehen. Bernard gefror das Blut in den Adern. Er hatte das Gefühl, Anna Piat bewegte sich nur wenige Schritte von ihm entfernt durch den Eingang. Das Mädchen neben der stattlichen Frau wies eine verblüffende Ähnlichkeit mit Anna auf. Der Kies auf dem Friedhofsweg knirschte unter ihren hohen Schuhen. Im Schein des Lichts wirkte das Gesicht ihrer Mutter wie in Stein gemeißelt. Die Falte von Mund zu Nase trat stärker hervor. Es war für Bernard unmöglich, ihren Gesichtsausdruck zu deuten. Trauer – natürlich. Was sonst in ihr vor sich ging, versuchte diese stolze Frau für sich zu behalten. Anna war darin ihrer Mutter sehr ähnlich. Nur vor einer Kamera blühte sie auf, wenn sie es denn wollte.

Madame Piat verschwand aus Bernards Blickfeld. Er entdeckte in der sich andächtig bewegenden Schar Trauernder eine Gruppe, die er kannte – den Fotograf Jules Giraud und seine Models. Alle waren sie da; alle wollten sie Anna auf ihrem letzten Weg die Ehre geben und sich von ihr verabschieden. Giraud schaute einmal in Bernards Richtung, tat aber so, als würde er ihn nicht erkennen. Eisige Ablehnung ging von ihm aus.

Bernard erkannte auch Stefanie, die nicht aufhören konnte zu weinen; auch Gisèle war da, die ihm bei dem Gespräch unverhofft beigestanden hatte. Er nahm sich vor, sie noch einmal zu befragen, aber nicht jetzt und nicht heute. Er musste eine günstige Gelegenheit finden, wenn er mit ihr und den anderen Models allein sein konnte.

Er entdeckte eine weitere Frau, die offenbar zu ihnen gehörte, auf der Terrasse des *Negresco* aber nicht anwesend gewesen war. Bernard hatte keine Ahnung, wer sie war. Es wäre bestimmt wichtig, das herauszufinden. Sie war älter als die Models und hatte offenbar ein sehr enges Verhältnis zu ihnen. Es war ihr anzumerken, dass sie selbst noch unter Schock stand.

Bernard wartete ab, bis die Trauergemeinde komplett auf dem Friedhof verschwunden war. Behutsam folgte er ihnen auf den *Cimetière*, dieser zu Stein gewordenen Erinnerungsstätte für die Toten, von der eine ehrfurchtsvolle Stille ausging. Zwischen Blumenbeeten und Pappeln lagen die Gräber mit ihren schweren Marmorplatten. Auf dem Friedhof wurde nur beigesetzt, wer ein Familiengrab besaß.

Eine der Marmorplatten wurde beiseitegeschoben und Annas Sarg in das Grab herabgelassen. Hier nun würde auch Anna Piat ihre letzte Ruhestätte finden, wo schon ihr Vater und ihre Großeltern beigesetzt waren. Anna entstammte einer Familie von Juristen, die in Nizza und an der Universität *Panthéon-Assas* in Paris studiert hatten. Models waren bisher nicht darunter gewesen. Wie Bernard war auch Anna von der Familientradition abgewichen.

Bernard harrte mit großer Geduld aus. Viele Einzelheiten konnte er nicht erkennen; das Grab wurde von einer Traube Menschen verdeckt.

Langsam trat die Gruppe den Rückweg an. Bernard zog sich vor dem Friedhof zurück. Für ihn kam nun die heikelste Aufgabe. Es sollte nicht wie ein Überfall wirken. Er hatte da inzwischen seine Erfahrungen. Sein Auftritt erforderte Takt und Feingefühl, damit sein Ansinnen nicht nach hinten losging.

Jules Giraud kreuzte seinen Weg. »Sie kommen sich bestimmt furchtbar mächtig vor, weil Sie so hartnäckig sind. Sie halten das für Willensstärke. In Wahrheit ist es bloß Starrsinn, weil Sie sich eine Niederlage nicht eingestehen wollen.«

Bernard erwiderte nichts. Er suchte stattdessen nach Gisèle. Kurz erhaschte er einen Blick von ihr, kam aber nicht dazu, sie anzusprechen.

In dem Moment verließ Madame Piat in Begleitung ihrer Kinder den Friedhof. Bernards Herz machte einen Sprung, seine Anspannung schnellte hoch. Er machte einen Schritt auf die hinter einem schwarzen Schleier verborgene Frau zu. »Madame Piat, darf ich Ihnen mein Beileid aussprechen?« Er hielt ihr seine Hand entgegen.

Wie aus tiefer Trance erwachte Madame, schaute auf die entgegengestreckte Hand, schaute auf den Mann, der wie aus dem Nichts vor ihr auftauchte.

Sie ergriff die Hand nicht.

Von ihr ging eine große, abweisende Kälte aus. Anstatt die Kondolenzwünsche entgegenzunehmen, fragte sie: »Wer sind Sie? Was wollen Sie?«

Bernard war auf Ablehnung gefasst. »Ich heiße Bernard Bonnot – *Commissaire* Bonnot«, fügte er hinzu. Er versuchte, seiner Person mehr Autorität zu verleihen, um sein Auftreten zu rechtfertigen.

»Kann die Polizei mich nicht einmal bei der Beisetzung meiner Tochter in Frieden lassen?« Unbeirrt setzte Madame Piat den Weg zu ihrem Wagen fort.

Bernard war sofort von zwei Männern umringt, die Madame vor ihm abschirmten. »Ich habe versucht, Sie telefonisch zu erreichen. Ich möchte mich mit Ihnen über Anna unterhalten, Madame Piat«, rief er ihr in ihrem Rücken hinterher.

Ihr Sohn brauste auf. »Verschwinden Sie!«

Überraschenderweise blieb Madame Piat stehen. »Nicht jetzt«, gellte ihre Stimme zu Bernard hinüber.

Die Männer drängten ihn weiter ab. »Sie haben doch gehört, was Madame gesagt hat. Sie will nicht mit Ihnen reden.«

»Kommen Sie morgen zu mir, wenn Sie mich unbedingt sprechen wollen, in die *Avenue Auber 12* um siebzehn Uhr. Aber seien Sie pünktlich. Ich hasse Menschen, die unpünktlich sind«, fügte Madame Piat überraschenderweise hinzu.

14

Das war eine fulminante Wendung: Madame Piat gewährte ihm eine Audienz in einer für sie prekären Lage. Sehr zum Missfallen ihres Sohnes.

Zuerst freute sich Bernard. Das war mehr, als er erwarten durfte. Später überwog bei ihm die Skepsis. Madame Piat war gewiss keine zugängliche Gesprächspartnerin. Wahrscheinlich lag ihr eher daran, dass er mit seinen impertinenten Fragen aufhörte. Eine in ihrem Schmerz und ihrer Trauer sich auflösende Frau konnte ihm gefährlich werden.

Bernard parkte seinen Peugeot am *Place Mozart* unweit der *Avenue Auber.* All die vielen Namen berühmter Musiker wie Verdi, Rossini, Mozart oder Auber gaben dem Viertel ihren Namen: *Quartier des Musiciens.* Die *Avenue Auber* verband den Bahnhof mit dem *Boulevard Victor Hugo.*

Bernard war ausgesprochen pünktlich, genauso wie Madame Piat ihm, man musste schon sagen, befohlen hatte. Er stand in einer Privatstraße vor einem gusseisernen Tor, das weniger betuchte und privilegierte Menschen draußen hielt. Bernard sammelte sich kurz und bestätigte die Klingel.

Gleich das erste Haus im Art-déco-Stil mit Erkern und hohen Fenstern war die angegebene Adresse. Annas jüngere Schwester empfing ihn. Wieder bemerkte er die frappierende Ähnlichkeit.

»Ich kann nichts dafür, dass wir uns so ähnlich sehen«, erriet sie seine Gedanken, die ihm ins Gesicht geschrieben waren, »schließlich ist sie meine Schwester. Ich bin Nadine.« Sie reichte ihm die Hand. »Kommen Sie bitte.«

Sie lotste ihn in die Villa. »Sind Sie wirklich *Commissaire?* Ich habe gehört, was Sie gestern zu *Maman* gesagt haben.« Von ihrer gestrigen Trauer war nur wenig zu spüren. »Hören Sie nicht auf Christophe, er hat einen aufbrausenden Charakter.« Sie meinte wohl ihren Bruder. Nadine war ausgesprochen offen und redselig.

»Wer ist da, Nadine?«, rief eine strenge Stimme vom Garten. »Ist es der *Commissaire?*«

Nadines Verhalten veränderte sich schlagartig. »Ja, *Maman.*« Sie nahm einen beflissenen Ton an.

»Führ ihn zu mir.«

Nadine eilte flink durch das Wohnzimmer voraus, vorbei an dem offenen Kamin und dem beigen Sofa durch die Terrassentür, Bernard hinter sich im Schlepptau. Gern hätte er sich mit ihr noch länger unterhalten. Bei ihr war bestimmt mehr zu holen, das spürte er genau. Die Chance war aber erst einmal vertan.

Bernard trat in einen imposanten Garten hinaus, mit dessen Größe er nicht gerechnet hatte und der üppig mit Sträuchern und Bäumen bewachsen war. Madame saß auf Eisenstühlen, die Füße hochgelegt. Sie schaute sich nicht zu Bernard um. Er musste schon in ihr Blickfeld treten. Die Sitzgruppe befand sich auf einem gefliesten Stück, während der übrige Teil mit Kies bestreut war.

Madame Piat nahm die Füße vom Stuhl und richtete sich auf. »Du kannst gehen, Nadine«, wies sie ihre Tochter an. »Nein, warte. Was möchten Sie trinken?«, wandte sie sich an ihrem Gast.

»Was nehmen Sie?«

»Wir haben eine herrlich erfrischende selbst gemachte Limonade.«

»Sehr gern. Das nehme ich auch.«

Madame gab Nadine neue Anweisungen. Sie behandelte ihre Tochter wie ein Dienstmädchen, fiel Bernard auf. Nadine schien sich aber nicht viel daraus zu machen. Sie war das offensichtlich gewohnt. War Anna auch auf diese herablassende, unwürdige Weise behandelt worden? Er schaute Nadine nach – ein schönes Mädchen und ziemlich unkompliziert.

Madame trug eine schwarze Hose und ein ebenfalls schwarzes Top. Ihr Haar war gelöst. Das Gesicht war heute weniger in Stein gemeißelt als gestern bei der Beerdigung. »Was führt Sie zu mir, *Commissaire Bonnot?*«, fragte Madame Piat ihn freiheraus.

»Haben Sie vielen Dank ...«, sagte Bernard. Weiter kam er nicht.

Madame fiel ihm gleich ins Wort. »Ich habe selbstverständlich Erkundigungen über Sie eingeholt.«

Bernard nickte bloß dazu.

»Sie sind kein *Commissaire* mehr. Vielmehr *Ex-Commissaire.* Was treibt sie trotzdem dazu, sich mit dem Tod meiner Tochter zu beschäftigen?«

Bernard wollte nahe an der Wahrheit bleiben. Es war ihm klar, dass man Madame Piat nicht leicht hinters Licht führen konnte.

»Eine Freundin ...«

Wieder fiel Madame Piat ihm ins Wort: »Ersparen Sie mir ihre langatmigen Erklärungen. Ich meine, Sie persönlich. Welchen Nutzen ziehen Sie daraus, sich mit dem Tod meiner Tochter zu befassen?«

Bernard schluckte. Madame Piat erwischte ihn kalt. Aber es konnte unmöglich sein, dass sie erfahren hatte, was geschehen war. Anstatt zu antworten, nahm Bernard einen Schluck von der Limonade. Sie schmeckte erfrischend nach Zitrone. »Wenn Sie es denn wissen, brauche ich nicht lange um den heißen Brei herumzureden. Nennen Sie es Polizistenneugierde. Ich habe Grund zur Annahme, im Gegensatz zur offiziellen Version, dass es kein Unfall gewesen ist.« Endlich kam Bernard dazu, ganze Sätze zu formulieren. »Seit Annas Tod ist ihr Freund Marc Lambert verschwunden. Wussten Sie das?«

»Sie halten mit Ihren Ansichten nicht hinter dem Berg. Das gefällt mir an Ihnen«, lobte sie ihn. »Was ist es denn, wenn es kein Unfall gewesen ist?«

»Das versuche ich gerade herauszufinden«, sagte er freundlich lächelnd. Er ließ sich nicht den Schneid abkaufen und in die Defensive drängen. »Vielleicht können Sie mir dabei helfen.«

»Ich wüsste nicht, wie ich Ihnen von Nutzen sein kann«, sagte Madame Piat sehr bestimmt. »Es war ein Unfall, ein schrecklicher, tragischer Unfall.«

Bernard registrierte aufmerksam, wie gefasst sie dabei blieb. Den Tod ihrer Tochter hatte sie überraschend schnell akzeptiert, ohne länger zu hinterfragen, wie es dazu kommen konnte.

»Und erwähnen Sie in meinem Haus nicht den Namen dieses Schwächlings Lambert. Er hat sie mit ins Verderben gerissen. Und der allergrößte Unsinn ist, dass Anna Selbstmord begangen haben soll. Eine Piat tut so etwas nicht. Anna hat schon genug Schande über uns gebracht.

Ich möchte nicht, dass der Name Piat noch mehr in den Schmutz gezogen wird.«

Bernard schaute sie konsterniert an. »Wie meinen Sie das?«

»Das ganze Fiasko begann damit, dass dieser Fotograf Anna in der Fußgängerzone ansprach, sie solle für ihn als Model posieren. Er hielt sie für unglaublich schön. Anna stieg das zu Kopf. Sie hielt sich eh schon immer für etwas Besonderes. Ich konnte nicht verhindern, dass sie einen Vertrag bei einer Modelagentur unterschrieb. Das ist das Traurige an dieser Republik, die viel auf ihre Werte hält, aber als Eltern haben sie keinen Einfluss mehr, wenn ihr Kind erst einmal volljährig ist. Das ist unverantwortlich. Ich wünsche nicht, dass irgendwelche Geschichten über meine Familie in der Öffentlichkeit breitgetreten und darüber Lügen verbreitet werden, auch nicht erotisierende Fotos meiner Kinder, an denen sich lüsterne Männer erregen. Ich hatte mit Anna eigentlich andere Pläne. Gegen die letzten Fotos von Anna werde ich juristisch vorgehen. Ich wünsche nicht, dass der Verlag mit ihrem Tod auch noch lukrative Geschäfte macht.«

»Ich fürchte, das wird schwer werden. Es gibt einen Vertrag«, warf Bernard ein.

»Was interessiert mich der Vertrag? Es geht um meinen guten Ruf. Kommen Sie endlich zur Sache. Was wollen Sie?«

In dem kurzen Moment, als Madame Piat Luft holen musste, fragte Bernard: »Wie war Annas Verhältnis zu Jules Giraud, dem Fotografen?«

»Wollen Sie meine ehrliche Meinung hören?«

»Ich bitte darum«, forderte Bernard sie auf. »Ich bin davon überzeugt, dass Ihre Antwort nur ehrlich sein kann. Sie sind eine Frau, die mit Ihrer Meinung nicht hinter dem Berg hält.«

»Das ist auch gut so. Ich verabscheue Menschen, die nicht klar aussprechen, was sie denken. Giraud ist ein Schmierlappen, ein Karrierist, der zuerst und vor allem an seinen eigenen Vorteil denkt. Er hat doch die Mädchen, auch Anna, nur benutzt, hat ihnen Sand in die Augen gestreut, wie wunderschön sie sind, nur um seine Karriere zu befördern. Mit Jules Giraud fing Annas Unglück an. Sie entglitt mir.«

Bernard lag es auf der Zunge zu antworten, dass Anna vielleicht auch der Kontrolle ihrer Mutter entkommen wollte, hielt sich aber bedeckt. In Gegenwart von Madame Piat fühlte er sich unwohl. »Glauben Sie, Giraud hatte eine Affäre mit Anna?«, wagte Bernard direkt zu fragen. »Er spielt sich als ihr Beschützer auf und verteidigt sie. Vor allem ist er fest davon überzeugt, dass es sich um einen Unfall handelt.«

»Nein, auf keinen Fall. Ich hätte davon erfahren, glauben Sie mir, Monsieur Bonnot. Ich wünsche nicht, dass im Privatleben meiner Tochter herumspioniert wird. Sie ist tot. Sie hat es verdient, dass sie in Ruhe gelassen wird.«

So wie Sie offenbar ihr Leben ausspioniert haben und die Kontrolle darüber behalten wollten, dachte Bernard. Madame Piat war genau die knallharte, unnahbare Frau, wie er befürchtet hatte. Er presste die Lippen aufeinander. Je länger er mit dieser Person Kontakt hatte, desto mehr verschloss auch er sich. Das passte gar nicht zu ihm. Er war ein offener, aufgeschlossener Mensch, der leicht auf andere zuging. Er ertrug es nicht, dass er sich mehr und mehr in sich zurückzog. Er wagte noch einen Versuch, aus Madame Piat weitere Informationen über Anna herauszuholen.

»Sie wissen, dass Marc Lambert verschwunden ist?«, griff er die Frage erneut auf.

»Nein, das weiß ich nicht. Es interessiert mich auch nicht besonders, was mit diesem Lambert geschehen ist. Ich habe Ihnen doch gesagt, ich wünsche nicht, dass sein Name in meinem Haus erwähnt wird.«

»Anna hing sehr an ihm, und der junge Mann auch sehr an ihr«, umging Bernard ihr Verbot. »Eine Freundin von Anna hat es mir bestätigt. Sie wissen nicht zufällig, warum Anna sich von ihm getrennt hat?«

»Nein, tut mir leid.« Die Antwort war knapp, sachlich und präzise. »Anna hat mir ihre Entscheidung mitgeteilt. Ich war heilfroh darüber, wie Sie sich sicher denken können. Anna hatte etwas Besseres verdient als diesen Versager.«

»Wie ich gehört habe, geschah es überraschend. Es hat Marc den Boden unter den Füßen weggezogen«, setzte Bernard nach.

»Das kann ich mir gut vorstellen«, entgegnete Madame Piat.

»Wie meinen Sie das?«

»So ein labiler Junge. Er war von Anna völlig besessen. Ohne sie war er ein Nichts.«

»Haben Sie mit ihm gesprochen? Können Sie sich vorstellen, dass ...«

»... dass Marc mit dem Tod meiner Tochter etwas zu tun hat?«, fiel sie Bernard ins Wort.

»Ja. Er soll außer sich vor Wut auf Anna gewesen sein.«

»Wie sollte er das angestellt haben?«

»Er könnte sich während des Shootings ins *Musée* geschlichen und sie die Treppe hinuntergestoßen haben. Ich habe mir den Tatort einmal genauer angeschaut. Das wäre sehr gut möglich gewesen. Niemand hätte etwas bemerkt.«

»Marc traue ich alles zu. Das ist ein junger Mann ohne Anstand.«

»Wissen Sie, wo er sich jetzt aufhalten könnte? Freunde? Bekannte? Hat Anna vielleicht erzählt, dass sie gemeinsame Pläne mit Marc hatte?«

»Nein. Wenn ich davon gewusst hätte, hätte Anna sie auf keinen Fall realisiert. Sie sind sehr hartnäckig, Monsieur le *Commissaire.*«

Bernard zuckte mit den Schultern und nahm einen Schluck von seiner Limonade. Langsam setzte die Dämmerung ein.

»Was macht Marc Lambert eigentlich beruflich?«

»Fragen Sie mich nicht. Ich weiß es nicht genau. Ich glaube, er ist auch so etwas wie ein Künstler. Er fotografiert, aber längst nicht so erfolgreich und professionell wie dieser Giraud.« Bernard bemerkte, dass Madame auf ihrem Stuhl unruhig wurde.

»Wussten Sie, dass Anna sich nicht gern fotografieren ließ? Sie fühlte sich fremd in ihrem Körper.«

»Nein, das wusste ich nicht. Anna erzählte mir ja nichts. Es war schwierig, einen Zugang zu ihr zu finden.«

Bernard bereute sofort, dass er diese Frage gestellt hatte.

»Versuchen Sie aber erst gar nicht, es so darzustellen, als wäre Anna depressiv gewesen«, stellte Madame Piat klar. »Anna war nicht depressiv. Es tut mir leid, Ihnen nicht weitergeholfen zu haben«, bedauerte sie.

Doch Bernard bezweifelte, dass das aufrichtig gemeint war. Madame Piat ließ jede Frage an sich abprallen. »Wenn ich Ihnen einen Rat geben darf: Hören Sie auf, im

Leben meiner Tochter herumzuwühlen und Zusammenhänge aufzubauen, wo es keine Zusammenhänge gibt.«

»Genau aus dem Grund bin ich Polizist geworden«, lachte Bernard auf. Zum ersten Mal befreite er sich von Madame Piats Strenge. »Ich wollte schon immer Zusammenhänge herstellen, wo anscheinend keine Zusammenhänge bestehen. Das Verbrechen tritt meist nicht offen zutage.« Bernard erhob sich. »Bemühen Sie sich nicht. Ich finde schon allein hinaus. Es tut mir leid, Ihre Zeit in Anspruch genommen zu haben. Wenn Ihnen noch etwas Auffälliges zu Anna einfällt, können Sie mich jederzeit telefonisch erreichen.« Er reichte ihr seine Karte.

Sie betrachtete sie skeptisch. Es schien ihr bewusst zu sein, dass dieser *Ex-Commissaire* nicht aufgeben würde, nach dem wahren Grund für den Tod ihrer Tochter zu suchen.

15

Ein schriller Pfiff ertönte.

Im ersten Moment wusste Bernard nicht, woher der Ton kam. Plötzlich entdeckte er Nadine, in der Tür zu ihrem Zimmer stehend. Sie musste ihn beobachtet haben, wie er den Garten verließ. Mit dem Zeigefinger lockte sie ihn zu sich heran. Bernard war überrascht, dass sie ihn meinte. Er schäumte innerlich, wie eiskalt Madame Piat ihn abserviert hatte. Umso erstaunter war Bernard, auf ihre offenherzige Tochter zu treffen. Sofort legte sie den Zeigefinger auf den Mund und bedeutete ihm zu schweigen. Bernard trat näher zu ihr heran.

»Was hat *Maman* Ihnen über Anna erzählt?«

»Nichts«, rief Bernard enttäuscht, »nichts, was ich nicht schon wusste.« Er sprach leise, damit Madame Piat sie nicht hören konnte.

»Hat sie Ihnen gesagt: Ich wünsche nicht, dass mein Name in den Schmutz gezogen wird?« Auf eine überraschende Art und Weise ahmte Nadine die Stimme ihrer Mutter nach.

»Ja.« Bernard reagierte blitzschnell. »Weißt du etwas über Anna? Was weißt du über Marc Lambert? Er ist verschwunden.«

»Warum sind Sie gekommen? Warum interessieren Sie sich für den Tod meiner Schwester?«, antwortete sie auf seine Frage mit einer Gegenfrage.

»Also, was ist?« Bernard hatte das starke Gefühl, dass Nadine mehr wusste, als sie preisgeben wollte.

»Nicht jetzt. Nicht hier. Haben Sie einen Wagen?«, raunte sie ihm zu.

Er nickte.

»Was für einen?«

»Einen schwarzen Peugeot 508.«

»Wo steht er?«

»Place Mozart.«

»Warten Sie da auf mich im Wagen. Ich werde Sie schon finden.« Nadine deutete an, er solle jetzt gehen.

Sie war ein ungewöhnliches Mädchen. Er war gespannt darauf, was sie ihm zu sagen hatte.

Er wartete bestimmt eine Viertelstunde auf sie und wollte gerade aus dem Wagen springen und ihr entgegenlaufen, als er sie im Außenspiegel auf der Fahrbahn entgegenkommen sah. Nadine riss die Beifahrertür auf und schaute ihn mit ihren großen braunen Augen an, unbekümmert und furchtlos.

»Fahren Sie!«, forderte sie ihn auf.

»Wohin?«

»Egal wohin. Nur weit weg von hier. *Maman* darf nicht wissen, dass ich bei Ihnen bin. Sie denkt, ich gehe zu einer Freundin.«

Nadine wusste offenbar sehr genau, was sie wollte. Er hatte seine Freude an ihr. Selbst seine eigene Tochter sprach nicht auf eine derart respektlose Weise mit ihm.

»Gut.« Bernard schaute sie an. »War Anna auch so burschikos und dreist wie du, wenn ihr euch so ähnlich seid?«

»Ich bin nicht dreist.« Nadine lachte. »Wo denken Sie hin! Im Aussehen mögen wir uns ähnlich sein, im Charakter sind wir grundverschieden.« Nadine lachte wieder, als wollte sie sich jetzt noch über Anna lustig machen. »Sie überlegte sich eine Entscheidung tausendmal, bevor sie handelte. Für ein Mädchen war sie echt verkopft. Sie konnte nicht leicht aus sich rausgehen. Etwas hielt sie zurück. Ich glaube, Anna hatte eine riesige Angst davor, abgelehnt zu werden. Aber ich habe sie geliebt. Ich habe sie über alles geliebt.«

Bernard lenkte seinen Wagen die *Rue de Congrès* entlang Richtung *Promenade* und Meer. Wenn er unterwegs war, entfalteten sich seine Energien und seine Emotionen. Das brauchte er jetzt dringend, nachdem Madame Piat ihn mit ihren Blicken auf dem Stuhl festgetackert hatte. Dieses frische, unkomplizierte Mädchen tat ihm jetzt richtig gut.

Am *Palais de la Méditerranée,* dessen Art-déco-Fassade von Scheinwerfern angestrahlt wurde, bog er links in die *Promenade des Anglais* ein. Das Meer zu sehen ließ ihn all das hinter sich lassen, was er gerade erlebt hatte.

»Das glaube ich dir«, entgegnete Bernard. »Bei Marc hat sie sich aber einmal spontan entschieden. Sie hat sich von heute auf morgen von ihm getrennt.«

»Marc, Marc«, bemerkte Nadine verächtlich, »das ist eine ganz andere Geschichte. Er hätte sich weniger von *Maman* einschüchtern und bedrängen lassen sollen. Er hätte besser auf meine Schwester aufpassen müssen. Und er wäre besser mit ihr nach Paris gegangen, so wie sie es vorgehabt hatten. Dann wäre all das nicht passiert. Aber er hat gekniffen.«

»Sie wollte abhauen?«, fragte Bernard verwundert. Er schaute Nadine an, anstatt auf den Verkehr zu achten.

»Ja, sie wollte mit Marc verschwinden.«

»Warum hat Anna sich denn von ihm getrennt, wenn sie solche gemeinsamen Pläne hatten?«

»Weil Anna eine große Schisserin war!« Nadine sprach das Wort mit großer Verzweiflung aus. »Sie wollte ihm zuvorkommen, *bevor* Marc sie abschießt oder kneift oder beides. Sie hat sich die Augen ausgeweint. Es tat ihr in der Seele weh, sich von Marc getrennt zu haben. Sie traute sich aber nicht, zu ihm zurückzukehren, ihn um Verzeihung zu bitten. Ich habe ihr zugeredet und ihr gesagt, es sei Quatsch, was sie denkt. Vergebens.«

»Und Marc?«

»Keine Ahnung.«

»Hast du ihn in den letzten Tagen gesehen, bevor Anna starb? War er wütend? Dachte er an Rache?«

»Möglich. Ja, bei Marc ist vieles möglich.«

»Hältst du es für möglich, dass er Anna die Treppe hinuntergestoßen hat?«

Nadine strich sich über das Gesicht und wischte sich eine Träne weg. Ihr fröhliches, unbekümmertes Wesen brach in sich zusammen. Die Ereignisse der letzten Tage waren zu viel für sie. »Ja, es ist möglich. Vieles ist möglich, was ich früher für unmöglich gehalten habe.«

Bernard sah sie verständnislos von der Seite an. Sein Blick drückte eine einzige Frage aus: »Was?«

Mit einem Mal bekam Nadine einen verstörten, verängstigten Gesichtsausdruck. Sie wurde fahrig. »Du musst noch etwas wissen.« Wahrscheinlich musste sie sich restlos einem Erwachsenen öffnen, sich ihm anvertrauen, was sie bewegte und belastete, worüber sie aber mit keinem Menschen sprechen konnte. »Ich habe dir schon erzählt, dass Christophe, mein Bruder, aufbrausend sein kann. Du weißt nicht, wie aufbrausend! Er neigt zum Jähzorn. Wenn es so weit ist, ist er nicht mehr er selbst. Wie ein wilder Stier ... Dann kann ihn niemand stoppen, auch *Maman* stoppt ihn nicht, obwohl sie es könnte.«

»Was heißt das?« Bernard wurde es schwindlig davon, was Nadine ihm alles erzählte.

»Vor Jahren hätte Christophe Anna fast zu Tode gewürgt. Es ging um eine Lappalie. Wieder einmal. Ich hatte mir, nun ja, einen Pullover von ihr geborgt. Anna wollte ihn unbedingt wieder zurückhaben. Sie kann manchmal stur und dickköpfig sein. Christophe ist dazwischengegangen, weil er mich beschützen wollte. Er würgte mit beiden Händen ihren Hals. Ich dachte, er würde sie umbringen. Anna lief puterrot an. Wenn er jähzornig wird, hat mein Bruder Bärenkräfte. Ich habe aus Leibeskräften geschrien. Dann erst ist *Maman* gekommen und hat Christophe weggezerrt. Ich glaube, sie hat es nur ungern getan. Christophe ist ihr Liebling. Ihn verhätschelt sie. Wir Mädchen zählen nicht so viel für sie. Wir sind einfach nur lästig.«

»Du scheinst aber überraschend gut damit klarzukommen.«

»Lass dich von mir nicht blenden. Das ist nur äußerlich. Du weißt nicht, wie es in mir aussieht.«

»Wie war es für Anna?«

»Anna kam damit nicht klar. Anna wollte immer nur geliebt werden, aber nicht von ihrer kleinen Schwester. Sie war Vaters Liebling. Als er starb, brach für sie eine Welt zusammen.«

»Was ist mit Jules Giraud, dem Fotografen? Kennst du ihn?«

»Ach, Jules. Was soll mit dem schon sein?«

»Hat Anna ihn mit nach Hause gebracht, ihn eurer Mutter vorgestellt? Es war doch bestimmt eine große Sache, dass Anna als Model in allen Modemagazinen erschien.«

»Nein, nein, Anna hat das mit sich selbst ausgemacht. Sie tat das gegen den erklärten Willen von *Maman*, auch um sie zu provozieren. *Maman* will nicht, dass irgendetwas, was in der Familie vor sich geht, an die Öffentlichkeit gelangt. Diese öffentliche Zurschaustellung wie bei Facebook und Co. lehnt sie ab. Das ist nur peinlich, findet sie. Anna hat ihren Vertrag bei der Modelagentur selbst unterschrieben, ohne etwas zu sagen. Es gab einen riesigen Krach. *Maman* verlangte, dass Anna den Vertrag wieder annulliert. Das ging aber nicht mehr.« Nadine wurde hektischer und rutschte auf dem Sitz hin und her. »Anna blieb standhaft. Das fand ich großartig von ihr. Dass sie nun als Model arbeitete, dafür habe ich sie sehr bewundert. Sie ängstigte sich vor allem davor, dass sie nicht schön genug wäre. So ein Quatsch!«

»Wir müssen unbedingt Marc auftreiben«, schärfte Bernard ihr ein. »Hast du eine Ahnung, wo er stecken könnte?«

Nadine schaute in den Rückspiegel, drehte sich nach hinten um.

»Was ist mit dir?«

Nadines Anspannung übertrug sich auch auf Bernard. »Ich glaube, wir werden verfolgt.«

»Was?«, rief Bernard.

»Der Golf da. Kannst du nicht mehr Gas geben?«, verlangte sie. »Zeig mal, was du draufhast.«

Das ließ Bernard sich von einem jungen Mädchen nicht zweimal sagen. Er scherte am *Quai des États-Unis*, der Verlängerung der *Promenade*, aus und setzte zu einem gewagten Überholmanöver an. Er schaltete zurück und zog den Motor in obere Drehzahlbereiche hoch. Nadine schien das richtig Spaß zu machen. Kurz hintereinander überholte er mehrere Fahrzeuge, aber notgedrungen musste er in die Fahrspur zurück.

»Haben wir ihn abgehängt?«

»Noch nicht. Schneller! Schneller!«, feuerte Nadine ihn an.

»Hast du eine Ahnung, wer es ist?«

»Mein Bruder. Ich weiß nicht, wie er uns folgen konnte. Ich bin vorsichtig gewesen.«

»Offenbar nicht vorsichtig genug.«

Bernard brauste weiter Richtung Hafen entlang. Der Golf blieb ihnen dicht auf den Fersen. Links von ihnen türmten sich riesige Felsen auf. Die Straße beschrieb eine scharfe Kurve.

»Was will er von dir?«

»Warum von mir? Vielleicht will er etwas von dir?«, konterte Nadine. »Vielleicht denkt Christophe, dass du seine kleine Schwester entführst. Das stimmt ja auch. Na, fast jedenfalls.«

Bernard wollte sie warnen, sie solle sich genau überlegen, was sie sagte. Er kam nicht dazu. Er musste sich darauf konzentrieren, seinen Verfolger abzuschütteln. Der Fahrer des Golfs fuhr wie der Teufel. Verkehrsregeln galten für ihn nicht.

»Du hättest mich *vorher* warnen können, dass dein Bruder hinter uns her ist«, fluchte Bernard.

Nadine drückte sich in den Sitz und schmollte. »Weißt du, dass ich den Schlüssel zu Marcs Wohnung habe?«

»Du hast was?«, fuhr Bernard sie an.

»Ich habe den Schlüssel zu Marcs Wohnung. Anna hat immer einen Schlüssel gehabt und ihn nicht wieder zurückgegeben.«

»Das fällt dir aber reichlich spät ein. Hast du ihn bei dir?«

»Nein. Warum sollte ich?«, entgegnete sie.

Sie brachte Bernard auf eine großartige Idee. »Was ist mit Annas Handy? Hast du es auch?«

Nadine nickte. »Ich glaube schon. Uns wurden Annas persönliche Gegenstände ausgehändigt. Warum?«

»Aus einem Handy kann man jede Menge Daten herausholen. Das ist eine wahre Goldgrube. Kannst du es mir geben?«

Nadine antwortete nicht. Bernard wich in der Mitte der Straße einer Baustelle aus. Das war das reinste Chaos. Er riss das Steuer herum. Nadine wurde durchgeschüttelt. Vor einem Zebrastreifen musste er notgedrungen halten. Eine Gruppe Mütter mit kleinen Kindern wollte die Straße überqueren, blieb dann aber sicherheitshalber stehen. Von hinten schoss der Golf heran und hielt mit quietschenden Reifen.

Christophe sprang heraus und riss sofort die Fahrertür des Peugeots auf. Bernard kam gar nicht dazu, sich zu verteidigen. Der Sicherheitsgurt bewahrte ihn davor, vom Sitz gezerrt zu werden. Als Christophe das bemerkte, schlug er Bernard mit der Faust ins Gesicht. Dessen Kopf flog nach hinten.

Nadine kreischte auf, hysterisch und von Angst getrieben.

Der nächste Schlag traf Bernard am Nasenflügel, war aber schlecht platziert. Bernard bemerkte, dass ihm Blut aus der Nase rann. Er blutete stärker als gewöhnlich wegen der blutverdünnenden Medikamente, die er einnahm. Die Mütter standen wie paralysiert da. Nadine kreischte nur lauter und wilder.

Beim nächsten Ausholen mit seiner Faust hielt Christophe plötzlich inne. Er rannte um den Wagen herum, um seine schreiende Schwester zum Schweigen zu bringen.

Nadine empfing Christophe gleich mit Tritten beider Füße. Sie trat nicht fest genug zu. Sie verfehlte ihn. Christophe bekam ein Bein zu fassen, zerrte Nadine vom Sitz und griff in ihre vollen Haare. Sie schrie auf.

Umständlich bugsierte Bernard seinen Körper aus dem Sitz. Er versuchte, den Wahnsinnigen zu stoppen, musste aber ohnmächtig mit ansehen, wie er Nadine aus seinem Auto zerrte. Sie beschimpfte ihren Bruder mit unflätigen Ausdrücken.

»Lass uns in Frieden, er hat nichts getan«, gellte ihr Schrei zu Bernard, bevor sie in den Golf gestoßen wurde. »Immer musst du dich einmischen. Du hast Anna auch nicht in Ruhe gelassen.«

Es wirkte so, als würde gerade ein Mädchen entführt werden. Mit aufheulendem Motor brauste der Wagen davon.

Die Frauen liefen jetzt zu Bernard. »Können wir Ihnen helfen? Sind Sie verletzt?«

»Nein, es geht schon. Ich komme allein klar.«

Bernard schüttelte sich. Es war ihm lange nicht mehr passiert, dass er Schläge einstecken musste, auch nicht in all den Jahren als *Commissaire.* Sein Kopf dröhnte vor Schmerzen. Das war eine Punktlandung auf seiner Kinnspitze.

Er hatte aber nicht vor, sich noch mal von diesem Schnösel verprügeln zu lassen. Bernard fuhr den Peugeot rechts ran und wartete, bis die Blutung aufhörte. Einmal hustete er stark und spuckte Blut und Schleim auf die Fahrbahn. Zum Glück hatte Christophe ihm nicht den Kiefer zertrümmert oder einen Zahn herausgeschlagen. Er betastete vorsichtig seine Nase. Bernard glaubte nicht, dass sie gebrochen war. Er schmeckte nur den metallischen Geschmack von Blut in seinem Mund. Am Kinn und in der Stirn dröhnte der Schmerz heftiger Schläge. Nach einer Viertelstunde wagte er es, wieder zu fahren.

16

»O mein Gott!« Danielle sah ihn bestürzt an.

Schnodder lief ihm aus der Nase. Bernard legte den Kopf nach hinten und achtete darauf, dass das Blut nicht auf seine Kleidung tropfte. Er atmete mit offenem Mund, mehrfach schluckte er. Das Blut rann die Speiseröhre hinunter. Bernard konnte von Glück sagen, dass Nadine dabei gewesen war. Sie hatte Christophe von ihm abgelenkt. Er hätte ihn sonst wahrscheinlich totgeschlagen.

Jetzt kühlte Danielle seine Wunden. Sie war immer noch fassungslos. »Wo bist du da bloß hineingeraten?«, fragte sie. »Du musst das untersuchen lassen.« Ihr stand die Angst ins Gesicht geschrieben.

Bernard zuckte vor Schmerzen zusammen, unterdrückte aber einen Aufschrei. Er wollte seine Frau nicht noch mehr beunruhigen. Er schüttelte den Kopf. »Nicht nötig. Es geht schon wieder.«

»Du brauchst nicht den dicken Macker zu markieren. Du weißt selbst, dass du nicht unbesiegbar bist. Hast du das schon wieder vergessen?«

»Ja, ich weiß.« Bernard gab sich kleinlaut, kleinlaut und dankbar, dass sie sich um ihn kümmerte.

»Lass es wenigstens röntgen! Nur um sicherzugehen, dass nichts gebrochen ist.«

»Nicht nötig. Ich weiß das.«

Danielle seufzte schwer. Sie schüttelte verständnislos den Kopf über so viel Ignoranz. »Na schön, wie du meinst. Es soll mir keiner erzählen, wir Bretonen seien dickköpfig und stur. Ihr Südfranzosen seid tausendmal dickköpfiger als wir.«

»Hör auf, mit mir zu schimpfen. Gib mir lieber einen Cognac, Katze, einen von deinen guten.«

»Nein. Das ist nichts für dich. Der Cognac treibt nur deinen Blutdruck in die Höhe.«

»Nur jetzt, nur das eine Mal!«, beharrte Bernard.

Zähneknirschend lenkte Danielle ein und hielt ihm ein Glas hin. Er trank es mit einem Schluck aus.

»So, wer war's? Wer hat dir das angetan?«

»Das glaubst du nicht. In der Familie von Anna Piat tun sich größere Abgründe auf, als du dir vorstellen kannst.« Bernard verzog das Gesicht vor Schmerzen zu einer Grimasse.

»Wie meinst du das?«

»Ihre Familie muss für Anna die Hölle gewesen sein. Es waren Menschen, die sie eigentlich lieben sollten. Aber ich glaube, die Einzige, die sie wirklich geliebt hat, war ihre jüngere Schwester Nadine. Und die einzige Möglichkeit diesem Teufelskreis zu entkommen, bot ihr Marc.« Bernards Stimme stockte. Er rieb sich ein Auge. »Es wäre eine schreckliche Tragödie, wenn ausgerechnet dieser Mann sie umgebracht haben sollte.« Bernard schüttelte den Kopf. Je länger er darüber nachdachte, desto unsicherer wurde er, dass sich alles tatsächlich so abgespielt haben könnte, wie er es bisher geglaubt hatte.

Danielle erhob sich und schaute auf ihren Mann hinunter. »BB?«

Er sah zu ihr hoch. Sein Blick war matt.

Sie legte zwei Finger auf die Lippen, wirkte nachdenklich. »Es tut mir leid.«

»Was?«

»Ich habe dich da in etwas hineingerissen. Ich hätte dich nicht zu Claire schicken dürfen. Ich konnte ja nicht ahnen ...«

»Nein, das konntest du nicht ahnen. Da sind noch tiefere Abgründe verborgen, die ich noch nicht ausgelotet habe«, entgegnete Bernard, fasziniert und angezogen von einem Verbrechen, das ihn nicht losließ und dessen Tragweite er noch nicht überblicken konnte.

»Ich muss wieder nach unten.« An der Tür drehte Danielle sich noch einmal nach ihm um. »Ich bitte dich, pass auf dich auf! Ich möchte nicht, dass mein Mann das nächste Mal krankenhausreif geschlagen wird.«

Im Grunde wollte sie ihm etwas anderes sagen, spürte Bernard. Dass sie ihn angestiftet und in etwas hineingerissen habe, was er besser sofort beenden sollte.

»Ich pass schon auf mich auf. Ich bin jetzt gewarnt. Ich weiß jetzt, was für ein Höllenhund dieser Christophe ist.«

Bernard wandte sich ab. Inzwischen ging es auch um ihn. Seine eigene Reputation stand auf dem Spiel. In dem Moment erhielt er eine SMS:

Es tut mir leid, was passiert ist. Ich habe Marcs Schlüssel.
Wir sollten in seine Wohnung gehen. Nadine.

17

Nadine war ein bemerkenswertes Mädchen, spontan und geradeheraus, unkompliziert und clever. Sie durchschaute vieles, was nicht selbstverständlich war.

Was wusste sie über Anna?

Es reizte Bernard, mit ihr gemeinsam in die Wohnung von Marc Lambert zu gehen und sich dort einmal gründlich umzuschauen. Vielleicht fand er ja einen Hinweis auf dessen Aufenthaltsort. Eine Adresse. Eine Telefonnummer. Niemand machte sich Gedanken über sein überraschendes Verschwinden, keiner hatte dafür eine Erklärung parat. Auch für Nadine war es nicht nachvollziehbar. Oder wusste sie etwas, wagte es aber nicht, es ihm zu sagen? Versuchte Nadine, ihn insgeheim auf eine falsche Spur zu lenken? Sie hätte ihn vor allem entschiedener vor ihrem jähzornigen, gewalttätigen Bruder warnen müssen, dann hätte er sich keine Schläge eingefangen.

Bernard war etwas wütend auf Nadine, dass sie ihn dieser Gefahr ausgesetzt hatte. Noch wütender aber war er auf sich selbst. Er war auf dem besten Wege, sich in diesen Fall zu verbeißen und in alte Verhaltensmuster zurückzufallen, die er unbedingt vermeiden sollte. So hatten die Ärzte es ihm geraten. Es ging ihm nicht allein um die Schläge, die er hatte einstecken müssen. Es kränkte ihn zwar, von einem jungen Typen verprügelt worden zu sein. Vielmehr beunruhigte ihn jedoch der emotionale

Stress, dem er sich wieder bereitwillig aussetzte, als hätte er nie einen Herzinfarkt erlitten.

Seine Antwort auf Nadines provozierende Frage schob er vorerst auf. Es war leicht, ihn zu locken, damit er auf ihr Angebot ansprang. Das sollte er wohl auch.

Innerhalb weniger Tage war sein Leben gehörig durcheinandergewirbelt worden. Es hatte schon seinen Grund gehabt, warum er sich gegen jede Art von Ermittlungstätigkeit wehrte, und mochte sie auch noch so beiläufig und harmlos sein. Ehe er sichs versah, steckte er nun mittendrin. Er kannte sich selbst genau. Wenn er jetzt die Herausforderung annahm, konnte er nicht mehr aufhören. Ja, Anna faszinierte ihn. Sie vereinigte so viele widersprüchliche Eigenschaften, auf die er noch keine befriedigende Antwort gefunden hatte.

Die Arbeit im Hotel lenkte ihn von seinen Nachforschungen ab, auch von seinen Schmerzen. Neben der Nase würde sich ein Hämatom bilden. Er dachte nicht länger darüber nach, ob es nun gut oder schlecht für ihn war, Nadines Angebot anzunehmen.

Bernard nahm seine Joggingrunde wieder auf. Es gab nichts Besseres, um seinen Kopf wieder gedankenfrei zu bekommen und nach Christophes Attacke wieder herunterzukommen. Er ließ den Blick über das Meer schweifen. Seine Lungen füllten sich mit Sauerstoff. Er nahm die ganze sinnliche Herrlichkeit seiner Stadt in sich auf. Die Lichtreflexe auf dem Meer. Die Fassaden der Häuser, an denen er vorbeizog.

Bernard entspannte sich wieder und kehrte zu sich selbst zurück.

Niemand konnte ihn zwingen, weiter in diesem Fall zu ermitteln, wenn er es nicht wollte. Das war die Freiheit, die Unabhängigkeit, die er sich als *Commissaire* früher immer gewünscht hatte. Er neigte dazu, sich selbst viel zu sehr unter Druck zu setzen. Das musste er sich immer wieder vor Augen führen. Diese Lektion musste er mühsam über sich selbst lernen.

Der Kanonenschuss vom Schlosshügel knallte über die Bucht. *Midi.* Das war das Signal, auf das er sich immer verlassen konnte. Auf den letzten hundert Metern drehte Bernard noch einmal richtig auf. Als er im Hotel ankam, war er erschöpft, aber auch befreit, wie schon lange nicht mehr.

Er löschte seinen Durst und schrieb dann Nadine eine SMS.

Hat sich Marc bei dir gemeldet?

Nach wenigen Minuten kam eine Antwort:

Nein. Warum hast du nichts von dir hören lassen?

Bernard schrieb:

Es ging nicht. Ich musste mich erst einmal erholen. Okay. Lass uns in die Wohnung gehen, aber zu meinen Bedingungen. So ein Fiasko will ich nicht noch einmal erleben.

Bernard musste erst Klarheit schaffen zwischen Nadine und sich. Er würde sich keinesfalls blindlings in ein weiteres Abenteuer stürzen. Er wurde *einmal* kalt erwischt – das durfte sich auf keinen Fall wiederholen.

Es kam postwendend ein kurzes *Wann?*

Bernard hielt es nicht länger aus. Er rief Nadine einfach an. »Hör mir gut zu. Kannst du sprechen?«

»Ja.«

»Geh morgen um achtzehn Uhr aus dem Haus. Unauffällig.«

»Okay.«

»Geh zuerst zu einer Freundin. Bleib eine halbe Stunde bei ihr. Dann komm zu Fuß zu Marcs Wohnung, und warte dort auf mich. Hast du verstanden?«

»Ja.«

»Passiert das häufiger, dass dein Bruder dich verfolgt und Leute zusammenschlägt?«

Nadine wurde verlegen. »Nein. Es tut mir leid. Es war mein Fehler.«

»Allerdings.«

»Ich habe dir gesagt, er ist aufbrausend. Er kann gefährlich werden.«

»Du hast aber nicht gesagt, dass er dir nachspioniert. Vergiss nicht, Annas Handy mitzubringen«, schärfte er ihr ein.

Bernard wartete in seinem Peugeot vor dem Tor in der *Avenue Auber* auf Nadine. Sie ahnte nicht, dass er ihr mit dem Auto folgte. Er wartete geduldig und ließ sie dann weit vorauslaufen.

Wenige Tage zuvor hätte Bernard gezaudert und gezögert, eine Entscheidung zu treffen. Er konnte sich selbst nicht ausstehen, wenn er so dazwischenstand. Dass er sich selbst zurücknahm, brachte ihn wieder herunter. Er wurde entspannter, kehrte zu sich selbst zurück. Es war für ihn unerlässlich, sich selbst nicht aus den Augen zu verlieren. Die Möglichkeit, dass Marc zurückgekehrt war, feuerte ihn ungeheuer an. Nadine wäre von ihm enttäuscht gewesen, wenn er ihr Angebot nicht angenommen hätte. Für ihn war es keine ernsthafte Option gewesen, nicht weiterzumachen. Dafür steckte er bereits zu tief in dem Fall drin.

Diesmal folgte Nadine allerdings kein Golf. Bernard wollte aber nicht zu schnell Entwarnung geben.

Hatte Christophe auch Anna aufgelauert, sie ausspioniert, wenn sie sich mit Marc oder dem Fotografen Jules Giraud traf?

Bernard folgte Nadine zu einer Freundin, wo sie genau sechsunddreißig Minuten blieb. Sie war ein gutes Mädchen, befolgte genau seine Anweisungen. Auch dieses Mal tauchte nirgendwo der Golf auf.

Bernard stellte seinen Wagen ab. Den Rest des Weges lief er durch die *Rue Droite* zu Fuß.

Schon von Weitem sah er Nadine vor dem gusseisernen Tor von Marcs Apartment auf ihn warten. Sie spielte mit dem Haustür- und Wohnungsschlüssel.

Nadine wandte sich gleich zum Tor. »Wollen wir?«

»Warte!«, forderte Bernard sie auf. »Ich muss noch etwas mit dir klären.«

»Was gibt es denn?«, rief Nadine verwundert.

Bernard wollte das mit Nadine besprechen, bevor sie in Marcs Wohnung gingen. Er zog sie in ein angrenzendes Café.

»Nur ganz kurz. Du bist mir noch eine Erklärung schuldig.«

»Welche Erklärung?«, fragte Nadine.

»Hatte Anna psychische Probleme?« Bernard ging sofort in die Offensive.

»Nein«, rief Nadine empört. In dieser Familie durfte niemand psychische Probleme haben. Das gehörte sich nicht. Das kam bei den Piats nicht vor.

»Sag nicht so schnell Nein. Meine Erfahrung rät mir, dass deine Schwester eine Menge mitgemacht hat. Sie wird fast zu Tode gewürgt vom eigenen Bruder. Sie verliert den Vater, an dem sie sehr hing. Von ihrer Mutter wird sie abgelehnt. Mit einem Schlag erfolgt das glatte Gegenteil: Ein Fotograf zerrt sie ins grelle Licht der Öffentlichkeit. Anna konnte psychisch nicht darauf vorbereitet gewesen sein. Sie findet sich nicht schön, ist sich nicht sicher zu gefallen. Denn gefallen möchte sie. Auf jeden Fall kann sie sich mit ihrem Aussehen nicht identifizieren. Kein Wunder, da sie über Jahre höchstens als Außenseiterin in eurer Familie geduldet, aber niemals akzeptiert wurde. Kannst du mir folgen, oder habe ich da etwas nicht richtig verstanden?«

Nadine horchte auf. In dieser geballten Form, wie der *Commissaire* ihre Schwester beschrieb, hatte sie Anna noch nie gesehen. »Na ja, das stimmt schon ...«

»Aber?«

»Nichts aber. Worauf willst du hinaus?«

»War Anna oft niedergeschlagen? Kamen ihr grundlos die Tränen? Fühlte sie sich leer und zu nichts zu gebrauchen? Gab es in ihrem Leben keine Perspektive?«

»Du meinst, ob sie depressiv war? Nein, absolut nicht.«

»War sie in psychotherapeutischer Behandlung?«

»Nein. Keiner von uns ist depressiv. Wenn du nur gekommen bist, um mir das unter die Augen zu reiben, dann gehe ich besser.« Nadine stand bereits auf.

»Es tut mir leid«, lenkte Bernard wieder ein. »Setz dich hin. Na komm schon.« Bernard deutete mit dem Kopf auf den Stuhl. »Ich könnte genauso gut eingeschnappt sein wie du. Es hat nicht viel gefehlt, und dein Bruder hätte mir die Nase zertrümmert.«

Zögernd setzte sich Nadine wieder.

»Eine Frage noch. Hat deine Schwester Medikamente genommen? Schlaftabletten? Beruhigungsmittel?«

Nadine druckste herum. »Ja. Sie konnte nicht immer durchschlafen. Ist das ein Verbrechen? Ich weiß nicht, wie das Medikament heißt. Sie war aufgeregt und aufgewühlt wegen der Fotos. Genügt dir das?« Nadine sprang auf. »Gehen wir jetzt in die Wohnung, ja oder nein?«

»Warte! Hast du das Handy dabei?«

Nadine holte es aus ihrer Handtasche hervor. Sie verstand nicht, warum das für den Ex-Flic so ungeheuer wichtig war. Bernard versprach sich davon, weitere Aufschlüsse darüber zu erhalten, was geschehen war, bevor Anna die Treppe hinuntergestürzt war.

Nadine verließ das Café bereits und schwenkte provokativ mit dem Schlüsselbund. Umständlich stand Bernard auf. Er würde sich nicht wie ein Ochse am Nasenring von einem jungen Ding durch Nizzas Straßen ziehen lassen. Dieses eine Mal war es aber bestimmt klug und richtig, ihr nachzugeben.

Nadine schloss bereits das Tor auf. Bernard trat in das Marmortreppenhaus ein. Auf der gegenüberliegenden Seite war Marc Lambert vor ihm geflüchtet. Warum? Das war die entscheidende Frage.

Der *Ex-Commissaire* trieb das Mädchen zur großen Eile an. Er wollte unter allen Umständen vermeiden, dass sie gemeinsam von Mitbewohnern gesehen wurden, wie sie sich Zugang zu einer fremden Wohnung verschafften. Er wollte keine Zeugen haben.

Bernard schlüpfte als Erster in das Apartment. »Kein Licht«, wies er Nadine an. Sie wunderte sich darüber, dass er ein so großes Geheimnis daraus machte, dass sie in der Wohnung des Ex-Freundes ihrer Schwester waren.

Gespenstisch glitt der Lichtkegel seiner Handytaschenlampe durch die Dunkelheit. Sie standen inmitten des Ein-Zimmer-Apartments. Von dem einen Spaltbreit offen stehenden Fenster zum *Place Rossetti* drang Stimmengewirr zu ihnen herauf.

War es eine geplante Flucht gewesen, oder war Marc Hals über Kopf vor ihm davongerannt? Er musste übermäßige Angst gehabt haben. Nur sehr starke Angst konnte diese Kräfte in ihm mobilisieren.

»Warst du schon einmal hier?«, fragte Bernard Nadine.

»Nein. Anna wollte mich nie dabeihaben«, sagte sie bekümmert. »Marc gehörte ihr allein. Ich störte da nur. Ich war ja bloß die Schwester.«

Der Lichtkegel glitt über eine ansehnliche Plattensammlung. Vinyl. Auf dem Boden ausgebreitet standen großformatige Fotografien. Auf dem Couchtisch fand Bernard einen vollen Aschenbecher. Er prüfte ihn. Erkaltet. Marc war nicht in seine Wohnung zurückgekehrt, um etwas zu holen oder sich darin zu verschanzen.

Bernard schaute sich die Fotos an. Das genaue Gegenteil von den glamourösen Modeaufnahmen der Models, wie Jules Giraud sie inszenierte.

Marc fotografierte Alltagsszenen in den Straßen von Nizza, auf eine surreale Weise, überhöht und verfremdet. Der Asphalt im Vordergrund. Ein Bistrostuhl groß im Bild. Grelle Lichter der Straßenlampen und Autoscheinwerfer. Zweifellos war Marc ein begabter Fotograf.

»Was suchen wir hier?«, fragte Nadine unvermittelt. Das Licht ihres Smartphones glitt über den überladenen Schreibtisch.

»Das musst du doch wissen. Du hast mich schließlich hergelotst. Sei mal still!«, befahl Bernard schroff.

Er hörte Schritte, die sich näherten.

»Mach das Licht aus!«

Nadine gehorchte aufs Wort. Die Schritte kamen näher – von unten. Im Raum war es stockdunkel. Nur ein leichter Schein fiel vom *Place Rossetti* herein. Wenn Marc unvermittelt in seinem Apartment auftauchte, wie sollte er ihm erklären, warum sie unerlaubt in seine Wohnung eingedrungen waren? Oder noch schrecklicher: Christophe war Nadine gefolgt! Das war aber unmöglich. Er hatte die größtmögliche Umsicht walten lassen.

Bernard hielt den Atem an. Sein geschädigtes Herz hämmerte wie wild. Seine Augen versuchten, die Dunkelheit zu durchdringen. Er nahm Nadines Umrisse wahr. Nadine wartete offenbar auf neue Anweisungen von ihm. Sie zerknüllte einen Fetzen Papier und versuchte, es hinter ihrem Rücken verschwinden zu lassen.

Die Schritte gingen an der Tür vorbei, entfernten sich.

»Was hast du da?«, sagte Bernard. »Zeig's mir!« Der Lichtkegel seines Handys strahlte direkt in Nadines entsetztes Gesicht und die durch die Dunkelheit weit geöffneten Iriden.

»Nichts. Gar nichts.«

»Lüg mich nicht an.« Bernard streckte seine Hand aus. »Gib's mir! Was ist es?« Er kam Nadine sehr nahe. Sie konnte ihm nicht ausweichen. »Dachtest du, ich würde es nicht bemerken, dass du etwas vor mir verschwinden lässt?«

Bernard legte sein Smartphone auf den Schreibtisch, packte Nadines Hände, die sie auf dem Rücken verschränkte, und entriss ihr einen Zettel. Er hatte von Anfang an das Gefühl gehabt, dass sie ihn auf eine falsche Spur führen wollte. Sie rechnete offenbar nicht damit, dass Marc in seiner Wohnung Hinweise aufbewahrte, die er unter keinen Umständen erfahren durfte.

»Rühr dich nicht von der Stelle!« Bernards Stimme klang scharf. Er kramte nach seiner Brille in der Hosentasche. Auf dem Zettel stand:

DU BIST EIN DRECKIGER VERRÄTER!
ICH LASS MICH NICHT LÄNGER VERARSCHEN.

»Wer hat das geschrieben?«, fragte er Nadine und fuchtelte mit dem Fetzen Papier vor ihren Augen herum. »Lüg mich nicht an. Du kennst die Handschrift. Der ist von Anna, nicht wahr?« Es machte Bernard fuchsteufelswild, wenn ihn jemand anlog. Das konnte er nicht ertragen. Da wurden uralte Gefühle in ihm wach. Er wollte sich nicht von einem jungen Mädchen austricksen und hintergehen lassen.

Nadine sah ihn mit weit geöffnetem Mund an. Die Angst stand ihr ins Gesicht geschrieben. Mit seiner heftigen Reaktion hatte sie nicht gerechnet.

»Du hast nicht erwartet, hier einen Zettel von Anna zu finden. Du wusstest von Anfang an, dass sich deine Schwester mit Marc aus dem Staub machen wollte – nach Paris. Du wärst dann mit deiner emotional verkrüppelten Mutter und deinem cholerischen Bruder allein geblieben. Anna wäre aus deinem Leben verschwunden. Und du hättest keine Kontrolle mehr über sie gehabt«, sagte er.

Unwillkürlich zuckte Nadine zusammen. »Nein, du bist ja verrückt.«

»Du musstest etwas finden, um Marc bei Anna schlechtzumachen und zu denunzieren. Was ist es gewesen? Warum ist Marc ein dreckiger Verräter?«, versuchte er, Nadine die Wahrheit zu entlocken.

Sie blockte entschieden ab. »Das stimmt nicht, was du da behauptest. Lass mich gehen! Ich will hier raus. Es ist heiß und stickig.«

»Du hast mich ins offene Messer laufen lassen bei deinem durchgeknallten Bruder.«

Nadine verstand endlich, warum der *Ex-Commissaire* ihr gegenüber so misstrauisch und ablehnend war. »Es tut mir leid, dass Christophe das gemacht hat. Ich hatte dich aber gewarnt«, verteidigte sie sich. »Das kannst du mir nicht vorwerfen. Nur weil ich einmal etwas verbockt habe, glaubst du mir nicht? Ich soll wieder alles allein austragen. Dabei habe ich doch nichts getan.«

»Du erzählst mir zuerst die Wahrheit. Eher lasse ich dich nicht laufen. Es gefällt dir nicht, mit der Wahrheit konfrontiert zu werden. Wenn es für dich schwierig wird, läufst du lieber davon. Warum hast du mich hierhergeführt? Du musst doch einen Grund gehabt haben.« Bernard war nahe daran, Nadine am Arm zu packen und sie heftig zu schütteln. Er beherrschte sich, erhöhte aber den Druck auf sie.

Nadine entwand sich ihm, lief unter seinem Arm schnell und flink davon. Einen seiner Füße presste er gegen die Tür, sodass Nadine sie nicht öffnen konnte. Er verriegelte das Schloss.

»Setz dich hin«, forderte er sie auf. »So, du erzählst mir jetzt genau, was passiert ist. Warum hat Anna Marc verlassen? Da steckt mehr dahinter, als du mir bisher erzählt hast. Und lüg mich nicht an. Ich merke sofort, wenn du lügst.« Bernard war erregt. Er brannte darauf, die Wahrheit zu erfahren. Sein Herz pumpte wie wild.

Nadine schaute vor sich auf den Boden. Sie zuckte mit den Schultern. »Es gibt keinen speziellen Grund, warum ich dich hierhergeführt habe. Wirklich nicht.« Sie druckste herum, biss sich verlegen auf die Lippe. »Du glaubst mir sowieso nicht. Ich will dir doch bloß helfen«, platzte sie aus sich heraus. »Ich dachte, wir finden einen Hinweis, wo sich Marc aufhält. Ich dachte, wir finden Marc, und dann kannst du mit ihm sprechen.«

Bernard baute sich groß und einschüchternd vor Nadine auf. Er wusste nicht genau, was er von ihren Worten halten sollte, prüfte sie sorgfältig, wägte sie ab, ob sie glaubwürdig klangen.

»Für Anna war Marc alles, verstehst du?«, fügte Nadine hinzu. »Mit ihm konnte sie endlich sie selbst sein, konnte dem strengen Regime unserer Mutter entkommen. Mit ihm konnte sie ausgelassen und unbeschwert sein.«

Nadine war für ihr Alter ausgesprochen raffiniert und durchtrieben. Sie versuchte, Zeit zu gewinnen. »Darum geht's jetzt nicht. Was hat Marc Anna versprochen?«

Nadine überlegte rasend schnell. Bernard sah ihr an, dass Gedanken durch ihren Kopf schossen.

»Warte hier«, wies er sie an. »Rühr dich nicht von der Stelle. Ich bin gleich zurück.« Bernard fluchte vor sich hin. Dass ihm das ausgerechnet jetzt passieren musste: Er musste mal pinkeln. Das war aber auch kein Verhör in einem Verhörraum. Alles war improvisiert und überstürzt. Er schaute sich wiederholt nach Nadine um. Er musste die Daumenschrauben noch ein bisschen fester anziehen, dann würde er Nadine schon zum Reden bringen. Sie sollte nicht auf die Idee kommen zu flüchten.

Der Deckel war hochgeklappt. Den Lichtkegel richtete Bernard auf die schmuddelige Toilette. Als er sein Geschäft beendet hatte, zog er ordentlich ab und klappte den Deckel zu. Sein Blick fiel hinter dem schmutzigen Abflussrohr auf einen fluoreszierenden Plastikbeutel. Bernard bückte sich danach, und seine Hand hielt ihn in den Lichtstrahl. Es befand sich ein weißes Pulver darin.

Bernard stürmte aus der Toilette und hielt Nadine den Beutel unter die Nase. »Ist das der Grund, warum Anna Marc verlassen hat? Ist das der Grund, warum Marc verschwunden bleibt?«

Nadine starrte auf das Beutelchen. Panik durchströmte sie. Ansatzlos schoss sie vom Stuhl hoch und schlug einen Haken. Bernards massiger Körper war viel zu schwerfällig, genauso schnell und flink wie sie zu reagieren. Nadine war federleicht. Schon war sie an der Türe und drehte das Schloss auf.

»Bleib stehen, Nadine!«, schrie Bernard hinter ihr her. »Es hat keinen Zweck davonzulaufen.«

Nadine sprintete das Treppenhaus hinunter; Bernard hinter ihr her. So wie Marc flüchtete sie vor ihm. Auch Nadine nahm den Ausgang zum *Place Rossetti,* wandte sich dann nach rechts in Richtung der vielen engen Gassen der Altstadt.

Bernard versuchte erst gar nicht, sie zu verfolgen. Er hätte keine Chance gehabt, und er wusste das. Doch Nadine konnte ihm nicht wirklich entkommen. Er würde sie aufspüren.

»Komisch, dass immer alle vor dir davonlaufen, BB«, hörte er eine Stimme neben sich. »Da ist es schon ein Wunder, dass Danielle bei dir geblieben ist.«

Bernard schaute in das hämisch grinsende Gesicht von Philippe Plupart.

18

Bernard fasste sich schnell. »Wir laufen uns für gewöhnlich nicht über den Weg. Jetzt innerhalb kürzester Zeit zum zweiten Mal. Wenn das mal kein Zufall ist.« Geistesgegenwärtig ließ Bernard das Beutelchen Kokain in seiner Hosentasche verschwinden. Plupart würde noch auf die absurde Idee kommen, er hätte sich den Stoff selbst besorgt.

Wie unbeabsichtigt lief Bernard an der Pizzeria entlang und lotste damit Philippe von Marcs Apartment weg. Die Wohnungstür stand noch immer auf. Bernard war Nadine blindlings hinterhergerannt, ohne die Tür zuzuknallen. Ein schwerer Fehler.

»Wer war die Kleine, die vor dir abgehauen ist?«

Rasend schnell gingen Bernard Dutzende Möglichkeiten durch den Kopf, was er antworten sollte. Wäre es besser, Plupart anzulügen?

»Das war Nadine Piat«, rückte er dann doch mit der Wahrheit heraus.

»Ach, wirklich?«, entfuhr es Philippe. Er war nicht wenig überrascht. »Kannst du immer noch nicht deinen Verdacht aufgeben?« Er schüttelte seinen Kopf. »Nein, Aufgeben war noch nie eine Option von dir. Was wollte sie von dir? Oder muss ich eher fragen: Was wolltest du von ihr?«

Bernard machte eine wegwerfende Handbewegung. »Warum soll ich ausgerechnet dir das auf die Nase binden? Du glaubst mir ja doch nicht!« Bernard erlag beinahe der Versuchung, Philippe kameradschaftlich in die Seite zu puffen, um ihn dann leichter loszuwerden. Im letzten Moment hielt er sich zurück. Das wäre zu auffällig. Das hatten sie schließlich nie gemacht. »Ob du mir nun glaubst oder nicht«, erzählte Bernard, »ich war bei Madame Piat ...«

»So, du warst bei Madame Piat! Hat sie dir nicht den Kopf abgerissen? Wie ich sehe, ist dein Kopf aber noch dran. Das ist aber keine Antwort auf meine Frage. Typisch BB. Unter keinen Umständen preisgeben, was er gerade treibt.«

»Nun, ich erzähle dir doch gerade, was ich treibe. Madame Piat war unter den gegebenen Umständen ausgesprochen freundlich. Ich habe ihr mein Beileid ausgesprochen.«

»Der mitfühlende, BB! Dass ich nicht lache. Will sie dich nicht wegen Verleumdung verklagen?«

Bernard hatte nicht die Zeit, seine Idee in allen Details zu überdenken. Es musste schnell gehen, und er musste Plupart umgehend wieder loswerden. »Ich habe etwas für dich. Da wirst du staunen.« Bernard musste Plupart locken, ködern.

»Was soll das sein?« Ja, neugierig war er. Plupart verging sogar vor Neugierde.

»Ich gebe dir etwas«, machte Bernard es besonders spannend. »Dafür kriege ich auch etwas von dir.«

»Du willst einen Deal.«

»Ganz recht.«

Philippe Plupart wusste immer noch nicht, worauf BB hinauswollte. Er witterte eine Falle, dass Bernard ihn über den Tisch ziehen wollte. »Lass mal sehen, was du hast. Vorher kann ich keine Versprechen machen, wenn du mir irgendeinen Scheiß andrehen willst.«

Bernard kratzte sich hinter dem Ohr. Er konnte seine Anspannung kaum mehr aushalten. Er müsste längst verschwunden sein, zurück zu Marcs Apartment. »Es ist kein Scheiß. Es sind Beweise, die mich bei meinen Untersuchungen im Fall Anna Piat ein entscheidendes Stück weiterbringen werden. Dafür brauche ich aber deine Hilfe. Du bekommst das Beweisstück, dafür bekomme ich eine *Abschrift* eures Untersuchungsergebnisses. So ist der Deal, sonst …« Bernard Bonnot ließ offen, was dann geschehen würde. Er hielt Plupart die Hand hin.

»Es gibt keinen Fall Anna Piat. Du spuckst große Töne. Du hast dich in etwas hineingesteigert, von dem du nicht mehr loskommst.« Plupart überlegte kurz. Er wollte einfach wissen, was Bonnot auf Lager hatte. »Okay. Du bekommst deine Abschrift.« Plupart schlug in die ihm entgegengestreckte Hand ein. »Was ist es? Zeig's mir.«

Bernard zog aus seiner Hosentasche ein Handy, für das sich bisher niemand interessierte. »Das ist Annas Handy. Ich möchte, dass du es kriminaltechnisch untersuchen lässt, die gesamten Dateien ausliest. Ich brauche eine Abschrift ihrer WhatsApp-Nachrichten, E-Mails, du weißt schon. Polizeiarbeit braucht Ausdauer. Puzzlesteinchen für Puzzlesteinchen müssen zusammensetzt werden. Aber wem sage ich das? Das weißt du selbst genau.«

Plupart war nicht überzeugt. »Du glaubst doch nicht wirklich, dass du mit dem Handy einen möglichen Mörder überführen wirst.«

»Wahrscheinlich nicht, aber ich erfahre mehr darüber, was wirklich passiert ist.«

19

Sowie Bernard Plupart losgeworden war, lief er zu Marcs Apartment zurück. Er überlegte kurz und entschloss sich dafür, bei allen Parteien zu klingeln. Er hatte keine andere Wahl. Plupart konnte ihn tatsächlich wegen Zurückhaltung von Beweisen drankriegen. Er hatte nichts davon erzählt, was er hinter einem schmutzigen Abwasserrohr gefunden hatte.

Nach wenigen Augenblicken wurde der Türöffner betätigt. Bernard schaute in der Mitte des Treppenhauses nach oben. Niemand rief ihn. Keiner wunderte sich darüber, wer geklingelt hatte. Zur Sicherheit rief Bernard: »Ich habe meine Schlüssel vergessen.« Niemand reagierte. Ein Haus voller gleichgültiger Nachbarn, wo keiner sich für den anderen interessierte. Wahrscheinlich hatte bisher noch niemand bemerkt, dass Marc Lambert schon seit Tagen verschwunden und nicht wiederaufgetaucht war. Er konnte auch tot in seiner Wohnung liegen, sich erhängt haben – es interessierte niemanden.

Die Tür stand immer noch auf. Der Raum war dunkel.

Bernard rief: »Hallo?« Und dann noch einmal lauter: »Hallo? Ist da jemand?«

Er wollte vermeiden, dass Polizisten ihn in Empfang nahmen. Es musste einen Grund geben, warum Philippe Plupart in der Nähe von Marcs Wohnung herumschlich. Bernard schaute sich kurz um und schlüpfte dann in das

Apartment. Gleich zur Toilette. Er schaltete die Taschenlampe an und legte das Smartphone auf den Boden. Bernard kniete vor der Toilettenschüssel nieder.

Der Spalt zwischen Wasserkasten und Mauer war schwer einsehbar. Mit seiner rechten Hand tastete er sich vor. Nach einigen vergeblichen Versuchen bekam er ein Päckchen zu fassen und dann noch eins. Aber Bernard ließ sie an Ort und Stelle.

War Marc Lambert ein Dealer? Hatte Anna Piat davon erfahren?

Bernard wischte das zuerst gefundene Päckchen Kokain ab und verstaute es wieder hinter dem Wasserkasten, sodass es nicht auffiel. Damit wollte er nichts zu tun haben. Das ging ihn nichts an. Ihn interessierte ausschließlich, auf welche Weise Anna Piat zu Tode gekommen war.

Erleichtert zog er die Tür beim Gehen ins Schloss. Nichts deutete darauf hin, dass jemand in der Wohnung gewesen war. Marc würde sich allerdings wundern, warum die Tür unverschlossen war.

Bernard musste sich erneut Nadine vornehmen. Sie wusste viel mehr, als sie bisher verraten hatte.

20

Bernard brühte seinen Lieblingskaffee *Grand-Mère* auf. Handfilter, keine Kaffeemaschine. Er war für das Frühstück zuständig. So hatten sie es vereinbart. Bernard hatte als frühpensionierter *Commissaire* bedeutend mehr Zeit als Danielle. Das stimmte auch – bis vor wenigen Tagen. Er schenkte Danielle Kaffee in ihren *Bol* ein.

Sie sah ihn skeptisch aus ihren funkelnden Augen an. Sie war gegen fünf Uhr aufgestanden. »Es ist spät gewesen, als du gekommen bist. Später als verabredet.«

»Tut mir leid. Es ist etwas dazwischengekommen, mit dem ich nicht rechnen konnte. Ich wollte dich nicht wecken.«

»Ich habe nicht geschlafen. Ich habe kein Auge zugemacht. Ich dachte, dir wäre etwas passiert.« Danielle setzte sich und nahm eines der Croissants aus dem Körbchen, legte es aber gleich wieder auf den Teller. »Ich hätte dich nicht zu Claire schicken dürfen.«

»Nein, nein, es war genau richtig. Welche Abgründe sich in dieser Familie auftun ... Unglaublich! Je länger ich ermittle, desto mehr schreckliche Details kommen zutage. Ich fürchte, ich muss den Fall ganz neu angehen. Es ist nicht so, wie ich zuerst angenommen habe.«

»Ist es gefährlich, BB?«, fragte sie verunsichert.

»Nein. Du kennst mich, Katze.«

»Ja, eben deshalb. Von deinen Schmerzen in der Brust, bevor du einen Herzinfarkt erlitten hast, hast du mir auch nichts erzählt. Also, ist es gefährlich? Versuche mich nicht zu beschwichtigen. Du hast dir bereits Schläge eingefangen. Unter deinem Auge bildet sich ein Hämatom. Bernard, ich möchte nicht morgens an einem Tisch mit dir sitzen, scheinbar mit dir frühstücken, während du in Wahrheit mit ganz anderen Dingen beschäftigt bist, von denen ich nichts weiß.«

»Nein, es ist *nicht* gefährlich.«

Danielle schaute ihn eindringlich an. Bernard bestrich sein Croissant mit Butter.

»Deine Ermittlungen haben sich verselbstständigt. Das ist ein viel zu großer Stress für dich. Ich weiß«, sie versuchte, sich schonend ausdrücken, »die Arbeit im Hotel gefällt dir nicht. Das ist nicht unbedingt deine Sache, aber ich brauche dich hier. Ich möchte, dass du mit deinen Recherchen aufhörst.«

Bernard schaute sie verwundert an.

Danielle wusste genau, dass sie Bernard seine Freiheiten lassen musste. Genauso wichtig war es aber, ihm seine Grenzen aufzuzeigen, weil er selbst nicht merkte, wenn er sie überschritt. Dann würde er genau da landen, wo er vor vier Jahren schon einmal gewesen war.

»Das geht jetzt nicht«, verkündete er lapidar.

»Warum geht das nicht?«

»Wie stehe ich denn bei Claire da? Sie würde mich für einen Versager halten oder denken, ich wolle nur kneifen, weil ich Angst vor meiner eigenen Courage habe.«

Danielle kratzte sich an der Wange. Bernard sah ihr an, dass sie sich in eine Sackgasse manövriert hatte, aus der sie nicht wieder herauskam. Sie war es schließlich gewesen, die ihn dazu gedrängt hatte, sich die Bedenken ihrer Freundin einmal anzuhören.

»Wenn du nicht mit Claire reden willst, weil du dir keine Blöße geben möchtest, dann übernehme ich das für dich«, sagte Danielle.

»Das ist nett von dir, aber es geht nicht nur allein um Claire. Ich habe mit meinen Fragen und Nachforschungen mächtig Staub aufgewirbelt. Nadine weiß etwas, da bin ich mir ziemlich sicher. Ich weiß nur noch nicht, wie ich es schaffe, dass sie den Mund aufmacht. In dieser Familie hat jeder Angst. Jeder spioniert den anderen aus. Madame Piat blockt jede Frage ab.«

»Du warst bei Annas Mutter?«, rief Danielle erstaunt. »Davon wusste ich nichts.«

»Ich kann unmöglich mit dir jeden einzelnen Schritt besprechen. Das überfordert mich. Das überfordert dich aber auch. Du hast mit dem Hotel genug zu tun. Ich brauche dich mit meinen Problemen nicht auch noch zu belästigen.«

»Du meinst ...«, begann Danielle, aber Bernard fiel ihr ins Wort.

»Ja, ich meine, an der Sache könnte tatsächlich mehr dran sein.«

»Welches Interesse könnte Madame Piat denn haben, etwas vor dir zu verbergen?«, fragte Danielle.

»Ich weiß es nicht, ich weiß es wirklich nicht. Ich habe schon viele Zeugen und Angehörige vernommen, aber Madame Piat ist nicht zu fassen. Doch mein Instinkt rät mir, dass bei dem Unfall von Anna Piat nicht alles mit rechten Dingen zugegangen ist. Ich brauche aber Beweise, verstehst du, wasserdichte Beweise. Diese Beweise versuche ich gerade zu beschaffen. Das braucht Zeit. Lass mich ganz einfach meine Ermittlungen fortführen.«

Danielle war keineswegs beruhigt. »Du musst damit aufhören, BB. Ich kann nicht verantworten, dass du dich in Gefahr begibst.«

Bernard lächelte seine Frau milde und nachsichtig an. Er spürte wieder neuen Auftrieb, in diesem mysteriösen Fall zu recherchieren, der sein ganzes Können erforderte. Er fühlte, dass er nahe daran war herauszufinden, warum Marc verschwunden blieb. »Ich kenne mich mit Verbrechen aus, ich habe mehr als dreißig Jahre nichts anderes getan. Ich verspreche dir, wenn es gefährlich wird, dann hole ich mir Hilfe. Ich wende mich an Plupart oder an einen anderen meiner Ex-Kollegen.«

»Damals warst du aber noch um einiges jünger. Damals hattest du auch noch nicht …«

»Ich weiß, was du mir sagen willst. Damals habe ich noch keinen Herzinfarkt erlitten. Stimmt, aber schau mich an. Ich fühle mich blendend. Ich bin wieder ganz der Alte.« Er strahlte sie mit seinem unnachahmlichen Lächeln über das ganze Gesicht an. Mit diesem charmanten Lächeln hatte er sie schon immer für sich eingenommen. Er entwaffnete sie mit diesem Lächeln. Sie wusste nichts weiter darauf zu erwidern.

21

»Du bist unverbesserlich, BB.«

»Du auch, Katze.«

Sie wussten beide, dass sie einander nicht ändern konnten. Sie liebten den anderen genau dafür: So wie er oder sie war, so war es gut.

»Ich wollte mit dir über etwas ganz anderes sprechen, BB.«

Er nickte ihr zu.

»Ich möchte die oberen beiden Zimmer renovieren. Sie sind von der Ausstattung und vom Komfort nicht mehr zeitgemäß.«

»Wenn du meinst.«

»Hörst du mir überhaupt zu, BB?«, fuhr sie ihn an. Danielle war sehr klar, sehr entschieden. »Ich möchte deine Meinung dazu hören. Wir bekommen gute Bewertungen. Toplage. Meerblick. Ich möchte aber nicht gute Bewertungen für die Lage bekommen. Ich möchte auch gute Bewertungen für den Service und den Komfort erhalten, damit die Gäste sich bei uns gut aufgehoben und wie zu Hause fühlen. Dafür müssen wir aber den Standard und die Ausstattung der Zimmer steigern.«

»Wenn du das sagst, wird es stimmen. Du bist die Expertin.«

»Bernard, du kannst dich nicht so leicht raushalten, als hätte das nichts mit dir zu tun. Wir haben das Hotel gemeinsam übernommen, jetzt führen wir es auch gemeinsam. Dem Gast müssen wir stets etwas Besonderes bieten. Wir brauchen ein Alleinstellungsmerkmal, das nur wir haben. Vielleicht gelingt es uns, einen weiteren Stern zu bekommen. Das *Hôtel Royal* hat nur einen Stern mehr als wir, verlangt aber doppelt so hohe Preise.«

»Du kannst dich nicht mit dem *Royal* vergleichen. Das Hotel ist viel größer. Wir haben nur wenige Zimmer.«

»Mein Ziel und mein Anspruch ist es, stetig besser zu werden. Dazu gehört auch ein entsprechender Service und Freundlichkeit den Gästen gegenüber. Hast du die Bewertung gelesen: ›Toplage. Meerblick. Nostalgische Zimmer, aber ein etwas brummiger Réceptionist, der einen mitten im Gespräch stehen lässt.‹«

Bernard schloss genervt die Augen. »Ja, ich weiß, das war vorletzten Monat. Dieser bescheuerte Belgier. Ein notorischer Querulant, der unbedingt mal wieder heiße Luft ablassen musste. Guck dir mal seine anderen Bewertungen an.«

»Trotzdem. Du darfst unseren Gästen nicht das Gefühl geben, sie seien beschränkt. Am Ende fällt es auf uns zurück. Du kannst mit den Leuten nicht umspringen, als würdest du sie einem deiner Verhöre unterziehen.«

»Es tut mir hinterher auch immer schrecklich leid. Es gibt eben Verhaltensweisen, die bringen mich fürchterlich auf die Palme. Verhören kann ich aber ausgesprochen gut«, freute sich Bernard. Ein Lächeln huschte über sein braun gebranntes Gesicht. »Ich galt früher als Verhörexperte. Ich habe aus Zeugen und Verdächtigen mehr herausgeholt als alle anderen. Ich habe sie zum Sprechen gebracht. Und glaub mir, Katze, die Leute lügen dir unverschämt ins Gesicht, ohne mit der Wimper zu zucken.«

»Ich glaub dir das, BB. Aber in einem Hotel geht das nicht. Gäste sind keine Zeugen oder Verdächtige. Sie wollen hier die schönste Zeit des Jahres verbringen. Sie brauchen das Gefühl, willkommen zu sein.«

»Ja, ich weiß. Ein Verhör braucht eine Mischung aus Druck und Unnachgiebigkeit, Empathie und Verständnis für die Person.« Bernard blühte auf, wenn er darüber sprach.

»Ich will jetzt keine Verhörtechniken von dir lernen, BB.«

Einmal in Fahrt gesetzt, ließ Bernard sich nicht mehr bremsen. »Ich versuche stets, eine genaue Vorstellung von der Person zu haben. Was treibt sie an? Was ist ihr Motiv? Was ist ihr Ziel? Meistens gelingt mir das, manchmal schwimme ich aber auch. Stell dir vor, du wärst frisch verliebt«, wandte er sich direkt an Danielle. »Dieser Mann bedeutet dir alles. Du willst mit ihm ein neues gemeinsames Leben beginnen.«

»So wie mit dir ...«, warf Danielle ein.

»Ja, so wie mit mir. Du willst mit dem Mann nach Paris gehen. Doch plötzlich kommst du dahinter, oder jemand schanzt dir die Nachricht zu, dass der Mann, den du über alles liebst, ein Dealer ist. Wie würdest du auf diese Neuigkeit reagieren?«

Danielle zögerte keine Sekunde. »Das wäre ein riesiger Affront. Mehr als das.«

»Antworte nicht zu schnell«, warnte Bernard sie.

Doch Danielle ließ sich nicht bremsen. »Ich würde den Typen hochkantig rausschmeißen. Mit einem Mann, der mich hintergeht, würde ich nichts zu tun haben wollen.«

»Du würdest ihm nicht helfen, dass er aus dieser beschissenen Situation wieder herauskommt?« Bernard wusste, wie hilfsbereit und duldsam Danielle sein konnte.

»Nein, auf keinen Fall.«

»Siehst du, genau das ist Anna Piat passiert. Marc Lambert dealt mit Kokain. Das könnte der Grund sein, warum sich Anna Hals über Kopf von ihm getrennt hat. Wie das mit ihrem Tod zusammenhängt, weiß ich noch nicht. Aber das werde ich noch herausfinden«, sagte er beinahe trotzig. »Siehst du, ich kann jetzt unmöglich aufhören. Die Ereignisse überschlagen sich.«

»Und was ist mit der Renovierung der Zimmer?« Danielle verlangte eine definitive Zusage von ihm.

»Lass uns ein anderes Mal darüber reden.«

22

Auf dem Weg zum *Musée Masséna* rief Bernard wiederholt Nadine an. Sie sollte nicht glauben, sie könne einfach vor ihm davonlaufen. Sie musste sich ihm stellen.

Doch sie antwortete nicht. Und nach fünfmaligem Klingeln ging die Mailbox an. Bernard verabscheute es, ausgebremst zu werden. Er schrieb ihr eine Nachricht: »Ich muss mit dir reden.« Das verstand sie hoffentlich.

Dann meldete er sich bei Marie Denis, der *femme de ménage*. Sein Besuch bei ihr war längst überfällig. Sie war eine wichtige Zeugin.

»Madame Denis?«

»Ja? Mit wem spreche ich?«

»Es ist sehr wichtig.« Bernard versuchte, den richtigen Ton zu treffen. Die Putzfrau klang von vorneherein misstrauisch. »Ich möchte Ihnen einige Fragen stellen, wegen des tragischen Unfalls im *Musée Masséna.*«

»Ich habe der Polizei schon alles gesagt.«

»Legen Sie nicht auf!«, beschwor Bernard sie.

»Man will mir den Unfall in die Schuhe schieben«, drehte Marie Denis erst richtig auf. »Aber ich bin unschuldig. Ich habe mir nichts vorzuwerfen.« Ihre Stimme klang ebenso selbstgerecht wie empört.

»Das will ich Ihnen gern glauben. Umso wichtiger ist es, dass wir uns über die genauen Umstände unterhalten.«

»Wer sind Sie? Sind Sie von der …«

Bernard schnitt ihr gleich das Wort ab. »Ich bin nicht von der *Police.* Ich ermittle in einer anderen Richtung. Mein Name ist Bonnot, Bernard Bonnot. Früher war ich einmal *Commissaire.*«

»Sie glauben *nicht* an einen Unfall?«, fragte Marie Denis skeptisch. Sie konnte es kaum fassen, dass ein fremder Mann, noch dazu ein *Ex-Commissaire,* auf ihrer Seite stand.

»Nein, ich halte das für so gut wie ausgeschlossen. Dafür brauche ich aber *Beweise,* verstehen Sie mich? Sie könnten mir helfen.«

Madame Denis willigte ein, sich mit ihm zu treffen. Um vierzehn Uhr in einem Café in der Nähe ihrer Wohnung.

Bernard fand es kleinkariert und bescheuert, dass er sich erneut ein Ticket für das *Musée Masséna* kaufen musste. Am liebsten hätte er sich als *Commissaire* ausgewiesen, wäre schnurstracks zur Rezeption durchmarschiert, um seine Ermittlungen durchzuführen. Inständig hoffe er, dass dieselbe Dame am Empfang anwesend war; dann kam er wenigstens nicht vergebens.

Die Frau erkannte ihn sofort. In dieser Hinsicht hatte er Glück. Begeistert war sie allerdings nicht. Seine Fragen rissen sie aus ihrem angenehmen Alltag heraus. Der tragische Unfall des Models war vergangen und vergessen.

»Sie schon wieder«, begrüßte sie ihn.

»Ja, ich schon wieder. Ich will es kurz machen.« Bernard zeigte ihr das ausgedruckte Foto von Marc Lambert. Widerstrebend schaute Christine Leclerc es sich an. »Erkennen Sie den jungen Mann? Haben Sie ihn an dem Tag, als Anna Piat zu Tode kam, hier im *Musée* gesehen?« Bernard hoffte auf eine klare Aussage von Madame Leclerc.

»Nein.« Christine schob ihm das Foto wieder zurück. »Monsieur, bitte«, ermahnte sie ihn.

Notgedrungen musste Bernard zur Seite treten, weil Besucher ihr Ticket präsentierten. Kaum waren sie passiert, hakte er nach. »Sind Sie ganz sicher?«

»Absolut.«

Das war für Bernard Bonnot ein Dämpfer. »Warten Sie, Madame. Nur noch eine Frage.«

»Mein Gott, was wollen Sie denn noch? Sie sind aufdringlich.«

Bernard lächelte milde. »Haben Sie stattdessen auf dem Weg zu den Toiletten ein junges Mädchen gesehen? Ich habe kein Foto von ihr, sie sieht Anna aber verdammt ähnlich.«

»Wer soll das sein?«

»Es ist ihre Schwester.« Bernards Erwartung stieg wieder, weil sie genauer nachfragte. Doch dann Kopfschütteln.

»Nein, nein«, rief Christine energisch. »Ich habe niemanden gesehen, sooft Sie auch nachfragen. Es tut mir leid. Jetzt entschuldigen Sie mich bitte.«

»Natürlich«, lenkte Bernard ein. Er wollte sich die Frau nicht zur Feindin machen, dann würde er aus ihr nichts mehr herausbekommen. »Verzeihen Sie, könnte ich ganz kurz Ihren Kollegen sprechen? Wie heißt er noch gleich? Eric …?«

»Eric Michaud«, ergänzte sie. »Wenn Sie das glücklich macht. Ich versichere Ihnen, er hat genauso wenig gesehen wie ich. Sie sind auf dem Holzweg. Ich weiß nicht, warum Sie wie besessen nachforschen, aber es war ein Unfall. Ein Unfall«, bekräftigte Christine. »Damit müssen Sie sich abfinden.«

Bernard nickte. Er würde sich keineswegs damit abfinden.

Nadine hätte ihm gestern nicht entwischen dürfen. Wieder wählte er ihre Nummer, brach aber gleich ab, denn in dem Moment kam ihm Eric Michaud in seinem weißen Hemd entgegen.

»Monsieur Michaud ... für Sie ...«, rief die Dame vom Empfang und brauste beleidigt davon. Bernard sollte ihr dankbar sein, dass sie für ihn dieses Opfer brachte. Für sie war es reine Zeitverschwendung.

»Danke, dass Sie gekommen sind«, wandte sich Bernard an Michaud. Wenn Madame Leclerc es einfiel, sich über ihn bei der Direktion zu beschweren, konnte sie ihn vor die Tür setzen lassen. Das wäre eine Katastrophe! »Ich will Ihre Zeit nicht lange in Anspruch nehmen. Ich zeige Ihnen nur schnell ein Foto. Sagen Sie mir einfach, ob Sie darauf jemanden erkennen.«

Eric Michauds Haltung drückte aus, wie genervt er von dieser Befragung war. Es war doch bereits alles geklärt.

Bernard beobachtete Michauds Reaktion genau. Er zeigte ihm das Foto. Michauds Augen blitzten für einen Moment auf. Mit dem Finger griff er sich an die Nase, fuhr hinunter zum Mundwinkel.

»Was kann ich für Sie tun?« Betont lässig und gleichgültig gab Michaud das Foto zurück. »Tut mir leid. Ich erkenne niemanden darauf.«

War er überrascht und überwältigt, auch Anna darauf zu sehen? »Aber Anna Piat haben Sie doch erkannt?«

»Natürlich. Ich nehme an, um sie geht es nicht. Kann ich jetzt gehen?«, versuchte er, so schnell wie möglich Bernard abzuwimmeln. Er wusste genau, dass Bernard kein Recht hatte, ihn zu befragen, und dass er seine Fragen nicht beantworten musste.

»Warten Sie. Wo waren Sie die ganze Zeit während des Shootings und während Anna zur Toilette gegangen ist?«

»Ich stand im Napoleon-Saal, dort, wo die Models geschminkt wurden. Ich kann es Ihnen zeigen, wenn Sie mir nicht glauben«, entgegnete Michaud gereizt. Er fand diese Frage beleidigend und kränkend.

»Sie haben sich die ganze Zeit nicht vom Fleck bewegt?«

»Ja.«

»Sie haben auch nicht bemerkt, dass jemand Anna hinterherlief?«

»Nein.«

»Sie zeigten gerade eine heftige Reaktion auf Anna.«

»Das bilden Sie sich bloß ein. Ja, ich war geschockt, Anna selbst zu sehen. Genügt Ihnen das?«

»Sie haben das Shooting verfolgt, wie Sie sagen. Wie hat Jules Giraud, der Fotograf, reagiert, als Anna verschwunden blieb?« Bernard lockerte ein wenig den Druck auf den Aufseher. Tatsächlich wurde Michaud entspannter – misstrauisch blieb er trotzdem.

»Nun ja, er war nicht gerade amüsiert darüber.«

»Könnte man auch sagen, er war wütend auf Anna?«

»Ja. Er nahm immer diesen Befehlston an, wenn ihm etwas nicht passte, weil es nicht nach seinen Vorstellungen lief.«

»Wie würden Sie sein Verhältnis zu Anna beschreiben?«

»Professionell würde ich sagen. Der Fotograf wusste sehr genau, wie er die Mädchen fotografieren wollte.«

»Das hat Ihnen gefallen?«

»Ja, warum denn nicht?«

»Und Anna hat Ihnen von den Mädchen am besten gefallen?«

Eric Michaud zögerte. Er schaute an dem aufdringlichen Ex-Flic vorbei Richtung Ausgang.

»Na kommen Sie schon, Monsieur Michaud, darüber müssen Sie doch nicht lange nachdenken. Sie als Mann werden wissen, ob Anna Ihnen gefallen hat oder nicht.«

»Ja, Ihre Frage gefällt mir«, nahm Michaud ihm gleich das Wort ab. »Sie müssen verstehen, so ein Mädchen sieht man hier nur selten, und wenn doch, dann ist es schnell wieder verschwunden. Ich bedaure, aber ich habe nichts gesehen, ich kann Ihnen nicht weiterhelfen. Kann ich jetzt gehen?«

Bernard nickte wortlos.

Bernard Bonnot trat vor den Eingang hinaus und schaute auf die gegenüberliegenden Häuser in der *Rue de France.*

Er schäumte vor Wut – auf sich selbst. Die Befragung von Eric Michaud hätte er behutsamer und viel einfühlsamer angehen müssen. Es brachte ihm nichts, mit der Brechstange vorzugehen. Bernard wählte wieder Nadines Nummer. Freizeichen. Mailbox. Da kam er auch nicht weiter.

Voller Frust rief er Philippe Plupart an.

»So schnell, wie du denkst, sind wir nicht«, bremste Philippe seinen Elan. »Du musst uns schon noch ein bisschen Zeit geben, auch wenn du vor Ungeduld platzt. Ich kenne dich, BB. Ich kenne dich genau.«

»Nein, es geht nicht ums Handy. Wenn du mich so genau kennst, kannst du mir einen Gefallen erweisen unter Freunden.«

»So, einen Gefallen erweisen. Muss ich mich jetzt geehrt fühlen, dass der große BB mich um einen Gefallen bittet?«

»Das kannst du halten, wie du willst. Du brauchst nicht einmal viel zu tun. Du brauchst nur deinen Polizistenarsch hierher zu bewegen.«

»Meinen Polizistenarsch bewegen ... Du benutzt einen Jargon, den ich nicht von dir gewohnt bin.«

»Du bist einiges von mir nicht gewohnt. Am besten kommst du gleich. Ich stehe vor dem Eingang des *Musée Masséna.* Wir beide werden hineinmarschieren. Du zeigst ihnen deinen Dienstausweis, und dann bittest du um die Herausgabe der Festplatte mit den Kameraaufzeichnungen. Das ist alles. Dann wird sich zeigen, *wer* Anna Piat auf dem Weg zur Toilette gefolgt ist.« Bernard redete sich in Rage. »Ja, das ist das Einfachste. Warum bin ich nicht schon früher darauf gekommen.«

»Schlag dir das aus dem Kopf, BB. Du machst dich lächerlich mit deinem irrwitzigen Verdacht, Anna Piat könnte ermordet worden sein.«

»Damit kann ich leben. Da ist zunächst Marc Lambert, der verschwunden ist. In ihrer Familie fallen mir gleich zwei Personen ein, die ein starkes Motiv haben. Doch das lässt dich kalt, weil nicht sein kann, was nicht sein darf. Es wäre so einfach für dich, mir zu helfen. Du bist noch viel verbohrter und engstirniger, als ich dachte.«

23

Bernard genoss es, durch den dichten Verkehr auf der *Promenade des Anglais* in seinem Peugeot dahinzugleiten. Wenn er unterwegs war, konnte er seinen Ärger über Philippe Plupart am besten hinter sich lassen. Der kam sich ungeheuer wichtig vor, seitdem Bernard nicht mehr *Commissaire* war.

Es tat Bernard gut, seine Gedanken zu sortieren und die Fülle an Informationen einzuordnen. Das machte seinen Blick wieder klarer, er vermochte sich wieder auf das Wesentliche zu konzentrieren. Es brachte ihn hoffentlich auf einen neuen Ansatz. Die Befragung von Eric Michaud hatte jedenfalls keinen Durchbruch erzielt.

Bernard fuhr den *Boulevard Gambetta* Richtung Norden entlang. Am *Jardin Alsace-Lorraine* wurde eine riesige Metro-Station für die Tram 2 gebaut, die vom Flughafen bis zum Hafen führen sollte. In diesem Abschnitt verlief die Trasse unterirdisch. Er stellte seinen Wagen ab und lief zu Fuß weiter. Sein Frust auf Plupart ließ langsam nach. Es wäre nicht gut, Marie Denis wütend zu begegnen. Dann würde sie schnell dichtmachen. Es war schon viel wert, dass sie einem Treffen zugestimmt hatte.

In der Bar war keine Frau anzutreffen, die eine Ähnlichkeit mit der Putzfrau hatte. Bernard war sich jedoch sicher, dass er sie auf den ersten Blick erkennen würde. Er nahm draußen auf einem der Stühle Platz. Wenig später sah er, wie Marie Denis im Sonnenschein die Straße entlangkam. Nervös. Unruhig.

Bernard stand auf. »Madame Denis?«

»Ja.« Ihr Blick flirrte umher. Sie konnte Bernard nicht anschauen.

»Setzen Sie sich bitte. Schön, dass Sie gekommen sind.«

Marie setzte sich wortlos, zündete sich eine Zigarette an, schaute Bernard an, dann wieder auf den Aschenbecher. »Was wollen Sie von mir?«, fragte Marie Denis. Alle Welt wollte etwas von ihr. Ihre Augen waren umschattet. Die Wangen blass. Sie war hochgradig erregt und aggressiv, zugleich verunsichert und ängstlich. »Ich sage Ihnen gleich: Ich war's nicht. Ich habe nichts getan, was man mir vorwirft. Ich bin unschuldig. Es ist eben leicht, mich zum Sündenbock zu machen. Also, was wollen Sie?«

Er blieb skeptisch, versuchte, auf Marie Denis beruhigend einzuwirken. Nur dann würde er an belastbare Informationen kommen. Er ließ für sie einen Café Creme kommen. Marie drückte die Zigarette aus und zündete sich gleich eine neue an.

»Madame Denis, das will ich Ihnen gern glauben, dass Sie unschuldig sind.« Bernard wollte ihr zeigen, dass er ihr gewogen war. »Erzählen Sie mir einfach, was genau passiert ist.«

»Das habe ich doch schon alles den Polizisten von der *Police National* erzählt. Kaum dass das schöne Mädchen abtransportiert war, hatten sie mich am Wickel. Ich sag Ihnen was, das war von vornherein ein abgekartetes Spiel. Natürlich muss jemand dafür verantwortlich sein, wenn eine Treppe nass gewischt und kein Warnhinweisschild aufgestellt ist. Aber ich sag Ihnen was: Ich habe nach dem Wischen das Hinweisschild selbstverständlich aufgestellt. Es war nicht zu übersehen.«

»Ach ja?«, rief Bernard erstaunt aus.

»Natürlich«, bekräftigte Marie Denis. »Und danach habe ich den Mosaikboden in der Nähe des Eingangs gewischt. Selbstverständlich stand das Schild da noch an der Treppe.«

»Interessant«, sagte Bernard und nickte Madame Denis aufmunternd zu.

»Aber mir glaubt ja keiner. Der Museumsdirektor kam angeschossen, hat mich vor den Augen der Polizisten angebrüllt. Da war mir klar, wer die Schuldige sein sollte. Ich natürlich. Ich bin von der Reinigungsfirma erst einmal suspendiert worden, bis die Vorwürfe geklärt sind. Ich arbeite für den Scheißladen seit fast zehn Jahren. Aber es ist ihnen egal, was aus mir wird. Mit mir hat von denen noch niemand gesprochen«, redete sich Marie in Rage. »Es läuft ein Ermittlungsverfahren wegen fahrlässiger Tötung. Wissen Sie, was das heißt? Ich weiß nicht, wie ich die Miete bezahlen soll. Ich weiß nicht, wie ich meine zwei kleinen Kinder durchbringen soll.« Marie Denis sah ihn mit glühenden Augen an, berührte Bernard am Unterarm. »Sie müssen mir helfen, *Monsieur le Commissaire*«, flehte sie ihn an.

Er wehrte sich dagegen, sich von ihrem Leid berühren zu lassen. Das war nicht nur unprofessionell, sondern oft auch kontraproduktiv. »Lassen Sie uns zuerst die Fakten klären, Madame Denis. Ich kann für Sie nur etwas tun, wenn ich die genauen Umstände kenne. Ich möchte bei Ihnen aber auch keine falschen Erwartungen wecken. Ich kann also nichts versprechen.«

Widerwillig nickte Marie. Sie befand sich nicht in der Lage, viele Forderungen zu stellen.

»Wenn Sie den Boden nahe am Eingang gewischt haben, musste auch jeder zum Eingang und folglich zu den Toiletten an Ihnen vorbei. Ist das richtig?«

»Ja.«

»Haben Sie Anna Piat gesehen?«

»Natürlich, so ein blühendes Mädchen wie sie vergesse ich nicht. Und wie sie zurechtgemacht war! Perfektes Make-up. Schauen Sie mich an! Ich müsste mir die Augenringe wegschminken. Ich habe aber nicht genug Geld für Kosmetika.« Marie kam Bernard sehr nahe, flüsterte, damit die Leute vom Nachbartisch nicht mithören konnten. »Ich habe ihr sogar nachgeschaut in dem engen Rock, ihren schlanken Beinen, den teuren High Heels, die auf dem Boden klackerten. Verstehen Sie mich nicht falsch ...«

»Ich habe Sie schon richtig verstanden.« Jetzt kam die entscheidende Frage. »Ist irgendjemand Anna Piat zur Toilette gefolgt?«

»Wie meinen Sie das?« Das war eine Frage, die Marie noch niemand gestellt hatte. Sie war verwirrt. »Sie meinen ...«

»Beantworten Sie einfach meine Frage: Ist jemand Anna Piat gefolgt?«, wiederholte Bernard eindringlich.

Er erkannte, dass sich in Marie Denis ein Film abspulte. Sie rief verflossene Erinnerungsstücke wieder auf, denen sie keine Bedeutung beigemessen hatte. »Wenn Ihnen Anna Piat aufgefallen ist, ist das schon einmal gut«, bestärkte Bernard sie. »Es kann nicht sehr lange gedauert haben. Sagen wir drei bis fünf Minuten – also unmittelbar danach. Überlegen Sie in Ruhe. Sie brauchen mir nicht gleich zu antworten.«

»Nein, nein, ich will ja antworten. Ich kann mich nur nicht erinnern.« Marie Denis schloss die Augen, um die

Realität auszuschließen: den Mann, der ihr gegenübersaß, das Café, den Straßenlärm.

Sie ließ offenbar vor ihrem inneren Auge die entscheidenden Minuten noch einmal Revue passieren. Dann öffnete Marie schlagartig die Augen. »Ja. Jetzt, wo Sie mich darauf ansprechen, erinnere ich mich. Kurz nachdem das Model Richtung Toilette verschwand, tauchte ein Mann hinter ihr mit großen Schritten auf.«

Bernard war wie elektrisiert. »Sind Sie sich ganz sicher?«, bohrte er nach. »Das ist jetzt sehr, sehr wichtig.«

»Ziemlich sicher. Ich gebe zu, ich habe ihm nicht die gleiche Aufmerksamkeit wie Anna geschenkt. Ehrlich gesagt, war er mir egal. Da gingen so viele Menschen an mir vorbei.«

»Sie glauben aber, er könnte in einer Verbindung zu Anna stehen?«

Marie biss sich auf die Unterlippe. Man sah ihr an, dass ihre Anspannung wieder stieg. Erneut zündete sie sich eine Zigarette an. »Ich kann es unmöglich beschwören.«

»Wie sah der Typ aus?«

»Ziemlich groß. Schlank. Sportlich.«

»Alter?«

»Jung. Um die dreißig würde ich sagen, aber ich bin nicht gut im Schätzen. Außerdem habe ich ihn nur flüchtig gesehen.«

Bernard war enttäuscht. Er hatte mit einer anderen Antwort gerechnet. Das war für Marc zu alt, aber auch für Christophe, falls er seiner Schwester aufgelauert hatte. Bernard ließ sich seine Überlegungen nicht anmerken. Er wollte die Putzfrau nicht beeinflussen. »Sie sind sich aber sicher, dass es ein Mann war.«

»Ja.« Marie Denis fühlte sich immer unruhiger auf ihrem Stuhl. Am liebsten würde sie wohl aufspringen und davonlaufen, dachte Bernard.

»Ich zeige Ihnen jetzt ein Foto. Schauen Sie es sich in Ruhe an. Sagen Sie mir, ob Sie darauf jemanden erkennen.«

»Das ist das Model!«, rief Marie spontan, geradezu freudig, bis ihr einfiel, dass Anna jetzt tot war. »Wer ist der Mann?«, fragte sie verwundert. »Den kenne ich nicht.«

»Sie haben diesen jungen Mann noch nie gesehen?«

Marc schaute auf dem Foto direkt in die Kamera.

»Nein.« Sie schüttelte den Kopf. »Tut mir leid.«

»Das war nicht der Mann, der Anna gefolgt ist?«

»Nein, ganz bestimmt nicht.«

Wieder Fehlanzeige. Bernard verbarg seinen Frust so gut es ging.

Erneut fasste Marie ihn am Unterarm. »Glauben Sie mir, dass ich nichts falsch gemacht habe, dass ich unschuldig bin?«, beschwor sie ihn.

»Ja, ich glaube Ihnen«, erwiderte er nüchtern.

»War es hilfreich, was ich Ihnen gesagt habe?«

»Möglich. Das wird sich zeigen.« In dem Moment blitzte in Bernard eine Idee auf. Sein letzter Hoffnungsschimmer, an einen konkreten Hinweis zu gelangen. »Könnte es sein, dass ihr ein Aufseher gefolgt ist? Groß, schlank, mit weißem Hemd und schwarzer Hose, so, wie die Aufseher im *Musée* gekleidet sind?«

»Nein, das wäre mir aufgefallen. Nein, auf keinen Fall«, wandte Marie sich entschieden dagegen. »Die kenne ich ja alle.«

Bernard hatte sein letztes Pulver verschossen. Doch Marie Denis bemerkte nicht, dass er enttäuscht war.

»Wenig später ist eine schicke Tussi hinter dem Model hergerannt, älter als sie, aber nicht weniger stylish. Ich habe mir nichts dabei gedacht. Sie schien konfus zu sein. Beunruhigt. Keine Ahnung, was sie hatte. Ich musste meine Arbeit beenden. Ich hätte längst unterwegs sein müssen zu meinem nächsten Job. Ständig dieser Stress. Wenig später war dieser markerschütternde Schrei durch das Museum gegellt. Ja, wenn ich darüber nachdenke, muss sie es gewesen sein, die schrie. Die Tussi. Danach ist die Hölle ausgebrochen. Ich wusste gar nicht, wie mir geschah. Überall Sirenengeheul, Sanitäter, Notärzte, die *Police National.* Ich bin nicht dazu gekommen, dass Gebäude zu verlassen. Ich wurde aufgefordert dazubleiben, man wollte mich befragen. Der reinste Horror, sage ich Ihnen.«

»Sie sind nicht zur Treppe gelaufen, um nachzusehen, was passiert war?«

»Nein, das ging nicht mehr. Es war überall Chaos. Da standen zig Leute an der Treppe. Da war kein Durchkommen möglich. Die gesamte Fotocrew kam angerannt. Da wurde ich auch schon von Polizisten vernommen. Die waren ja noch ruhig und sachlich. Als der Museumsdirektor auftauchte und mich anbrüllte, dachte ich, mich trifft der Schlag. Es war eine ungeheure Unverschämtheit, mich vor allen dermaßen anzupöbeln und zu beschuldigen.«

»Wissen Sie, wie die Frau hieß, die Anna hinterherlief?«

»Nein, tut mir leid.«

»Danke, dass Sie gekommen sind, Madame Denis. Sie können mich jederzeit anrufen, wenn Ihnen noch etwas einfällt.«

»Finden Sie den Mann, der Anna das angetan hat!«

24

Es ging um drei, maximal fünf Minuten.

Was genau war zwischen Annas Gang zur Toilette und dem Mann, der ihr wenig später mit großen Schritten folgte, geschehen? Dass es einen Mann gab, der Anna gefolgt war, war ein erster konkreter Hinweis, dass an der Sache etwas nicht stimmte. Bernard Bonnot schöpfte Hoffnung, dass er einen Zipfel der Realität zu packen bekam, wie es wirklich abgelaufen war.

Drei, maximal fünf Minuten.

Dass es Marc Lambert nicht gewesen sein konnte, ernüchterte Bernard schnell wieder und brachte ihn auf den Boden der Tatsachen zurück.

Drei, maximal fünf Minuten.

Bernard eilte zu seinem Wagen. Da Marc als Täter ausfiel, sickerte bei dem *Ex-Commissaire* langsam die Erkenntnis ins Bewusstsein, es könnte sich um einen ihm bisher unbekannten Mann handeln, der Anna verfolgt hatte. Wer war der mysteriöse Unbekannte? Und was genauso wichtig war: Welches Motiv konnte er gehabt haben?

Warum wollte sich Anna unbedingt mit einem Journalisten von *Nice-Matin* treffen? Wollte sie Marc etwa verpfeifen und enthüllen, dass er mit Kokain dealte? Das glaubte Bernard nicht. Anna wäre dazu nicht fähig gewesen. Sie hatte fest und loyal zu Marc gestanden. Es muss für sie eher wie ein Schock gewesen sein, als sie entdeckt hatte, dass er mit Drogen handelte. Bernard musste sich eingestehen, dass er feststeckte.

Er ging in den Raum hinter der Rezeption, wo Danielle ihr Büro hatte. Sie saß am Computer und machte die Buchhaltung, tätigte Bestellungen für alles, was ein Hotel so brauchte, angefangen von Croissants, Butter, Baguette fürs Frühstück, bis zum Lieferservice für Bettwäsche. Bernard war ihr keine große Hilfe mehr, seitdem er die Ermittlungen anstellte. Sie sah ihm gleich an, dass er frustriert war.

»Nichts.« Bernard zuckte mit den Schultern. »Es begann zunächst hoffnungsvoll: Marie Denis hat tatsächlich einen Mann gesehen, der Anna in kurzem Abstand folgte. Die Putzfrau hat Marc aber auf dem Foto nicht erkannt.«

Bernard erzählte ihr, was er herausgefunden oder vielmehr nicht herausgefunden hatte. Dies Unvermögen nagte an seinem Ego. »Ich weiß nicht, wie Nadine und ihre ganze Familie da drinhängen. Christophe könnte mit dem Tod seiner Schwester etwas zu tun haben. Ihm traue ich es am ehesten zu. Er ist jähzornig und gewalttätig. Er passt aber nicht auf die Beschreibung der Putzfrau. Er ist zu jung. Wenn ich nur wüsste, was in Madame Piat vor sich geht ...«

Danielle legte ihre Brille beiseite. »Du brauchst keine aufmunternden Worte, Bernard, du brauchst eine zündende Idee. Tut mir leid, ich weiß auch nicht, was in dieser Frau vor sich geht, dafür kenne ich sie zu wenig.«.

»Sie versteht es vortrefflich, ihr Inneres zu kontrollieren«, entgegnete Bernard grimmig, »und vor neugierigen Blicken von Fremden zu verbergen. Und Fremde sind für sie alle, die nicht zu ihrer Familie gehören. Sie hat mit ihrem krankhaften Misstrauen Anna angesteckt, dass sie sich selbst in ihrem eigenen Körper unwohl fühlte. Vielleicht hat sie ihren Körper sogar gehasst, weil sie den gleichen Körper wie ihre Mutter besaß, aber niemals von Yvonne Piat um ihrer selbst willen geliebt wurde. Diese Frau ist seelisch verkrüppelt. Sie kann nicht lieben.« Wiederholt schaute Bernard auf sein Smartphone. »Am erstaunlichsten finde ich Nadine. Diese Familienhölle scheint ihr nichts anzuhaben.«

In dem Moment meldete Bernards Smartphone einen Anruf von Nadine. Er nahm das Gespräch entgegen.

»Ja? Wo steckst du? Warum bist du davongelaufen?«, wollte er von ihr wissen. »Warum hast du dich nicht früher gemeldet?«

»Es tut mir leid. Ich kann dir alles erklären.«

»Das will ich auch stark hoffen. Sonst ...« Bernard ließ offen, was dann passieren würde.

»Wir können uns treffen«, erwiderte Nadine unbekümmert. »Jetzt gleich, wenn du willst«, versuchte sie, ihn zu beruhigen.

»Okay. Wo bist du?«

25

Bernard verharrte lange Zeit gegenüber der Bar in der Nähe des *Palais de Justice,* bis Nadine in der anliegenden Gasse auftauchte. Sie setzte sich an einen Ecktisch und schien nicht besonders besorgt zu sein. Jedenfalls schaute sie nicht um sich, ob ihr jemand gefolgt war. Es war schon ungewöhnlich und sonderbar, dass Bernard ausgerechnet das jüngste Familienmitglied in diesem merkwürdigen Fall für besonders raffiniert und ausgebufft hielt.

Bernard trat zu ihr. »*Bonsoir,* Nadine. Es ist gut, dass du gekommen bist, sonst wäre ich zu dir gekommen. Ich denke mal, deine Mutter soll nicht erfahren, dass wir bei Marc waren.«

Sie entgegnete nichts und machte eine einladende Geste, dass er sich setzen sollte.

»Warum hier?«, fragte er.

»Warum nicht hier?«

»Ich nehme mal an, du weißt genau, dass sich Marc und Anna immer hier getroffen haben. Du brauchst es nicht abzustreiten. Ich habe dem Kellner ein Foto von Marc gezeigt. Er hat es mir bestätigt.« Gleich mit voller Breitseite zuschlagen. Nadine durfte gar nicht erst auf die Idee kommen, dass sie ihn anlügen und hintergehen konnte. Der Druck, den er in Marcs Wohnung aufgebaut hatte, war natürlich in sich zusammengebrochen. »Wusstest du von den ...« – in der Öffentlichkeit musste Bernard vorsichtig sein – »... Päckchen?«

»Willst du mich verarschen? Nein, ich hatte keine Ahnung. Wirklich nicht«, beteuerte sie.

Ein Kellner kam. Bernard bestellte für sich ein Bier, Nadine einen Kir, ein erfrischendes Getränk aus trockenem Weißwein und *Crème de Cassis*.

»Warum bist du dann Hals über Kopf davongerannt?«

»Weil du einen irren Druck gemacht hast. Ich konnte nicht mehr klar denken. Ich habe Panik bekommen. Ich dachte, du schlägst mich.«

»Nein.« Bernard wurde verlegen. »So etwas tue ich nicht.«

»Du hättest dich mal sehen sollen. Du warst außer dir.«

»Es tut mir leid«, entschuldigte sich Bernard. »Ich habe wohl überreagiert. Es macht mich einfach wütend, wenn jemand mich anlügt.«

»Aber ich lüge dich nicht an!«, rief Nadine empört. »Ich dachte mir schon, dass du es mir ankreidest, wenn ich weglaufe, dass ich doch was mit der Sache zu tun habe. Ich hatte bloß Angst. Ich hatte eine so unglaubliche Scheißangst, dass kannst du dir nicht vorstellen.«

»Du brauchst vor mir keine Angst zu haben. Du sagst mir aber auch nicht die ganze Wahrheit. Ich muss dir alles aus der Nase ziehen. Was wusste Anna? Hat sie herausgefunden, dass Marc mit Kokain zu tun hat?«

»Keine Ahnung. Nein, wirklich nicht. Du brauchst mich nicht so komisch angucken.« Unwillkürlich lächelte sie. Sein durchdringender Blick schien sie verlegen zu machen.

Der Kellner brachte ihnen die Getränke und starrte Nadine auffällig an, als wollte er zu ihr etwas sagen. Bernard bemerkte das. »Hat dich eigentlich schon mal jemand gefragt, ob du Anna bist? Sie könnten es glauben. Du siehst ihr verdammt ähnlich. Ihr Foto war schließlich in allen Zeitungen.«

»Nein. Was macht es schon, dass ich Anna ähnlich sehe? Das bringt sie mir auch nicht zurück. Ich will Anna wiederhaben.« Nadine wischte sich Tränen aus den Augen. Die Wimperntusche zerfloss.

Bernard ließ sich nicht erweichen und blieb davon unbeeindruckt. Er hatte schon erlebt, dass Angehörige, die an einem Mord beteiligt waren, Wochen und Monate gelogen hatten. Er achtete deshalb sorgsam auf ihre Körpersprache. »Ich denke, es war eher so. Du hast davon erfahren, dass Marc besondere Geschäfte macht, wie, weiß ich nicht. Das wirst du mir jetzt erklären. Du wolltest unter allen Umständen verhindern, dass Anna mit Marc nach Paris verschwindet. Du wärst dann allein gewesen – ohne Anna, die du über alle Maßen geliebt hast. Anna wollte sich aber zuerst selbst retten. Also hast du ihr gesteckt, dass Marc ein Dealer ist.«

»Nein, nein, so ist es nicht gewesen.« Nadine schaute Bernard fassungslos an. »Ja, ich habe Anna über alles geliebt.« Nadine kniff fest die Augen zusammen, bis es wehtat, also wollte sie den Schmerz über den Tod ihrer Schwester betäuben.

»Du weißt gar nicht, wie viele Verbrechen aus Liebe begangen werden.«

»Lass uns in Marcs Wohnung gehen«, forderte Nadine ihn auf. »Ich habe den Schlüssel dabei. Das, was wir wirklich gesucht haben, haben wir ja noch nicht gefunden: einen Hinweis auf seinen Aufenthaltsort.«

»Lenk nicht ab, Nadine. Marc wird seinen Aufenthaltsort nicht an die Wand geschrieben haben. Ich glaube, dass das keine gute Idee ist. Marc wird möglicherweise von der

Polizei gesucht. Wie gut kennst du ihn? Wie hast du herausgefunden, dass er ein Dealer ist?«

»Ich kenne ihn kaum. Ich habe ihn nur ein paarmal gesehen. Anna wollte ihre kleine Schwester nicht dabeihaben.«

Plötzlich machte es bei Bernard klick. Ein Geistesblitz. »Du wusstest, dass sie sich hier treffen. Du hast das Liebespärchen verfolgt, du hast ihnen aufgelauert. Du bist Marc hinterhergelaufen bis in seine Wohnung. In den Gassen der Altstadt hast du ihn dabei beobachtet, wie er dealt. In deiner Familie ist es ja das große Hobby, andere Familienmitglieder zu verfolgen und auszuspionieren.«

»Du bist ja wahnsinnig, was du dir da alles zusammenreimst. Ich muss jetzt wohl für Christophe büßen ... Wirf mich nicht mit ihm in einen Topf.«

»Du hast nicht damit gerechnet, dass Marc so doof ist, in seiner Wohnung Stoff zu verstecken. Ich bin nämlich noch einmal zurückgegangen. Ich sage dir, da ist eine Menge Stoff.« Bernard machte eine Pause und gab Nadine Gelegenheit zu antworten. Dann machte er eine auffordernde Geste. »Na, kommt noch was? Ich werde auch ohne dich herausfinden, wie viel Anna wusste. Auf dem Handy von Anna sind viele Informationen, Telefonate und Nachrichten gespeichert. Ein Ex-Kollege liest es gerade für mich aus. Ich bin schon sehr gespannt auf die Konversation zwischen Anna und Marc – und zwischen dir und Anna.«

Nadine schaute ihn stumm und reglos an. Sie war zwar gerade erst siebzehn Jahre alt, beherrschte die Gabe, ihre wahren Gefühle zu unterdrücken, aber schon sehr gut, dachte Bernard.

Er beobachtete sie genau. Dass es in ihr rumorte und sich stark widerstreitende Gefühle einen Kampf lieferten, war offensichtlich. »Jetzt mal etwas anderes. Bei der Beerdigung war die gesamte Crew vom letzten Shooting versammelt. Der Fotograf Jules Giraud und die anderen Models. Ich habe sie im *Negresco* kennengelernt. Bei der Beerdigung war aber noch eine andere Frau anwesend, etwas älter, aber auch sehr gestylt. Weißt du, wer das gewesen ist?«

Nadine wirkte wie abwesend. »Die Visagistin«, sagte sie leichthin.

»Sie hat Anna zuerst gefunden«, erklärte Bernard. »Die *femme de ménage* hat es mir bestätigt. Habt ihr miteinander gesprochen?«

»Nein, wo denkst du hin? *Maman* wünscht keinen Kontakt zu diesen Leuten. Sie haben uns ihr Beileid bekundet, dann trennten sich unsere Wege schnell. Ist das wichtig?«

»Es wäre nicht verkehrt, mit ihr zu sprechen. Weißt du, wie sie heißt?«

Bernard bemerkte, dass Nadine an einem Fingernagel knibbelte. Ganz so souverän, wie sie ihm glauben machen wollte, war sie doch nicht. Als sie bemerkte, dass er sie beobachtete, hörte sie sofort auf. Dann schüttelte sie verneinend den Kopf.

»Noch etwas. Wusstest du, dass Anna sich an einen Redakteur von *Nice-Matin* gewandt hat? Sie wollte ihn dringend sprechen. Es muss für sie sehr wichtig gewesen sein.«

»Was ist das hier? Ein Verhör?«, explodierte Nadine plötzlich. »Flic bleibt eben Flic. Und ich dachte, ich könnte mit dir reden, mich dir anvertrauen.« Sie ging in die Offensive. Die beste Art der Verteidigung.

»Beantworte einfach meine Frage. Wusstest du es? Hat Anna davon erzählt?«

»Du kennst sie doch inzwischen ganz gut. Nein, hat sie nicht. Wie käme sie dazu, ihrer kleinen Schwester etwas zu verraten? Verschone mich mit deinem hinterhältigen Gesülze. Ich dachte, wir würden zusammenhalten.« Nadine sprang auf. Die übrigen Gäste wurden auf den Streit aufmerksam.

»Dein Bruder hätte mir um ein Haar die Nase gebrochen.« Voller Wut deutete Bernard darauf. »Marc bleibt verschwunden. Du kennst den Grund. In seiner Wohnung haben wir dieses Päckchen gefunden. Du könntest mir sagen, was du weißt, und nicht nur die Unschuldige und Ahnungslose spielen! Du weißt viel mehr, als du mir bisher erzählt hast.«

Doch Nadine hörte schon nicht mehr zu, warf ein paar Münzen auf den Tisch und eilte wortlos davon.

26

Zufällig fiel Bernards Blick am Kiosk an der *Promenade* auf das Porträt von Anna Piat auf dem Cover von *Elle*. Das war ihr Konterfei, ihr unverwechselbares Gesicht. Sie schaute fragil, verletzlich und intensiv in Jules Girauds Kamera. Diese Fotos von Anna Piat waren nun ihr Vermächtnis.

Ein Extrastapel der *Elle* lag aus. Posthum erreichte Anna eine Berühmtheit, die sie zu Lebzeiten nie gehabt und nach allem, was Bernard über sie wusste, auch nicht angestrebt hatte. Es herrschte immer ein ambivalentes Verhältnis zwischen der Öffentlichkeit und ihrem Privatleben vor.

Es gab Bernard ein merkwürdiges Gefühl, sie in den frischen Farben lebendig vor Augen zu sehen, als würde Anna jeden Augenblick um die Ecke kommen. Auch alle anderen Models, die Bernard im *Negresco* kennengelernt hatte, waren auf dieser Fotostrecke abgebildet. Vornehmlich aber war es eine Hommage an Anna. Alle Models kamen in dem Magazin zu Wort. Anna hatte sicher nie gewusst, wie sehr sie von den anderen Mädchen anerkannt, ja, geliebt wurde. Könnte Anna erfahren, was über sie geschrieben stand, sie würde es wahrscheinlich nicht glauben.

Aber da schaute nicht nur ein strahlend schönes Model in die Kamera, sondern auch eine tief verunsicherte junge

Frau, auf der Suche nach ihrer eigenen Identität. Sie wollte nach Paris aufbrechen, um dort mit Marc Lambert ein neues Leben anzufangen. Doch dazu war es nie gekommen. Ihr Leben hatte abrupt auf dem Steinboden vor den Toiletten im *Musée Masséna* geendet.

Zu Hause zeigte Bernard Danielle das Heft. »Das ist sie – Anna Piat. Das sind Fotos von ihr und den anderen Models, alle sind sie versammelt.«

Die Models waren abgebildet, aber nicht die Männer, dachte Bernard. Nicht Jules Giraud, der Fotograf, und nicht der schweigsame Typ, der sich in seinem Schatten im Hintergrund auf der Terrasse des *Negresco* aufhielt.

Es ging um drei, maximal um fünf Minuten.

Die Aussage von Marie Denis schwirrte ihm weiter im Kopf herum. Daran hielt er sich. Marie Denis hatte Marc aber nicht wiedererkannt. War Marc auf einem anderen Weg zu den Toiletten gelangt, um Anna aufzulauern?

Bernard besaß für gewöhnlich ein unerschütterliches Selbstbewusstsein; er wusste genau, dass er sich auf seine Fähigkeiten und seinen Instinkt verlassen konnte. Und hier stimmte etwas nicht. Es stank gewissermaßen zum Himmel. Zum ersten Mal beschlichen ihn Zweifel, während sich Danielle die Fotostrecke anschaute.

Der Supergau schwebte ihm vor Augen und legte sich schwer wie ein Betonklotz auf seine Brust: die Vorstellung, er könnte scheitern. Er wäre erledigt. Er hatte sich weit vorgewagt, konnte aber nicht beweisen, dass Anna Piat *nicht* durch einen Unfall gestorben war. Für Philippe Plupart wäre das ein gefundenes Fressen. Er hatte es doch schon immer gewusst, aber der großkotzige BB ließ sich nicht belehren. Niemand würde ihn mehr ernst nehmen.

Fünf Tage waren vergangen, seit er Annas Handy Plupart zum Auslesen der Daten gegeben hatte. Langsam mussten die Ergebnisse aber vorliegen. Der Polizeiapparat von Nizza war zwar ein bürokratischer Moloch – und viele Kollegen waren darüber frustriert –, aber es wurde bei der Behörde alles abgearbeitet, was eben so anlag. Bernard versprach sich von Annas Kommunikation, endlich zu erfahren, was in den Tagen vor ihrem Tod geschehen war.

Danielle schaute sich die Fotos eingehend an. Bernard erzählte ihr, was er über jedes einzelne Model wusste und wie er sie erlebt hatte.

Stefanie war offenbar sehr sensibel. Während der Beerdigung konnte sie ihre Bestürzung und ihre Tränen über Annas Tod nicht zurückhalten.

Marie blieb nahezu unbeteiligt. Ziemlich merkwürdig, aber vermutlich charakterbedingt. Die Menschen verarbeiteten den Tod eben unterschiedlich.

Jules hatte seine Models fest im Griff. Sie redeten ihm nach dem Mund, und er duldete keinen Widerspruch. Wer es trotzdem wagte, bekam dafür die Quittung. Die Einzige, die es wagte, den Mund aufzumachen, war Gisèle. Eine couragierte Frau. Mit ihr musste er reden. Sie würde sich auch nicht von Jules Giraud den Mund verbieten lassen.

»Entschuldige, mir ist da gerade etwas eingefallen«, sagte Bernard zu Danielle und nahm ihr das Heft aus der Hand.

Sie schaute ihn fragend an. Er konnte nicht mehr ruhig sitzen bleiben und war schon wieder auf dem Sprung.

»Ich erklär es dir später.« Bernard eilte nach oben in ihre Wohnung.

Die nächste Stunde betrieb Bernard Internetrecherche. In der *Elle* fand er die nötigen Angaben.

Fotograf. Realisation. Model.

Schließlich gelang Bernard der erste kleine Erfolg. Er machte die Modelagentur in Nizza ausfindig, bei der Gisèle und auch Anna unter Vertrag standen.

Bernard Bonnot gab sich als *Commissaire* aus. Er erklärte der Frau am Telefon, es hätten sich unerwartete Fragen ergeben wegen des tragischen Tods von Anna Piat und er müsse dringend mit dem Model Gisèle sprechen.

Annas Namen zu hören brachte die Erinnerungen zurück. »Es ist kaum zu glauben. Noch so jung!« Sie seufzte schwer. »Ich habe Anna immer eine fantastische Karriere vorausgesagt – und auch gegönnt.« Normalerweise gebe sie keine Kontaktdaten heraus. Unter diesen besonderen Umständen könnte sie aber eine Ausnahme machen.

Bernard hatte nun Gisèles Telefonnummer. Ein kleiner Hoffnungsschimmer.

In dem Moment sprang die Melodie seines Smartphones an. Zuerst dachte er an Nadine, die sich bei ihm meldete. Nadine, die ihre Angst überwand und vielleicht endlich mit der Wahrheit herausrücken wollte.

Auf dem Display erschien eine unbekannte Nummer.

»Ja?«

»Monsieur Bonnot?«

Eine Männerstimme. Sie kam ihm bekannt vor.

»Sie waren einmal hier. Ich bin Kellner in der *Bar de la Degustation.* Marc ist hier. Gerade eben gekommen. Ich sollte Sie anrufen, wenn er auftaucht.«

»Versuchen Sie, ihn hinzuhalten. Ich komme sofort.«

27

Bernard blieb kurz stehen und ließ seinen Blick über die Gesichter der Gäste gleiten. Er war sich sicher, Marc auf Anhieb zu erkennen. Die Bar hatte sich gefüllt.

Marc war nicht darunter.

Rasend schnell suchte Bernard nach dem Kellner. Kurz bevor er mit einem vollen Tablett auf die Terrasse heraustrat, fing er ihn ab.

»Wo ist er? Wo steckt Marc?«

Der Kellner schaute sich um. »Er saß gerade noch hier.«

»Haben Sie mit ihm gesprochen? Hat er gesagt, wo er hinwollte?«

»Sie sehen doch, was hier los ist ... Ich kann mich unmöglich um jeden Gast kümmern.«

»Schon gut. War er allein oder in Begleitung?«

»Ich habe überhaupt nichts gesehen. Ich habe nur den Typen wiedererkannt, von dem Sie mir das Foto gezeigt haben. Das ist alles. Was hätte ich Ihrer Meinung nach tun sollen? Ihn an den Stuhl fesseln?« Der Kellner ließ Bernard einfach stehen und wandte sich wieder seinen Gästen zu.

Marc Lambert war hier gewesen. Das war schon einmal eine gute Nachricht. Seit Langem die erste Spur, das erste Lebenszeichen von ihm.

Bernard stand etwas ratlos da, schaute auf den belebten Platz vor dem *Palais de Justice,* dann in die entgegengesetzte Richtung. Adrenalin durchströmte seinen Körper. Er stand wieder mitten im Feuer, so, wie es früher immer gewesen war. Ohne lange zu zögern, ging Bernard zu Marcs Wohnung. Warum tauchte er gerade jetzt auf? Was trieb ihn an? Was wollte er in der Stadt?

Marc konnte nichts davon wissen, dass er wegen des Todes von Anna gesucht wurde. Es gab ja keine Untersuchung. Nur ein einzelner Ex-Flic hielt stur daran fest, dass Anna Piat im *Musée Masséna* ermordet worden war.

Marc Lambert hatte sich nicht einmal auf dem *Cimetière du Château* von ihr verabschieden können. Ein ungewöhnlicher Vorgang, wenn Anna ihm tatsächlich so viel bedeutete, wie alle behaupteten. Eine für Marc schmerzhafte Situation. Er hatte gewiss nicht vorgehabt, Madame Piat Auge in Auge gegenüberzutreten und ihr sein Beileid auszusprechen.

Bernard trieb sich zu größerer Eile an. Mit schnellem Schritt hastete er durch die Altstadtgassen, fast geistesabwesend, wie es nur Einheimische können. Zum Schluss begann er zu laufen. Er war Marc Lambert auf der Spur – er durfte ihm nicht entkommen.

Plötzlich entdeckte Bernard ihn in einer Gasse, wie er sich rasch von seiner Wohnung entfernte. Zuerst war Bernard perplex, reagierte aber schnell auf die neue Situation und hängte sich an Marcs Fersen. Noch hielt er sich zurück. Marc ging schnell, schien aber nicht auffällig nervös zu sein. Bernard wartete auf eine günstige Gelegenheit, zuzuschlagen und Marc zu stellen.

Mehrfach drehte sich Marc um. Befürchtete er, verfolgt zu werden?

Bernard ließ ihn fünf bis maximal acht Meter vorauslaufen, aber niemals so weit, dass er ihn aus den Augen verlor.

Für Marc stand fest: nichts Auffälliges zu sehen. Niemand, den er fürchten musste; niemand, der ihm gefährlich werden konnte. Hatte er sich ins *Musée Masséna* ähnlich geschwind und nahezu lautlos eingeschlichen, an Aufsehern, der Dame an der Rezeption vorbei, ja, sogar an Marie Denis?

Bernard stockte: Marc war plötzlich wie vom Erdboden verschwunden. Er konnte ihn nirgends entdecken. Sein Kopf und das markante schwarze T-Shirt tauchten nirgendwo auf.

Das konnte nicht wahr sein. Das war unmöglich.

Von seinen früheren Vorgesetzten hätte er einen riesigen Anschiss bekommen für diese Schlamperei. So etwas durfte einfach nicht passieren. Unschlüssig stand Bernard vor dem Nightclub *L'Enfer*. Das war ein passender Name für einen Nachtklub: die Hölle. Es konnte kein Zweifel bestehen: Marc musste hier drinnen verschwunden sein. Bernard trat, ohne zu zögern, ein.

Der breitschultrige russische Türsteher knallte ihm den ausgestreckten Arm gegen die Brust. Eine besondere Form der Leibesvisite. Er wollte vor allem eins: Geld. Am liebsten hätte Bernard ihm seinen nicht mehr vorhandenen Dienstausweis unter die Nase gehalten und den Großkotz damit zum Schweigen gebracht. Notgedrungen steckte Bernard ihm zwanzig Euro zu. Das war völlig überteuert für den billigen Schuppen. Problemlos durfte Bernard nun passieren. Wer mit Geld um sich warf, der war eben ein gern gesehener Gast.

Ihn empfing ohrenbetäubende Musik. Der DJ hinter dem Tresen hatte seinen Spaß daran, die Regler aufzudrehen. Ein in den höchsten Tönen singender Freddie Mercury empfing ihn mit seinem bombastischen »Bohemian Rhapsody«.

Bernard Bonnot ließ seinen geübten Blick durch den Raum gleiten. Wie oft hatte er schon solche Absteigen nach Verdächtigen oder Zeugen kontrolliert? Er wusste es nicht mehr zu sagen. Er hoffte nur, dass er nicht zu sehr nach einem Flic aussah. Sein Blick, seine Haltung, sein gesamtes Auftreten könnte ihn verraten.

Ein hübsches Mädchen kam ihm entgegen und forderte ihn auf, ihr einen Drink auszugeben. Bernard wischte sie mit einer Handbewegung beiseite.

Magisch angezogen trat er einige Schritte weiter in den Nachtklub ein, sein Zielobjekt deutlich vor Augen. Marc Lambert stand am Tresen und unterhielt sich mit dem DJ, nein, er brüllte ihm ins Ohr. Es war auch kaum anders möglich, sich verständlich zu machen – und wahrscheinlich so gewollt. Die perfekte Tarnung für ein konspiratives Treffen. Keiner konnte mithören. Es sei denn, er beherrschte das Lippenlesen.

Bernard konnte die Szene nicht genau beobachten. Dafür war es zu dunkel im *L'Enfer*. Die Stroboskoplampe blendete ihn. Wieder wurde er von der Seite angemacht. Auf einmal sah er, dass da genauso heimlich wie offen ein Paket den Besitzer wechselte. Je alltäglicher, desto unauffälliger.

Aus der Dunkelheit trat ein weiterer Mann hinzu und klopfte Marc sehr bestimmend auf die Schulter. Mit dem Kopf deutete er an, ihm in Richtung Toiletten zu folgen.

Marc reagierte nicht sofort. Er war mit dem DJ noch nicht fertig. Das Geschäft war wohl noch nicht abgeschlossen.

Auf halbem Weg drehte sich der Mann noch einmal um. Da erkannte ihn Bernard: Es war kein Geringerer als Christophe Piat, der ihm beinahe die Nase gebrochen hatte.

28

Unwillkürlich wich Bernard Bonnot zurück. Doch das war keine Feigheit. Es war reiner Selbstschutz. Die Lage war unübersichtlich. Ihnen wurde auf der Polizeischule eingebläut, nicht eigenmächtig zu handeln. Sie sollten Verstärkung anfordern, wenn sie der Situation nicht gewachsen und eindeutig in der Minderheit waren.

Bernard verdrückte sich zu einem der Sessel in der Nähe der Tanzfläche und bestellte sich einen Cocktail. Den Weg zu den Toiletten behielt er fest im Blick. Christophe durfte ihn auf keinen Fall entdecken. Der junge Mann würde keine Fragen stellen. Er würde sofort zuschlagen, wenn er sich bedroht fühlte, wie Bernard selbst am eigenen Leib erfahren hatte.

Verstohlen und unauffällig wagte es Bernard, sein Smartphone zu zücken. Er war jederzeit darauf gefasst, dass gleich einer dieser Bodyguards heranstürmen und ihm das Handy aus der Hand reißen würde. Doch niemand achtete in dem Gewühl auf ihn. Er tat so, als würde er die ausgelassen tanzenden Menschen fotografieren, tatsächlich zoomte er so nah wie möglich auf Marc und Christophe heran. Für alle Fälle machte er mehrere Fotos, die er Marc unter die Nase reiben konnte, wenn er versuchte, alles zu leugnen. Er hoffte nur, dass die Bilder einigermaßen scharf waren.

Nach wenigen Minuten ging Marc Christophe nach.

Bernards Neugierde zerrte an ihm. Sein Drang war groß, den beiden jungen Männern auf die Toilette zu folgen und ihre Gespräche zu belauschen.

Marc tauchte nach wenigen Minuten wieder im Gang auf. Er nickte dem DJ zu. Christophe blieb verschwunden. Sie wollten offenbar nicht unbedingt zusammen gesehen werden.

Bernard verfolgte im Schutz der lasziv tanzenden Mädchen Marcs Bewegungen. Sein Kopf dröhnte von den dumpfen Bässen. Eine Frau versuchte, ihn auf die Tanzfläche zu ziehen. Sie hatte ein Auge auf ihn geworfen. Das fehlte ihm gerade noch.

Marc steuerte geradewegs auf den Ausgang zu. Seinen Auftrag hatte er wohl erledigt. Kaum war er an dem russischen Gorilla vorbei, tauchte neben dem DJ Christophe wieder auf.

Bernard schnellte hoch. Er war schon ganz benommen und krank vor Beklemmung, der Enge nicht entkommen zu können. Neben seinem Cocktail, den er nicht austrank, legte er zwanzig Euro. Dann stürmte er hinaus auf die Gasse im Herzen von *Vieux Nice.* Über ihm der schwarze Himmel. Es tat ihm gut, freier atmen zu können. Seine Lungen füllten sich mit frischer Luft. Die Ohren schmerzten nicht länger von bombastischer Musik. Emotionale Spannkraft durchströmte Bernard.

Genau vor ihm lief ein unauffälliger junger Mann – Marc. Keiner nahm von ihm Notiz. Gleich würde er in der Anonymität der Touristenmasse verschwinden. Wie er sich bewegte, fühlte er sich offensichtlich sicher und unbeobachtet.

Bernard Bonnot heftete sich an seine Fersen und folgte ihm.

29

Marc Lambert wollte das Tor zum Hausflur in der *Rue Benoît Bunico* gerade abschließen, als ein Fuß sich in den Türspalt schob. Mit einem Ruck wurde das Tor aufgestoßen, und ein kräftiger älterer Mann strahlte ihn an.

»Guten Abend, Monsieur Lambert, ich heiße Bernard und bin ein großer Bewunderer Ihrer Arbeiten. Sie machen wirklich großartige Fotos, Sie sind doch Marc Lambert, nicht wahr?«

»Ja, der bin ich. Und Ihnen gefallen meine Fotos wirklich?« Ein ungläubiges Lächeln erschien auf seinen Lippen.

»Wirklich. Sonst würde ich es Ihnen nicht sagen.«

»Es geschieht nicht oft, dass ein Unbekannter mich auf meine Fotografien anspricht. Woher kennen Sie meine Arbeiten? Woher kennen Sie mich?«

»Ich habe ein bisschen im Internet herumgestöbert. Da bin ich auf Ihre Seiten gestoßen. Könnte ich mir Ihre Arbeiten einmal im Original anschauen, da ich schon einmal hier bin?«

Marc druckste herum. »Das geht jetzt schlecht. Es tut mir leid.« Er biss sich selbst mit den Zähnen auf die Lippe. »Es sieht schrecklich bei mir aus.« Seine Mimik drückte genau die gegenteilige Botschaft aus. Er brannte förmlich darauf, seine Fotografien zeigen zu dürfen.

»Hey, keine Umstände ... Was glauben sie, wie es bei anderen Künstlern aussieht. Ich werde nicht genau hinsehen. Ich habe bloß Augen für Ihre Fotos«, sagte Bernard, und in seinen Augen blitzte Leidenschaft auf.

Er sah, dass Marc hin- und hergerissen war.

»Vielleicht kaufe ich Ihnen einige Fotos ab. Wie ich schon sagte, ich bin ein großer Bewunderer Ihrer Arbeiten.«

»Fünf Minuten«, überschlug Marc kurz. »Geben Sie mir fünf Minuten, dann bin ich für Sie da.«

»Okay.«

Selbstverständlich begleitete Monsieur ihn das Treppenhaus hoch. Vor Marcs Wohnung blieben sie stehen.

Marc schlüpfte in das Apartment und knallte dem Mann die Tür vor der Nase zu.

Bernard war sich sicher: Marc wusste nicht, wer er war, dass er schon einmal Hals über Kopf vor ihm geflüchtet war. In der Eile hatte er ihn wohl nicht erkennen können. Der junge Mann musste mächtig unter Druck stehen. Er war nervös und hektisch.

Nach mehr als zehn Minuten ging die Tür wieder auf. Bernard hatte bereits gefürchtet, Marc würde sein Versprechen brechen und ihn nicht in die Wohnung lassen. Der junge Fotokünstler hatte aber die Zeit genutzt, alle verräterischen Spuren zu beseitigen, die ihn als Drogendealer entlarven könnten. Er ließ noch einmal den Blick durch den Raum schweifen, ob er nichts vergessen hatte.

»Sie können reinkommen, Monsieur Bonnot.«

»Sehr gern. Ich bin sehr gespannt darauf, wie die Fotos im Original wirken.«

Bernard Bonnot betrat das Apartment, das er bereits kannte. Es war praktisch unverändert. Mit dem Rücken drückte Bernard die Tür ins Schloss. Marc achtete nicht auf ihn. Er war darin vertieft, passende Fotografien für seinen überraschenden Gast auszuwählen.

Marc erhob sich und wandte sich seinem Besucher zu. »Das wird Ihnen gefallen.«

»Wie hat Anna Piat davon erfahren, dass Sie mit Drogen dealen, junger Mann?«, fragte Bernard ihn direkt.

Marc zuckte zusammen. Seine Bestürzung über die Erwähnung des Namens seiner toten Freundin konnte er kaum verbergen. Das traf ihn stärker als die Behauptung, er würde dealen.

»Erwähnen Sie nicht ihren Namen in meiner Gegenwart. Bitte. Das macht mich schrecklich traurig und wütend zugleich. Ich kann dann für nichts garantieren.«

Bernard setzte sogar noch einen drauf, um Marc zu reizen und zu provozieren. »Das Geschäft mit den Fotos hat wohl nicht so viel abgeworfen, nicht wahr?«

In Marc brach der Schmerz wieder auf. Er war wütend, ohnmächtig und konnte sich selbst nicht ausstehen, weil er sich so hilflos fühlte, da er Annas Tod nicht hatte verhindern können. Bernard spürte, dass in ihm all die Bilder und Fragen wieder wachgerufen wurden, die er wochenlang in seinem Kopf gewälzt hatte, ohne befriedigende Antworten zu finden. Marc konnte vermutlich nicht ertragen, was er doch genau wusste: Anna war tot; ihr Kopf auf dem Boden des *Musée Masséna* zerschmettert worden.

Marc knirschte mit den Zähnen. Seine Hände kneteten ein Foto, das er in seiner Rage fast zerfetzte. Erst als ihm das bewusst wurde, legte er es beiseite.

Marc kam Bernard nun sehr nahe. »Wer sind Sie? Was wollen Sie? Woher kennen Sie Anna?«

»Nun, es ist nicht schwer, von Anna gehört zu haben. Es stand in *Nice-Matin* und in anderen Zeitungen. Wenn es Sie beruhigt, ich kenne Anna nicht. Nach allem, was ich bisher über sie erfahren habe, hätte ich dieses eigenwillige und faszinierende Mädchen gern kennengelernt. In *Elle* waren ihre letzten Fotos abgedruckt. Haben Sie sie gesehen? Ich gratuliere Ihnen zu dieser wundervollen Freundin.«

»Halten Sie Ihre Fresse!«, fuhr Marc ihn an. Mit einem Schwung wischte er alle Papiere von seinem Schreibtisch. »Was aus Ihrem Mund kommt, ist nur zynisch. Freundin? Es gibt keine Freundin mehr. Anna ist tot.«

»Ja, ich weiß«, entgegnete der *Ex-Commissaire* überraschend mitfühlend. Er musste Marc so weit bringen, dass er in sich zusammenbrach und seinen Widerstand aufgab. Dann wäre er in der Lage, dass er auch vor sich selbst zugab, dass *er* Anna in seiner rasenden Wut, von ihr verlassen worden zu sein, die Treppe hinuntergestoßen hatte. »Sie sind bei Claire gewesen und haben Anna gesucht. Sie wollten nicht akzeptieren, dass Anna sich von Ihnen getrennt hat.«

»Ja, ich war bei Claire. Ist das ein Verbrechen?«, entgegnete Marc trotzig. »Sie können sich gewiss in Ihrem schönen, angenehmen Leben nicht vorstellen, wie sehr es mich zerrissen hat. Anna hat mir den Boden unter den Füßen weggezogen. Ich bin ins Leere gestürzt. Dieses Gefühl kennen Sie offenbar nicht. Woher wissen Sie das alles eigentlich so genau?«, fragte Marc herausfordernd.

»Ich war bei Claire«, sagte Bernard ruhig. »Claire ist nicht nur eine Freundin von Anna, sondern auch von meiner Frau.«

»Ach, Sie sind das. Ich habe schon von Ihnen gehört. Sie schnüffeln herum, Sie stellen jedem Fragen. Sie sind fest davon überzeugt, dass Anna nicht durch einen Unfall ums Leben gekommen ist.«

Täuschungsmanöver, so, wie Marc auch Anna getäuscht hatte.

»Sie wissen genau, dass es sehr wohl einen Grund gibt, warum Anna sich von Ihnen getrennt hat.« Bernard zielte und hämmerte wiederholt mit dem Zeigefinger auf Marcs Brust, als hätte er eine Waffe in der Hand. Er musste ihn in die Defensive drängen. »Anna hat herausgefunden, dass Sie mit Kokain dealen. Das hat ihr Bild von Ihnen zerstört. Sie hat Ihnen nicht länger vertraut. Mit einem Mann, der vorgegeben hatte, sie zu lieben, *und* der gleichzeitig dealte, mit dem wollte sie nichts zu tun haben.«

»Madame Piat hat doch auf mich herabgeschaut«, verteidigte sich Marc. »Sie verachtet mich. Für sie bin ich ein Nichts, nicht gut genug für ihre Tochter. Sie hat unsere Beziehung boykottiert und gewollt, dass Anna sich von mir trennt«, erklärte Marc.

»Es gibt aber noch jemand, der ihre Beziehung zu Anna hintertrieben hat: Nadine. Nadine hat nicht gewollt, dass sie mit Anna nach Paris gehen. Nadine wollte Anna für sich allein behalten. Es wäre ein Albtraum für sie gewesen, Anna für immer zu verlieren.«

Marc hörte entgeistert zu. »Ja, Nadine konnte eine Klette sein. Überall hat sie dabei sein wollen. Es ging nichts ohne Nadine.«

Bernard setzte Marc weiter zu. »Nadine hat Anna gesteckt, dass Sie ein gottverdammter, beschissener Drogenkurier sind.«

Marc explodierte. Er nahm den Aschenbecher vom Tisch und schleuderte ihn mit voller Wucht gegen die Wand. Es regnete Zigarettenstummel und Asche. In dem diffusen Licht erkannte Bernard, dass Marc Lambert fast schon ein gebrochener Mann war. Er musste den Druck weiter aufrechterhalten. Marc musste erkennen, dass seine Situation ausweglos war und Leugnen zwecklos.

»Nadine hat alles zerstört. Ich wollte mit Anna doch nur reden. Sie sollte mir erklären, warum auf einmal Schluss sein sollte.«

»Claire hatte nicht den Eindruck, dass Sie mit Anna nur reden wollten. Sie dachte eher, sie wollten sich an Anna rächen. Ihr gekränktes Ego ertrug es nicht, dass Anna Sie zurückstieß, Sie ignorierte und nichts mehr von sich hören ließ. Sie behandelte Sie wie ein Nichts, genau so, wie es ihre Mutter tat. Zu den Piats trauten sie sich nicht. Madame Piat hätte sie hochkantig rausgeworfen oder nicht einmal die Tür geöffnet. Für sie war Annas Entschluss ein Segen. Die erste vernünftige Entscheidung in ihren Augen. Wenn Madame Piat davon erfahren hätte, dass Sie mit Anna nach Paris flüchten wollten, hätte sie es sicher zu vereiteln gewusst. Sie wurden dann aber selbst unsicher und machten einen Rückzieher. Das war ihr erster Fehler bei Anna. Ihr Vertrauen begann zu bröckeln. Sie zweifelte daran, dass Ihre Liebe zu ihr so wichtig und stark war, wie Sie immer wieder beteuert hatten.«

»Natürlich habe ich sie geliebt. Ich liebe sie immer noch«, schrie Marc.

»Wenn erst einmal Zweifel und Misstrauen in das Herz eines erwartungsvollen Mädchens einsickern, ist das ein schleichendes Gift«, erklärte Bernard.

»Ich wollte doch mit ihr nach Paris gehen. Nur nicht jetzt, nicht sofort.«

»Woran war es dieses Mal gescheitert?«, höhnte Bernard. »Immer suchen Sie die Verantwortung bei den anderen, die etwas verhindern wollen. In dem Fotografen Jules Giraud hatten Sie einen übermächtigen Konkurrenten. Er verkörpert als Mann und als Fotograf all das, was

Sie selbst gerne sein möchten. Er hat Erfolg mit seinen Fotos, er besitzt lukrative Verträge mit Modezeitschriften, hat Prestige, ist immer von schönen Frauen umgeben, die ihn anhimmeln. Kein Wunder, dass Sie sich wie ein Versager gefühlt haben. Ist Anna etwa bei ihm schwach geworden? Ist sie mit ihm ins Bett gegangen?«

Er rast vor Eifersucht ... dachte Bernard. Jetzt bloß nicht nachlassen!

»Anna hatte es nicht nötig gehabt, sich mit dem Großkotz einzulassen. Sie hatte *mich*. Was uns miteinander verband, das war etwas Besonderes. So etwas würde sie mit keinem anderen Mann erleben – und ich auch nicht mit einer anderen Frau.«

»Sie wussten es aber nicht genau. Die Vorstellung quälte Sie. In Ihrer Fantasie haben Sie sich vorgestellt, dass Anna es mit Jules trieb, heimlich, hinter Ihrem Rücken.«

»Nein«, schrie Marc auf. »Nein!«

Bernard hatte Marc genau da, wo er ihn haben wollte, wo es richtig wehtat.

»Sie haben Anna im *Musée Masséna* aufgelauert. Das war für Sie die einzige Möglichkeit, an sie heranzukommen. Sie brauchten Gewissheit. Sie wollten mit Anna reden. Ihr beleidigendes Schweigen haben Sie nicht ertragen und auch nicht, dass sie Sie auf diese Weise abservierte. Sie haben gewusst, dass dort ein Shooting stattfindet, und haben Anna vor der Toilette abgepasst. Wie hat sie reagiert, als sie Sie plötzlich vor sich sah? Hat sie sich gefreut, oder hat sie Ihnen gleich eine geknallt, weil Sie sie die ganze Zeit angelogen haben?«

»Ja, ich habe Anna gesucht«, gab Marc überraschend zu. »Ich wollte sie zur Rede stellen. Sie sollte mir Antworten geben, mir erklären, was ich verbrochen hatte, dass sie sich nicht mehr bei mir meldete. Ich habe sie aber nicht gefunden. Wie ein Verrückter habe ich nach ihr gesucht. Ich verging vor Sehnsucht und Verlangen.« Marc zog die Nase hoch. »Dass ich sie suchte, hat alles nicht besser, sondern schlimmer, viel schlimmer gemacht. Ich dachte, ich hätte sie für immer verloren. Auf eine grausame Weise hat sich bewahrheitet, was ich mir niemals vorstellen konnte. Aber ich habe sie *nicht* runtergestoßen, wenn Sie das denken. Ich lasse mir von Ihnen keinen Mord anhängen.«

»Sie kannten Annas Lebensgewohnheiten. Sie brauchten sich vor der *Avenue Auber* nur so lange auf die Lauer legen, bis sie herauskommt. Ein Anruf bei Christophe hätte ebenfalls genügt, Ihnen zu verraten, wo Anna gerade steckt.«

»Christophe kenne ich kaum. Wenn wir uns gesehen haben, haben wir nur Hallo gesagt, aber nicht miteinander gesprochen.«

»Wirklich? Nur Hallo gesagt?«

Bernard zeigte Marc das Bild auf seinem Handy. In dem schummrigen Licht war das Foto nicht besonders scharf. Es war aber deutlich zu erkennen, wie Marc mit einem jungen Mann sprach, von dem sie beide wussten, dass es Christophe war.

»Okay. Christophe ist ein Kunde von mir. Das hat aber nichts mit Anna zu tun. Das ist rein geschäftlich. Ich habe mich auch nicht bei ihm ausgeweint, wie sehr ich Anna vermisse.«

»Merken Sie nicht, wie erdrückend die Beweise gegen Sie sind, Marc? Es nützt nichts zu leugnen, Marc. Wie es aussieht, stecken Sie ganz schön tief in der Scheiße. Drogendealer ... Was meinen Sie, wie das auf den Untersuchungsrichter wirkt? Ich will jetzt die Wahrheit hören!

Wie ist es abgelaufen? Wie haben Sie es gemacht, sich an Anna zu rächen? Sie sind in die erste oder zweite Etage gelaufen, nicht wahr?«, brüllte Bernard ihn an.

Marc reagierte nicht einmal.

»Nicht wahr?«

»Nein«, fauchte Marc zurück. Er glitt langsam mit dem Rücken an der Wand zu Boden. Angst und Schuldgefühle setzten ihm so zu, dass er nicht mehr die Kraft hatte, sich länger zu wehren. Er schloss die Augen und wiederholte: »Ich war's nicht, ich war's nicht. Warum glauben Sie mir nicht? Ich hätte Anna nie ein Leid zufügen können. Ich habe sie geliebt, wie ich noch nie einen Menschen geliebt habe.« Mit letzter Kraft schien er sich gegen die erdrückenden Anschuldigungen zu wehren.

»Das sagt sich leicht«, erwiderte Bernard erbarmungslos.

»An dem Tag, als das Shooting stattfand, war ich nicht in Nizza«, presste Marc hervor. Es war, als würde er am liebsten vor Scham im Boden versinken wollen. »Manchmal kann ich ein riesiges Arschloch sein. Aber ich wollte immer mit allem, was ich bin, Anna beschützen. Ich habe es ihr geschworen, vor allem habe ich es mir selbst geschworen. Anna sollte es gut gehen. Ich wollte bei ihr wiedergutmachen, was ich verbockt hatte. Sie sollte nie wieder daran zweifeln müssen, dass ich fest zu ihr halte«, erklärte Marc mit gebrochener Stimme. »Es wäre für Anna besser gewesen, wenn ich da gewesen wäre. Dann wäre es nicht so weit gekommen, dass sie jetzt tot ist.«

»Warum waren Sie denn an dem Shootingtag nicht in Nizza?«

»Es wurde mir zu heiß. Ich musste kurzfristig verschwinden.«

»Und wo waren Sie?«, harkte Bernard nach.

»Überall … Ich bin die Küstenstraße entlanggefahren, bis nach Arles. Da habe ich übernachtet und bin am nächsten Tag zurückgefahren. Unterwegs habe ich Anna bestimmt ein Dutzend Mal angerufen. Vergebens. Sie ging nicht ran. Ich wünschte so sehr, ich wäre in Nizza geblieben.«

Bernard Bonnot schaute ungerührt auf den in sich zusammengesunkenen Marc hinunter. »Ich werde das überprüfen, Marc. Ich habe nämlich Annas Handy zum Auslesen der Daten an die Polizei gegeben. Es wird sich schnell herausstellen, ob Sie die Wahrheit gesagt haben.«

»Sie haben was?«, schrie Marc auf.

Bernard ging nicht darauf ein. »Ihre Anrufe sind protokolliert. Haben Sie mir noch etwas zu sagen?«

Marc war geschockt und starrte ins Leere.

»Wussten Sie, dass Anna sich an einen Redakteur von *Nice-Matin* gewandt hat«, setzte Bernard nach. »Sie wollte sich mit ihm treffen. Unbedingt. Was könnte sie von ihm gewollt haben?«

»Anna hat sich an einen Redakteur gewandt?«, fragte Marc verwirrt. »Ich kann mir nicht vorstellen, was sie von ihm wollte. Dafür war sie viel zu verschwiegen und geheimnisvoll. Sie hätte mich jedenfalls niemals an die Presse verraten. Dafür lege ich meine Hand ins Feuer. Es muss schon etwas Ungewöhnliches passiert sein, wenn sie diesen Schritt getan hat.«

30

»Wie hast du es geschafft, Papa an ein halbwegs normales Familienleben zu gewöhnen?«, fragte Isabelle Danielle. Sie sagte es voller Anerkennung. »Ich hätte mir als Kind gewünscht, wir würden öfter so schön beisammensitzen wie heute.«

Bernard ertrug die Bemerkung mit Fassung. Das war keine boshafte Spitze gegen ihren Vater. Er wusste, dass er seine Tochter als Kind vernachlässigt hatte. Er hatte sich von ihrer Mutter getrennt, da war Isabelle zwölf Jahre alt gewesen. Es war eben nicht einfach, bei einem alleinerziehenden *Commissaire* groß zu werden. Doch Isabelle wollte das so. Sie wollte bei ihrem Vater bleiben. Bernard versuchte, ihr so gut es ging zurückgeben, was sie früher vermisst hatte. Isabelle war jetzt eine tüchtige, ehrgeizige Geschäftsfrau bei einer Bank in Paris. Inzwischen hatte sie für ihren Vater nur noch wenig Zeit.

Viel schmerzhafter war für Bernard aber momentan, dass er bei Marc so nahe dran gewesen war. Er war sich sicher gewesen, dass Marc Anna die Treppe hinuntergestoßen hatte. Er war ganz nahe dran gewesen – und doch gescheitert. Die Niederlage fraß an ihm. Er ließ sich aber nichts anmerken. Er wollte den beiden Damen nicht den Abend verderben.

Unzählige Ideen gingen ihm durch den Kopf, wie er weiter vorgehen sollte. Marcs letzte Worte hallten in ihm nach: »Es muss schon etwas Ungewöhnliches passiert sein, wenn sie diesen Schritt getan hat.«

Was konnte Ungewöhnliches geschehen sein, dass die verschlossene Anna Piat den Mut aufgebracht hatte, an die Öffentlichkeit zu gehen?

Er musste sich selbst eingestehen, er wusste es nicht.

Bernard lauschte gespannt auf Danielles Antwort. »Du musst ihm einfach seine Freiheiten lassen, dann kommt er von ganz allein. BB wird dann ausgesprochen gesellig und will sich darüber unterhalten, was ihn gerade bewegt.«

»Ich bin ausgesprochen sozial eingestellt«, erwiderte Bernard. »Du hast es nur noch nicht bemerkt.«

»Ja, mit deinen Kollegen vielleicht. Wenn ihr einen Fall aufklären konntet, aber ich wusste nie, wo du gerade steckst.«

»Das musstest du auch nicht wissen. Die Ermittlungen waren geheim. Ich wollte dich damit nicht beunruhigen.«

»Genau das hast du aber: Ich war beunruhigt.«

Danielle schenkte Ihnen einen Aperitif ein. Für Bernard und für sich selbst einen Pastis; für Isabelle einen *Kir vin blanc.* Zum Hors-d'œuvre reichte sie ein kleines Kalbsrückensteak mit Tomaten-Bohnen-Salat.

Am frühen Nachmittag hatte BB Philippe Plupart angerufen. Er hatte es nicht länger ausgehalten. Die Auslesung des Handys müsste doch längst abgeschlossen sein. Plupart wollte ihn sicher weichkochen, oder er hatte es sich wieder anders überlegt. Für Bernard war es die einzige Möglichkeit, Marcs Angaben zu überprüfen. Nur so ließ sich feststellen, ob Marc ihn angelogen hatte.

Philippe nahm das Gespräch nicht an. Dieser Scheißkerl lässt mich am ausgestreckten Arm verhungern, dachte er. Seitdem wartete Bernard auf seinen Rückruf. Seit mehr als fünf Stunden!

Der Aperitif, Danielles vorzüglich vorbereitetes Kalbrückensteak, die Anwesenheit seiner Tochter brachten ihn in eine angenehme, fast gehobene Stimmung. Er ließ es sich gut gehen. Wenn er gut aß, war für ihn die Welt in Ordnung. Es störte ihn auch nicht, dass Danielle ihn bei seiner Tochter verpfiff. »Stell dir vor, Isabelle, dein Vater ermittelt wieder – als *Commissaire.*«

»Wie? Warum?« Sie schaute ihn fragend an. »Bist du etwa unverzichtbar? Kommen sie bei der *Police Judiciaire* nicht ohne dich aus?«

»Du musst schon alles erzählen«, forderte er Danielle auf.

»BB meint, es ist meine Schuld. Ich habe ihn nämlich dazu angestiftet.«

Isabelle blickte ungläubig von einem zum anderen.

»Das stimmt auch. Ich habe BB zu einer Freundin geschickt. Er sollte sich nur mal *umhören.* Mehr nicht. BB übertreibt es aber. Er betreibt professionelle Ermittlungen mit Feuer und Ehrgeiz, als hinge davon sein Leben ab. Du brauchst dir nichts beweisen, Bernard«, wandte sie sich an ihren Mann.

Ihr gut gemeinter Wink ging ihm unter die Haut, er zuckte kurz zusammen. Doch das bemerkte niemand. Wahrscheinlich war es genau das: Er *musste* sich etwas beweisen. Es war ihm anfangs selbst nicht bewusst gewesen, wie sehr der vermeintliche Mord an Anna Piat auch etwas mit ihm selbst zu tun hatte. Erinnerungsbruchstücke kamen zurück. Eine verdeckte Ermittlung. Eine Reihe Autos in einer Tiefgarage. Eine schöne Frau mit einer auffälligen Zahnlücke. Sie hatte die Beamten hierher gelotst. Er würde sie niemals vergessen.

Der Erinnerungsstrom riss ab.

Isabelle setzte zu einem gewaltigen Sturm an. »Du bist nicht mehr dreißig. Du solltest die Arbeit Jüngeren überlassen. Danielle hat recht, du brauchst dir nichts zu beweisen. Du wolltest doch selbst nichts mehr mit der *Police Judiciaire* zu tun haben. Das sei für dich abgeschlossen. Deine Worte. Du spielst mit deiner Gesundheit. Was ist, wenn du einen zweiten Herzinfarkt bekommst? Und wiegle das jetzt nicht ab. Ausgeschlossen ist es nicht. Ich will nicht meinen Vater verlieren, verstehst du das nicht?« Isabelle tat gerade so, als müsste er sich schonen und als müsste alle größere Aufregung und Gefahr von ihm abgehalten werden.

»Isabelle, Liebes, ich weiß ja, dass du dich um mich sorgst. Du übertreibst aber. Du siehst mich doch hier sitzen: lebendig, quirlig, übermütig.«

»Übermütig – das ist genau das Stichwort. Du überschätzt dich und achtest nicht auf Warnsignale.«

»Keine Sorge. Ich passe schon auf. Was mich in Rage bringt, ist, dass da höchstwahrscheinlich ein Mord an einer jungen Frau geschehen ist, aber niemand interessiert sich dafür. Alle mauern und lassen mich auflaufen. Schon allein deshalb möchte ich unbedingt die genauen Umstände des Todes von Anna Piat aufklären. Diese Frau könntest auch du sein, Isabelle. Willst du etwa, dass ein Mord unaufgeklärt bleibt und vergessen wird?«

Das brachte Isabelle zum Verstummen.

Danielle schaltete sich ein. Man sah ihr an, dass es ihr unangenehm war, den Streit zwischen Vater und Tochter ausgelöst zu haben. Sie hatte nur die Absicht gehabt, dass Isabelle ihrem Vater gut zuredete und ihm Vernunft beibrachte, wenn er schon nicht auf sie hörte.

»Möchte noch jemand Wein?« Sie begann die Teller einzusammeln und das Hauptgericht aufzutragen, eine

Bourride Provencal. »Ich möchte nicht, dass ihr euch streitet.«

Isabelle und Bernard sahen sich überrascht an. »Wir streiten doch nicht. Wir unterhalten uns nur.«

»Ach so. Dann bin ich ja beruhigt«, entgegnete Danielle.

Am Ende hielten Vater und Tochter immer zusammen wie Pech und Schwefel.

In dem Moment meldete sich die Melodie von Bernards Handy. »Entschuldigt mich. Ich muss da mal rangehen.«

Philippe Plupart.

Bernard stand vom Tisch auf und lief Richtung Fenster. Im Hintergrund hörte er die Frauen über ihn tuscheln. »Na endlich! Ich dachte schon, du hättest mich vergessen!«, rief er.

»Das muss dir ja sehr unter den Nägeln brennen.«

Bernard ließ die Bemerkung unkommentiert. »Habt ihr das Handy ausgelesen? Hast du einen Ausdruck vom Protokoll für mich?«

»Sonst noch Wünsche?«

»Kannst du es mir vorbeibringen? Ich kann jetzt schlecht weg. Ich habe Besuch.«

»Ich glaube, du hast sie nicht mehr alle. Erst soll ich ein Handy auslesen lassen, von dem du genau weißt, dass das nichts bringt. Wir müssen uns mal gründlich unterhalten, BB. Du bewegst deinen Arsch hierher«, bestimmte Plupart, »ins *Commissariat.*«

»Nein, da kriegen mich keine zehn Pferde mehr hin. Philippe, sei vernünftig. Lass uns uns in einem Restaurant treffen. Kennst du *Le Frog* in einer Seitenstraße der *Opera?*«

»Natürlich kenne ich es. Wir haben dort auch schon gegessen. Okay, einverstanden. Aber vergiss nicht: Mir geht es ums Geben und Nehmen.«

31

Für Bernard war der Anruf bei *Nice-Matin* der Versuch, irgendetwas herauszufinden, um in dem mysteriösen Fall weiterzukommen. Es musste Anna wichtig gewesen sein. Sehr wichtig. Es widersprach ihrem gewohnten Verhalten, Probleme mit sich allein auszumachen und mit niemandem darüber zu reden.

Bernard verlangte, Jean Tonnet zu sprechen, den Redakteur, der entgegen ihrer Absprache die Reportage über neue Gerüchte veröffentlicht hatte.

»Ja, was gibt's, Bonnot?« Tonnet ließ ihn spüren, dass er nicht viel Zeit und noch weniger Lust hatte, sich mit ihm auseinanderzusetzen. »Sie sind ein besonders harter Hund. Wollen Sie mir wieder den Kopf waschen? Es gibt nichts, worüber Sie sich aufregen können.«

Bernard blieb im Ton konziliant und sachlich. »Ich muss noch einmal auf den Vorfall zurückkommen, dass Anna Piat bei Ihnen in der Redaktion angerufen hat. Was ist daraus geworden?«

»Ach, kommen Sie von der Kleinen immer noch nicht los? Ich dachte, der Fall ist abgeschlossen?«

»Beantworten Sie einfach meine Frage. Was wollte Anna? Wie haben Sie oder ein anderer Redakteur reagiert?«

»Wie ich schon sagte: Anna Piat gab sich sehr geheimnisvoll und mysteriös. Sie wollte auf keinen Fall am Telefon darüber sprechen.«

»Wer hat das Gespräch angenommen?«

»Ich«, sagte Tonnet ein wenig stolz. »Ich habe es auch schnell wieder vergessen und den Termin aus meinem Terminkalender gestrichen, weil sie ... nun ja, Sie wissen schon.«

»Sie hatte bereits einen Termin?«, rief Bernard.

»Ja.«

»Wo sollte das Treffen stattfinden?«

»Den Ort wollte sie mir kurz vorher bekannt geben.«

»Hat Sie das nicht stutzig gemacht?«

»Doch, aber nur ein wenig. Es sollte ein Ort sein, an dem wir ungestört sind. Sie ist eine bekannte Person des öffentlichen Lebens und deswegen ausgesprochen vorsichtig und diskret. Sie wollte verhindern, dass sie mit einem Redakteur gesehen wird. Diese Furcht war aber unbegründet. Nur in seltenen Fällen werde ich erkannt.«

»Der Termin stand aber schon fest.«

»Ja. Es konnte ihr nicht schnell genug damit gehen.«

»Und Sie haben sie nicht gefragt, was sie wollte?«

»Aber selbstverständlich. Ich brannte geradezu darauf, mehr zu erfahren. Ich stieß bei ihr auf Granit. Da war nichts zu machen.«

»Wann wäre der Termin gewesen?«

»Da muss ich nachschauen«, entgegnete Tonnet.

Bernard wartete.

»Er wäre am 20. September gewesen. Zwei Tage nach ihrem Tod.«

»Zwei Tage ...«, sagte Bernard versonnen und schaute nachdenklich in die Ferne.

»Meinen Sie, es besteht da ein Zusammenhang zwischen dem Anruf bei uns in der Redaktion und ihrem ...« Tonnet zögerte. »... Tod?«

»Es ist möglich. Ehrlich gesagt, weiß ich es nicht. Ich behalte den Hinweis auf jeden Fall im Kopf. Eine Frage noch: Glauben Sie, Anna hatte sich noch an andere Zeitungen und Magazine gewandt?«

»Sollte sie? Keine Ahnung, wirklich nicht«, antwortete Tonnet. »Solange wir nicht wissen, um was es ihr ging, bleiben alle Erklärungsversuche reine Spekulation.«

»Ach, vergessen Sie es«, antwortete Bernard. »War nur eine Idee von mir. Wahrscheinlich haben Sie recht.«

»Bestimmt. Wette ich mit Ihnen.«

Nach dem Gespräch schaute BB einige Minuten nachdenklich auf sein Smartphone. Aber da kam nichts: Kein Einfall, was Anna Piat von dem Redakteur gewollt haben könnte. Der Gedankenblitz würde wahrscheinlich dann kommen, wenn Bernard nicht länger über das Problem nachdachte: spontan und überfallartig.

Wiederholt versuchte er, Gisèle zu erreichen. Nach dem fünften Versuch klappte es. Das Model erinnerte sich sofort an ihn und die kurze Unterhaltung im *Negresco.* Das letzte Mal sahen sie sich bei Annas Beerdigung auf dem *Cimetière du Château.* Sie hatten allerdings nicht miteinander gesprochen. Bernard hatte aber den Eindruck gehabt, sie wollte ihm etwas sagen.

»Können wir uns treffen?« Bernard machte es dringend. »Unsere erste Unterredung verlief zum Schluss etwas unfreundlich und artete aus, wenn Sie verstehen, was ich meine.«

»Ja, ich verstehe Sie gut.« Gisèle stand ihm glücklicherweise wohlwollend gegenüber.

»Es wäre schön, wenn wir uns einmal allein unterhalten könnten.«

»Sie meinen, ohne Jules«, brachte sie seine Absicht auf den Punkt.

»Ganz genau. Ein ausgesprochen hitziger und aufbrausender Mensch.«

»Der Schmerz hat ihn überwältigt. Das war für uns alles noch sehr frisch. Wir standen unter Schock. Das müssen Sie verstehen. Jules hat sein Lieblingsmodel verloren, an dem ihm sehr gelegen war und an dem er sehr hing. Es gibt da nichts zu leugnen: Anna war sein Lieblingsmodel. Punkt.«

Gisèle redete Klartext, das gefiel Bernard.

Sie überlegte kurz. »Ich bin bei einem Shooting bei den *Arènes de Cimiez.* Stefanie ist auch hier. Nein, Sie brauchen keine Angst zu haben. Wir arbeiten dieses Mal nicht mit Jules zusammen. Das ist eine große Sache«, freute sich Gisèle. Im Hintergrund hörte Bernard, dass sie gerufen wurde. »Ich muss Schluss machen. Sagen wir um achtzehn Uhr. Dann müssten wir fertig sein.«

Bernard traf früh am Restaurant *Le Frog* ein. Es befand sich unmittelbar vor dem imposanten Bau der *Opera de Nice* in einer ruhigen Seitenstraße, fernab vom Trubel in der Altstadt. Am Ende der Straße weitete sich der Blick auf einige Palmen zum Meer hin. Hier waren sie ungestört. *Le Frog* war das einzige Restaurant in der *Rue Milton,* trotzdem verirrten sich viele Touristen hierher, oder Angestellte der *Opera* nahmen ihr Diner in der Mittagspause ein.

Der Kellner begrüßte ihn per Handschlag. Bernard war hier bekannt. Auf der kleinen Terrasse waren noch zwei Plätze frei. Er brannte darauf, eine Abschrift der Handyauswertung zu lesen. Es würde sich schnell zeigen, ob Marc ihn angelogen hatte.

Der *Ex-Commissaire* vertrieb sich die Zeit damit, ein junges Mädchen zu beobachten. Sie saß auf einem der blauen Metallstühle, die für gewöhnlich aufgereiht an der *Promenade* standen, im Eingang der Sicherheitstüren der *Opera;* verschlissene Jeans, rosafarbenes Top, das Handy am Ohr, Zigaretten im Schoß, eine Kippe in der anderen Hand. Sie war ungefähr in Annas Alter. Genauso lebendig und quirlig hätte Anna hier sitzen können.

»Wo schaust du schon wieder hin, BB?«

Bernard sah Plupart an, der in sein Blickfeld trat. Er hielt ihm die Hand entgegen. Das war eine seltene freundschaftliche Geste.

»Sie ist hübsch, sehr hübsch. So stelle ich mir Anna vor«, entgegnete Bernard.

Plupart nickte, konnte es aber nicht verstehen. »Das Mädchen ist ja wirklich zur Obsession von dir geworden. Was muss passieren, dass du davon loskommst?«

»Die Wahrheit, Philippe. Die Wahrheit. Ich bin mir sicher, *wir* kennen die Wahrheit nicht, was wirklich bei dem Shooting im *Musée Masséna* geschehen ist.« Es war ein raffinierter Schachzug, Philippe Plupart bei der Suche nach der Wahrheit mit einzubeziehen. »Wenn dich die Wahrheit auch interessiert ...« Das war eine glatte Provokation.

»Selbstverständlich interessiert mich die Wahrheit, BB. Deshalb sind wir schließlich Polizisten geworden, nicht wahr?«

Bernard setzte Plupart weiter zu. »Es wäre viel einfacher, der Wahrheit nahe zu kommen, wenn du dich nicht dagegen wehren würdest, die Kameraüberwachung anzusehen. Dann stünden wir jetzt nicht vor diesem riesigen

Problem. Ich habe mit Marie Denis gesprochen. Sie hat gesehen, dass ein Mann Anna zur Toilette gefolgt ist – unmittelbar nach ihr.«

»So, du hast mit Marie Denis gesprochen. Du nimmst die Angelegenheit verdammt ernst und recherchierst gründlich.«

Bernard nickte zustimmend. »Ja. Im Gegensatz zu dir. Du nimmst es auf die leichte Schulter.« Er wischte sich über die flachen Hände. »Dann bist du fein raus und hast nichts damit zu tun.«

»Jetzt mal im Ernst, BB. Kann es sein, dass das für dich eine persönliche Angelegenheit ist? Willst du *mir* eins auswischen, weil ich untätig bleibe, weil ich nicht dieselbe Wahrheit propagiere wie du?«

»Nein«, wies Bernard entrüstet die Anschuldigung zurück, »weil es Unregelmäßigkeiten und Indizien gibt, die einer gründlichen Untersuchung bedürfen. Hast du das Protokoll der Auslesung?«

»Moment«, hakte Plupart ein. »So einfach ist das nicht.«

»Hast du nun das Protokoll: ja oder nein?«

»Das ist jetzt nicht das Thema. Es gibt andere Dinge dabei zu bedenken. Wir haben ein neues, fantastisches Gerät, um Handys der unterschiedlichsten Sicherheitsstufe auszulesen«, lenkte Plupart geschickt von der eigentlichen Frage ab.

»So, ihr habt ein neues, fantastisches Gerät. Willst du mich heiß machen, Philippe?« Bernard wollte sich nicht länger auf die Folter spannen lassen. »Was ist es? Spuck es schon aus, bevor du vor Stolz gleich platzt!«

Der Kellner kam zu ihnen, und sie gaben ihre Bestellung auf.

»Ich glaube nicht, dass du es kennst. Es ist erst nach deiner aktiven Zeit eingeführt worden.« Plupart vergaß nicht, ihm unter die Nase zu reiben, dass er draußen war und die Entwicklung über ihn hinwegging. »Es gab ein Treffen und eine Demonstration der hohen Tiere der obersten Polizeidirektion in Paris mit Vertretern einer israelischen Firma, die für Sicherheitsdienste und das Militär dieses Gerät entwickelt hat. Mit dem UFED von Cellebrite kann praktisch jedes Handy physikalisch ausgelesen werden, auch Mails und SMS, die bereits gelöscht worden sind.«

»Umso besser. Bravo. Ich bin beeindruckt.« Warum erzählte Plupart ihm das alles? Sie befanden sich nicht in einer Fortbildung über Sicherheitstechnik.

»Du weißt, ich dürfte dir den Ausdruck des Protokolls gar nicht geben. Wir bewegen uns da auf dünnem Eis. Das ist dir hoffentlich klar? Um es knallhart zu sagen: Ich dürfte Anna Piats Handy *nicht* auslesen lassen. Es gibt dafür keine rechtliche Grundlage. Gegen Anna wird nicht ermittelt – sie ist tot. Ihr Handy steht auch nicht im Zusammenhang mit einem Verbrechen.«

Bernard platzte jetzt endgültig der Kragen. »Es gibt keine rechtliche Grundlage, weil du untätig bleibst!«, schleuderte er ihm entgegen. »Hättest du von Anfang an auch nur einen Hauch Grips im Kopf gehabt, hättest du die Festplatte mit der Kameraüberwachung gecheckt, dann wären wir einen erheblichen Schritt weiter. Dann würdest du sehen, wie ein Mann, sei es Marc oder ein Unbekannter, Anna folgt. Da ist die rechtliche Grundlage. Das hast du dir selbst eingebrockt.« Bernard stieß den Teller mit der Dorade und dem Spinat von sich. Ihm war jeglicher Appetit vergangen. Er streckte die Hand aus. »Gib mir das Handy zurück!«, verlangte er barsch. »Ich muss doch bescheuert gewesen sein, dir zu vertrauen und zu glauben, bei dir sei das Gerät in guten Händen!« Bernard ließ keinen Zweifel aufkommen, dass er es ernst meinte.

»Was hast du vor, BB? Dir gehört das Handy nicht.«

»Dir auch nicht. Ich habe es von Nadine bekommen. Ich werde es zurückgeben. Bei dir ist es definitiv in den falschen Händen.« BB schoss vom Stuhl hoch, bereit, die Terrasse zu verlassen.

»Jetzt setz dich wieder, BB. Na mach schon.« Philippe deutete mit dem Kopf auf den Stuhl. »Führ nicht so einen Tanz auf wie ein angeschossener Tiger. Es genügt manchmal, mit einer feinen Nadel in dich hineinzustechen, und du gehst ab wie eine Rakete. Also setz dich. Es gibt da noch etwas. Ich bin noch längst nicht fertig.«

Widerstrebend nahm BB seinen Platz wieder ein.

»Jetzt mal was anderes«, begann Plupart erneut. »Hast du Marc Lambert ausfindig gemacht? Hast du mit ihm gesprochen?«

»Was hat das wieder zu bedeuten? Du willst doch nur ablenken.«

»Beantworte meine Frage. Das wird dir doch nicht schwerfallen. Da genügt ein Ja oder ein Nein. Hast du Marc Lambert aufgespürt?«

»Nein. Er bleibt verschwunden.« Bernard setzte eine enttäuschte Miene auf, als könnte er es selbst nicht fassen. Plupart sollte nicht in ihn hineinsehen. Er wollte seine Erkenntnisse auch nicht mit ihm teilen, solange er nicht wusste, worauf er hinauswollte. Plupart hatte nichts anderes verdient, da er sich so illoyal verhielt.

»Warum interessierst du dich auf einmal für Marc?«, fragte er nach.

»Marc Lambert ist aus einem anderen Grund für uns wichtig. Ich kann dir nicht mehr darüber sagen. Ich hoffe, du verstehst das. Er ist da in etwas hineingeraten. Bestimmt ist er nur ein kleiner Fisch. Wir versprechen uns aber, über ihn an die Hintermänner zu kommen, die die Fäden ziehen. Du weißt schon. Etwas, was schon länger in *Vieux Nice* grassiert.«

»Geht es auch etwas konkreter? Okay, ich habe schon verstanden. Ihr sucht ihn. Was heißt das? Wird er observiert? Ist er zur Fahndung ausgeschrieben?« Bernard musste so viele Informationen wie möglich aus Plupart herausholen.

»Darf ich dir nicht sagen. Aus ermittlungstaktischen Gründen, wie es so schön heißt. Ich dürfte nicht einmal mit dir darüber reden. Das weißt du genau«, ließ Plupart ihn abblitzen.

»Ach, Philippe, das ist ja ein großartiger Deal, den du mir anbietest. Ich soll, wenn es sich gerade so ergibt, Marc für dich aufspüren, vielleicht auch festnehmen? Was ich gar nicht darf. Das ist für dich angenehmer und passt dir wunderbar in den Kram. Du lässt mich aber im Regen stehen. Du sagst mir nicht, um was es geht, warum du dich auf einmal für Marc interessierst. Sag mir wenigstens: Ist es gefährlich? Ist Marc Lambert bewaffnet?«

»Möglich. Ich will dir nichts vormachen. Sei besser vorsichtig.«

»Ach, da habe ich aber Glück, dass du mich warnst und mich nicht blind ins Verderben rennen lässt. Noch eine Katastrophe kann ich nicht brauchen. Okay«, sagte Bernard bestimmend, »wenn ich Marc, aus welchem Grund auch immer, aufspüre, werde ich an dich denken. Was soll ich tun?«

»BB, du brauchst nicht den Helden zu spielen. Ruf mich einfach an. Versuche, Marc hinzuhalten. Du kennst das ja. Wir kommen dann so schnell wie möglich.«

»Einverstanden. Ich rufe dich an. So, und nun gibst du mir die Abschrift des Ausleseprotokolls. Es gibt keinen Deal ohne Gegenleistung.« Bernard streckte seine Hand aus. Plupart griff in die Innentasche seines leichten Sommersakkos. Bernard konnte es kaum glauben. Plupart hielt mehrere eng bedruckte Seiten in seinen Händen.

»In diesem Fall ist es eine Ausnahme. Es dient zur weiteren Aufklärung einer Straftat und könnte zur Ergreifung eines Gesuchten führen.«

»Du meinst Marc Lambert...«

»Ja. Und ich möchte dich gleich darauf hinweisen: Wenn dir in den Mails, SMS und WhatsApps etwas auffällig erscheint, dann setze dich sofort mit mir in Verbindung. Klar? Und ich meine nicht den Schwachsinn, den du dir zusammenreimst.«

»Ich habe schon verstanden.«

Plupart überreichte ihm tatsächlich das Ergebnis von Annas Handyauslesung. Bernard überflog die Papiere flüchtig. Er konnte es nicht abwarten, die Ausdrucke genauer zu studieren.

32

Wer ist dir zur Toilette gefolgt? Wer hat dir aufgelauert? Wer hatte ein Interesse daran, dich aus dem Weg zu räumen?, fragte sich Bernard wiederholt auf dem Rückweg.

Er rieb sich mit der linken Handfläche das Auge. Da merkte er erst, wie müde und ausgelaugt er war. Die Ermittlungen der letzten Tage hatten ihn erschöpft. Das Ergebnis der Handyauslesung gab ihm aber auch einen ungeheuren Schub. Er war erleichtert darüber, nun etwas Konkretes in Händen zu halten. Endlich konnte er die letzten Tage vor Annas Tod rekonstruieren und daraus seine Schlüsse ziehen, Antworten finden auf Fragen, die ihm niemand beantworten konnte.

Bis zu seinem Treffen mit Gisèle hatte er noch Stunden Zeit. Wieder eine Befragung. Wieder Stress und Zeitdruck. Bernard brannte darauf, das Protokoll zu studieren, bevor er zu den *Arènes de Cimiez* aufbrach.

Er breitete die Papiere auf seinem Schreibtisch aus und begann zu lesen. Zuerst stürzte er sich auf all die Gespräche, die Anna am Tag ihres Todes geführt hatte und die bei ihr eingegangen waren. Die Telefonate waren nach Datum aufgelistet, was die Suche erheblich vereinfachte.

Der 18. September. Da waren sieben Anrufe von Marc Lambert aufgelistet, zwei davon am Nachmittag – da war Anna bereits tot. Keinen der Anrufe hatte sie angenommen. Bernard hielt kurz inne und überlegte.

Marc hatte tatsächlich die Wahrheit gesagt.

Er hatte *sie* angerufen und nichts davon gewusst, dass sie, aus welchem Grund auch immer, die Treppe hinuntergestürzt war. Bernard musste wohl davon ausgehen, dass Marc nichts mit Annas Tod zu tun hatte. Das machte den Fall nicht einfacher. Über Tage hatte Bernard sein Hauptaugenmerk und seine Energien auf ihn gerichtet.

Mit einem Schlag stürzten all seine Erwartungen und Mutmaßungen wie ein Kartenhaus in sich zusammen. Bernard konnte seine Enttäuschung darüber nicht verbergen. Die ganze Zeit über hatte er sich auf Marc konzentriert, er war sein Hauptverdächtiger gewesen. Wer hatte noch ein starkes Motiv, Anna das anzutun?

Zweifel krochen in Bernard empor. Hatte er sich da in etwas hineingesteigert, was nicht der Realität entsprach? Er nahm seine Brille ab und stützte sein Gesicht in seine Hände. Das war eine vernichtende Niederlage, die er erst einmal verdauen musste. Er hatte sich viel zu früh und einseitig durch Claires Hinweise auf Marc festgelegt. Nun endeten seine Ermittlungen in einer Sackgasse.

Für einen kurzen Moment dachte er daran, alles hinzuschmeißen und mit seinen Ermittlungen aufzuhören. Er würde Claire erklären, Marc war wütend und rachsüchtig auf Anna gewesen, weil sie ihn abserviert hatte, aber er war's nicht gewesen. Diese Erkenntnis bohrte sich tief in ihn hinein. Das konnte auch das Ergebnis seiner Untersuchung sein. Es war ein Unfall, nichts weiter als ein Unfall.

Dann erinnerte er sich wieder an all die Fakten, die dagegensprachen. Ein Mann war Anna gefolgt. Daran gab es nichts zu rütteln.

Bernard las das Protokoll der Handyauslesung weiter und hoffte darauf, eine heiße Spur zu finden.

Am 18. September fanden noch weitere Anrufe statt. Nadine rief dreimal an. Alle Anrufe vor dem Todeszeitpunkt, und keinen davon nahm Anna an.

Bernard versuchte, sich die Szene vorzustellen. Anna hatte bestimmt während des Shootings ihr Handy nicht bei sich haben dürfen. Das wäre unprofessionell und hätte den Fotografen massiv gestört. Sie musste vor und während des Shootings ihr Smartphone in ihre Handtasche gelegt haben. Nadine hätte eigentlich wissen müssen, dass es schlecht, wenn nicht gar unmöglich für Anna war, während eines Shootings mit ihr zu telefonieren. Was hatte Nadine von ihrer Schwester so dringend gewollt?

BB machte sich eine Notiz. Bei Gelegenheit würde er Nadine danach fragen.

Das erste geführte Gespräch an diesem Tag war zu früher Stunde mit dem Fotografen Jules Giraud. Es dauerte drei Minuten, siebenundfünfzig Sekunden. Jules rief Anna an. Was wollte er von ihr?

Bernard ging in der Liste der Telefonate zurück. Mit niemandem hatte Anna so viel Kontakt wie mit Marc – genauso regelmäßig schmetterte sie seine Anrufe, seine verzweifelten Versuche, mit ihr zu sprechen, ab. Bernard musste in der Liste mehr als eine Woche zurückgehen, bis sie tatsächlich miteinander gesprochen hatten. Es waren alles längere Telefonate. Eine Stunde, fünfzehn Minuten, zweiunddreißig Sekunden. Das Gespräch ging von Anna aus. Mit einem Schlag dann: keine Anrufe mehr. Anna brachte ihre Beziehung auf null. Marc existierte offensichtlich für sie nicht länger.

Eine Woche vor ihrem Tod fand Bernard aber auch weitere Anrufe von Nadine. Zwei Gespräche. Nur kurz: fünfunddreißig Sekunden. Daraufhin hatte Anna zurückgerufen. Wenn Nadine Anna hatte stecken wollen, dass

Marc Geschäfte mit Kokain machte, dann hätte sie es ihr auch zu Hause sagen können. Anna hatte sich zu dieser Zeit sicherlich in ihrer Fantasie bereits ihr neues Leben in Paris ausgemalt, das sie zusammen mit Marc aufbauen wollte.

Dann der Schock. Der Absturz. Hatte Nadine ihrer Schwester auf die brutalstmögliche Art die Augen über das wahre Wesen ihres Freundes geöffnet? Zerplatzte Träume. Enttäuschung und Wut über den Verrat, dass Marc sie belogen und hintergangen hatte.

Bernard fand in der Liste auch Anrufe von Christophe. Nicht viele und jedes Mal kurz. Unbeabsichtigt berührte Bernard seine Nase, auf die Christophe mit der Faust geschlagen hatte. Die Erinnerung an den plötzlichen, unbeherrschten Ausbruch des jungen Mannes stieg wieder in ihm hoch.

Hatte Anna gewusst, dass ihr Bruder sich bei Marc seinen Stoff besorgte? Wie hatte sie auf diese Neuigkeit reagiert? Christophe war gewiss kein Mann, der sich von irgendwem an den Pranger stellen ließ – auch nicht von seiner Schwester.

Bernard machte sich auch zu diesem Themenkomplex eine Notiz, diese Spur genauer unter die Lupe zu nehmen.

Noch etwas fiel ihm auf: eine Nummer, aber kein eingespeicherter Name. Anruf am 14. September. Bernard gab die Nummer ins Suchfeld im Internet ein. Als Ergebnis erhielt er *Nice-Matin,* genauso wie Tonnet es ihm gesagt hatte. Am Tag danach fand er ebenfalls zwei Telefonnummern ohne Namen. Auch nach diesen Nummern suchte BB im Internet. Ergebnis: *Paris-Match* und *Le Parisien,* die größte Boulevardzeitung Frankreichs.

Bernard schaute auf. Sein Blick und seine Gedanken schweiften im Raum umher.

Drei große Medien innerhalb von zwei Tagen. Verdammt noch mal, was hatte Anna denn von den Illustrierten und Zeitungen gewollt? Auf einmal hatte Bernard eine Idee, wie er der Flut von Informationen der letzten Wochen Herr werden konnte.

Auf seinen Block schrieb er Anna und kreiste ihren Namen ein. Um sie herum notierte er all die Personen, die mit ihr in Verbindung standen, und fügte die wichtigsten Ereignisse hinzu. Marc Lambert, das Shooting im *Musée Masséna,* der Fotograf, die anderen Models, Annas Mutter und selbstverständlich auch ihr Bruder Christophe und der Aufseher. Bernard versuchte, strikt rational vorzugehen und nicht zu viel zu spekulieren. Es gab einen Mann, der Anna gefolgt war. Doch wieso hatte Anna kurz vor ihrem Tod mit *Nice-Matin* Kontakt aufgenommen? Warum?

Bernard zerbrach sich darüber den Kopf, gab aber nach kurzer Zeit auf. Er musste sich selbst eingestehen: Er wusste es nicht. Er hatte keinen blassen Schimmer. Alles war Spekulation. Er nahm sich fest vor, diese Spur weiter zu verfolgen. Vorher konnte er unmöglich aufgeben. Das ließ seinen Mut wieder steigen, nicht an seinem Unvermögen zu scheitern.

Noch etwas anderes fiel Bernard auf. Am 11. September neun Anrufe von Marc – Anna hatte sie nicht angenommen. Einmal hatte Marc ihr auf die Mailbox gesprochen. Am späteren Nachmittag um 17:45 Uhr Anruf bei Stefanie – sie hatte nicht abgenommen. Wenig später Anruf bei Gisèle. Nur kurz: drei Minuten, fünfzehn Sekunden. Was hatte Anna von ihr gewollt? Was war an dem Tag geschehen?

Es vergingen mehrere Stunden. Um 20:21 Uhr rief Anna von sich aus Jules Giraud an. Wieder kein sehr langes Gespräch: vier Minuten, zwölf Sekunden. Danach Sendepause.

Bernard machte sich dazu eine Notiz. Er würde gleich Gelegenheit haben, Gisèle danach zu fragen.

Und noch etwas war ungewöhnlich: wer *nicht* auf der Liste erschien. Es gab nicht einen Anruf oder eine Nachricht von ihrer Mutter.

33

Mehr Fragen als Antworten. Keine klare Stoßrichtung. Keine heiße Spur, die sich Bernard aufdrängte. Er hatte sich mehr von der Auslesung von Annas Handy versprochen. Nur eins schien klar zu sein: Die Kontakte zu den Medien waren Anna wichtig gewesen. Hatte sie vielleicht mit jemandem darüber gesprochen?

Auf dem kurzen Stück zu seinem Wagen schossen Bernard all diese Gedanken durch den Kopf. Er wollte bereits einsteigen, doch dann entdeckte er einen hinter den Scheibenwischer geklemmten Zettel. Das war sicher wieder irgendeine Werbung. Doch dafür war das Papier zu groß. Widerwillig entfaltete Bernard den Flyer:

HALT DICH DA RAUS, SONST SCHLITZEN WIR DICH AUF!

Bernard zerknüllte das Blatt in seiner Faust. Sein Herz verkrampfte sich. Verstört wanderte sein Blick die Straße entlang zu den Autos, die an ihm vorbeifuhren, zu den anderen Passanten. Für Sekunden erstarrte er. Er war nicht in der Lage, einen klaren Gedanken zu fassen. Sein analytisches Denken brach in sich zusammen. Er war in Aufruhr, wollte sich nicht in Panik versetzen lassen, doch genau das war er: panisch.

Wem war er zu sehr auf die Füße getreten? Wer hatte ein Interesse daran, ihn einzuschüchtern? Wer hatte ihn im Fadenkreuz? Wer war mächtig und skrupellos genug, die Drohung wahr zu machen?

Bernard gab sich einen Ruck. Die Zeit drängte, wenn er zu dem Treffen mit Gisèle und Stefanie nicht zu spät kommen wollte. Kurz zögerte er. Bernard wollte die Papierkugel in den Bordstein werfen, entschied sich aber dagegen. Stattdessen warf er sie ins Handschuhfach. Vorerst. Auf keinen Fall durfte die Katze den Flyer entdecken.

BB setzte den Blinker und fädelte sich in den fließenden Verkehr ein. Unterwegs zu sein, sich konzentrieren zu müssen, befreite ihn von seiner anfänglichen Lähmung. Angenehm klar und logisch über das Ergebnis der Handyauslesung nachzudenken, damit war es jetzt aber vorbei.

Er schaute in den Rückspiegel. Wurde er verfolgt? Sofort ärgerte er sich über sich selbst. Sein Sicherheitsgefühl war erschüttert. Er spielte ihr Spiel mit, ging ihnen damit auf den Leim, wer immer sie auch sein mochten. Bernard wusste das vom Kopf her, konnte das bedrohliche Gefühl aber nicht ausschalten. Das war die einzige zwingende Frage, die ihn beschäftigte: Wer? Und: Wie sollte er mit dieser Drohung umgehen?

Nadine kannte seinen Peugeot. Sie war schließlich mit ihm gefahren. Unwillkürlich ging er all die möglichen Leute durch, die ein Interesse daran hatten, seine Ermittlungen zu torpedieren. Auch Christophe kannte das Fahrzeug. Er war ihm gefolgt, hatte seine Schwester vom Beifahrersitz gezerrt. Christophe kannte auch Marc Lambert. Marc konnte unmöglich seinen Autotyp kennen, bestimmt hatte er aber geredet, dass ein Ex-Flic ihm auflauerte. Bernard hatte allerdings sehr deutlich gemacht, dass

Marcs Drogenkurierdienste ihn nicht im Mindesten interessierten.

Auf einmal war sich Bernard nicht mehr sicher, auf was sich die Formulierung »Halt dich daraus ...« bezog: Auf seine Ermittlung über den mysteriösen Tod von Anna Piat oder Drogenbarone in *Vieux Nice,* deren Kreise er unbeabsichtigt gekreuzt hatte? Diese Ungewissheit quälte Bernard. Er wollte wissen, mit wem er es zu tun hatte. Fieberhaft wühlte er in seiner Erinnerung, wem er was über sich preisgegeben hatte. War er zu leichtsinnig gewesen? Hatte er Fehler begangen?

Bernard bog von der Stadtautobahn ab, weiter Richtung Norden, den steil ansteigenden *Boulevard de Cimiez* entlang. Die Umgebung änderte sich. Er fuhr auf einer ruhigen Straße an prächtigen Villen und Anwesen vorbei, die hinter fein gestutzten Hecken und Pinienbäumen verborgen lagen und hohen gusseisernen Toren. Wer hier wohnte, der hatte es geschafft, der war oben angekommen. Die gediegene Atmosphäre und relative Abgeschiedenheit besänftigten sein aufgewühltes Inneres.

Im 3. und 4. Jahrhundert nach Christus siedelten Römer an dieser Stelle, wo sie ein Amphitheater gebaut hatten. Zu den Überresten und Ruinen war Bernard nun unterwegs.

Je näher er seinem Ziel kam, desto mehr drängte sich ihm eine neue Herausforderung auf: Vor den Models musste er sich so entschlossen und souverän geben, als wäre nichts geschehen. Sie sollten keinen Zweifel daran haben, dass er das, was er unternahm, auch im Griff hatte. Sie sollten ihm nicht anmerken, wie sehr seine Gefühle sich in Aufruhr befanden.

Er schaute wieder in den Rückspiegel: Niemand folgte ihm. Das war schon einmal ein gutes Zeichen.

Einige Minuten später stand er in der Arena von *Cimiez.* Er hatte sich nur wenig verspätet. Von Weitem sah er die aufgestellten Reflektoren. Scheinwerfer. Techniker. Bernard trat näher heran. Der Sand knirschte unter seinen Schuhen. Das Shooting war noch in vollem Gange. Ein Fotograf gab seinen Models Anweisungen, wie sie unter einem gut erhaltenen antiken Torbogen posieren sollten. Gisèle lehnte an dem uralten Mauerwerk und zog das rechte Bein an. Den Mund lasziv geöffnet. Ihre Lippen waren grellrot geschminkt.

Bernard erkannte sofort an der Art, wie Gisèle ihren Körper bewegte: Sie liebte es, fotografiert zu werden. Sie flirtete mit der Kamera und die Kamera mit ihr. Sie zeigte eine Facette ihres Wesens, die Bernard bisher unbekannt war. Eine komplett andere Frau. Sie ging darin auf, immer wieder neue Posen einzunehmen.

Ihr Körper wurde umhüllt von einem wallenden weißen Kleid, seitlich hoch geschlitzt – ein starker Kontrast zu ihrem dunklen Teint. Stefanie stützte provozierend kokett einen Arm in die Hüfte. Ihre traumhaft langen Haare umspielten ihre Silhouette. Sie schaute direkt in die Kamera, in Bernards Richtung. Er war sich aber sicher, dass sie ihn nicht wahrnahm, geschweige denn erkannte. Beide Models konzentrierten sich auf das Shooting. Etwas anderes würde der Fotograf auch nicht akzeptieren. Er war seinen Auftraggebern verpflichtet. Bernard konnte sich gut vorstellen, wie Jules Giraud seine Models im *Musée Masséna* dirigierte und seinen Vorstellungen gemäß in Szene setzte.

Je länger Bernard unbeobachtet zuschaute, desto stärker stieg seine Anspannung wieder.

Der Fotograf zeigte seinen Models die geschossenen Fotos auf seiner Digitalkamera. Soweit Bernard das aus der

Distanz beurteilen konnte, schien er hochzufrieden zu sein. Das Shooting war beendet.

Gisèle entdeckte den etwas unbeholfen dastehenden *Ex-Commissaire* als Erste, sie ging direkt auf Bernard zu. Er hatte den Eindruck, sie hätte ihre Verabredung vergessen.

»Entschuldigung, hat ein bisschen länger gedauert«, sagte sie und reichte ihm die Hand.

»Nicht so schlimm.«

Auch Stefanie trat hinzu und begrüßte ihn. Sie hatte sich wieder gefangen. Kein Anzeichen von Trauer mehr in ihren Augen. Ihr Blick traf Bernard unvorbereitet. Sie lächelte ihn offenherzig an, als gäbe es für sie niemand Wichtigeren als ihn. In der Mitte ihres Kinns bildete sich ein feines Grübchen. Mit einer Hand strich sie ihr Haar zurück. Stefanie hörte nicht auf, ihn anzustrahlen, und sie meinte es offenbar persönlich. Es tat ihm gut, in ihr offenes, klares Gesicht zu schauen. Eine eigentümliche Güte ging von ihr aus. Bernard vergaß den Hass, den er auf sich gezogen, die unmittelbare Bedrohung, die der Zettel in ihm ausgelöst hatte.

»Sie sind *Commissaire,* nicht wahr?«, brachte Gisèle es gleich auf den Punkt.

Bernard nickte. »*Ex-Commissaire.*« Es war zwecklos, Gisèle zu hintergehen. Sie würde es bemerken und ihn durchschauen. Es gab auch keinen Grund, es zu leugnen.

»Ich hatte mir so etwas gleich gedacht«, sagte Gisèle, »gleich als Sie das erste Mal im *Negresco* auftauchten. Ich verstehe aber nicht ganz. Was treibt Sie an? Warum ermitteln Sie noch?«

Bernard ging nicht darauf ein. »Die Umstände von Annas Tod sind ungewöhnlich. Ich versuche, Licht ins Dunkel zu bringen. Wussten Sie, dass Anna vier Tage vor ihrem Tod mit einem Redakteur von *Nice-Matin* Kontakt aufgenommen hat? Sie hatte sich mit ihm verabredet. Hat Anna erzählt, was sie von ihm wollte?«

Gisèle war verwirrt. »Nein, keine Ahnung. Anna hat nicht darüber gesprochen.«

Bernard behielt auch Stefanie im Blick, wie sie darauf reagierte. Ihr Lächeln war nicht mehr ganz so strahlend wie zuvor. »Anna hat daraus ein großes Geheimnis gemacht«, fügte Bernard hinzu. »Sie hat es abgelehnt, dem Redakteur am Telefon zu erzählen, was sie von ihm wollte.«

Ungläubiges Kopfschütteln. Konsternierte Gesichter.

»Einen Tag später rief Anna bei *Paris-Match* und *Parisien* an. Ich glaube kaum, dass das ein Zufall ist.« Bernard fing sich wieder. Je hartnäckiger er seine Fragen stellte, desto eher verschwand sein Gefühl der Bedrohung.

»Sie meinen ...« Gisèle wagte es nicht, den Gedanken auszusprechen.

Bernard kam ihr zuvor. »Ich meine gar nichts, solange ich es nicht weiß.« Er wollte nicht wieder so ein Desaster erleben wie mit Marc Lambert, den er verfrüht ins Visier genommen hatte. »Fühlte Anna sich bedroht? Hatte Anna Feinde?«, setzte Bernard nach. »Beim Shooting oder außerhalb?«

»Anna war das liebenswürdigste Mädchen, das Sie sich vorstellen können«, erklärte Gisèle.

»Anna hat Sie angerufen, am Dienstag, eine Woche vor ihrem Tod. Worum ging es bei dem Telefonat?«

Gisèle horchte auf, wurde unsicher. Vorsichtig. Bernard sah ihr an, dass sie sich fragte, woher er das so genau wusste? »Das ist schon eine Weile her«, versuchte sie, Zeit zu gewinnen. Die Frage erwischte sie offenbar auf dem falschen Fuß. Mit dem Handrücken strich sie sich über die Stirn. »Doch, jetzt weiß ich es wieder. Es kam nämlich nicht oft vor, dass wir miteinander telefonierten.«

Bernard konnte das bestätigen, sagte aber nichts.

»Ich hatte den Eindruck, sie hatte sich mit mir treffen wollen, weil sie jemanden brauchte, mit dem sie sprechen konnte. Sie müssen wissen, das war geradezu sensationell. Anna versuchte sonst nie, mit jemandem groß zu reden, vor allem nicht, wenn sie Probleme hatte. Sie hatte sich von ihrem Freund getrennt. Es musste etwas Schreckliches passiert sein. Weshalb hat sie mir aber nicht mehr erzählt. Ich hatte keine Zeit, deshalb ist es nicht zu einem Treffen gekommen. Wenn ich ehrlich sein soll: Ich habe sie abgewimmelt.«

Zum ersten Mal schaltete sich Stefanie ein. »Du musst aber zugeben, Anna ließ nicht alles mit sich machen, was Jules von ihr verlangte. Nicht selten verweigerte sie sich seinen Anweisungen – und stieß ihn damit vor den Kopf.«

»Das stimmt schon«, sagte Gisèle. »Das heißt aber noch lange nicht, dass sie sich ihn zum Feind machte. Anna hatte einen starken Willen. Sie hat sich nicht vereinnahmen lassen, auch nicht der Karriere wegen. Wir alle haben doch vor Jules Giraud und den anderen großen Fotografen ziemlich gekuscht. Wir haben Angst, nicht mehr gebucht zu werden, weil wir als Zicken gelten.«

Bernard überlegte kurz. »Auf der Terrasse haben Sie gesagt, ja, Sie haben es dem Fotografen regelrecht vorgeworfen, dass Jules Giraud Anna bevorzugte. Ich hatte bereits damals das Gefühl, dass Sie mir etwas anvertrauen wollten, was Sie sich vor Giraud nicht zu sagen trauten. Was war das?«

»Das eine schließt das andere nicht aus.« Gisèle drehte richtig auf. Sie war zweifellos eine temperamentvolle, leidenschaftliche Frau. »Anna war Jules Lieblingsmodel. Alle wussten das. Anna konnte sich deshalb bei Jules einiges herausnehmen, was sich keine von uns erlauben durfte. Sie hatte bei ihm einen Stein im Brett.«

»Die entscheidende Frage ist: Haben alle anderen Models das auch toleriert?«

Gisèle zuckte mit Schultern. »Was blieb uns anderes übrig? Wir mussten es hinnehmen. Wir konnten nichts dagegen ausrichten.«

»Was meinen Sie, woher diese Vorzugsbehandlung herrührte? Ehrlich gesagt, kann ich mir bei Ihnen nicht vorstellen, dass sie lange, salopp gesagt, die Klappe halten, wenn Sie sich ungerecht behandelt fühlen.« Bernard schaute sie durchdringend an. Er musste sie provozieren, um an Antworten zu kommen.

»Worauf wollen Sie eigentlich hinaus?«, parierte Gisèle sofort.

»Ich will auf gar nichts hinaus. Ich weiß nur, wenige Minuten nachdem Anna zur Toilette ging, folgte ihr ein Mann, ein bisher unbekannter Mann.«

Stefanies Lächeln erstarb. Gisèle verstummte.

»Reden wir Klartext: Hatte Anna ein heimliches Verhältnis mit Jules?«

Gisèle und Stefanie sahen sich fragend an.

»Dass ihr Männer auch immer nur an das Eine denken könnt.« Gisèle schüttelte verständnislos den Kopf. »Weiter reicht eure Fantasie wohl nicht.«

»Okay, dann helfen Sie meiner Männerfantasie ein bisschen auf die Sprünge. Geben Sie ihr ein bisschen weiblichen Esprit. Deshalb bin ich hergekommen.«

»Nein, sie hatten kein Verhältnis. Bestimmt nicht. Ich hätte es erfahren oder bemerkt. Mich kann man nicht so leicht hintergehen«, trumpfte Gisèle auf. »Ich glaube eher, es kränkte Jules maßlos, dass er Anna nicht in den Griff bekam. Sie zeigte ihm ständig den Stinkefinger!« Gisèle reckte ihren Mittelfinger weit empor. »Sie sagte ihm, du kannst mich mal. Jules hielt sie für unglaublich talentiert, aber nur wenn er es schaffte, an ihre tiefer liegende Seele zu kommen. Meistens schaffte er es nicht. Das stachelte seinen Ehrgeiz an. Ihm ging es darum, ihre harte, abweisende Schale zu knacken. Für Anna war das ein Schutz. Sie fürchtete sich davor, verletzt zu werden. Vor der Kamera ist es aber unerlässlich, sich zu öffnen.«

»Sehen Sie das auch so?«, wandte sich Bernard an Stefanie.

»Ja. Gisèle hat das schön auf den Punkt gebracht. Ich kann mich nicht so gewählt ausdrücken wie sie.«

»Fällt Ihnen etwas ein, was ungewöhnlich war?«, fragte Bernard. Bisher hatte er nichts erfahren, was ihn weiterbrachte. »Denken Sie in Ruhe nach«.

»Das Ungewöhnlichste war, dass Anna plötzlich verschwunden war. Das löste einen riesigen Tumult aus. Jules kann sehr wütend werden, wenn er nicht das bekommt, was er haben will. Er schickte Louise los, Anna zu suchen.«

»Die Visagistin?«

»Ja.«

»Was geschah dann?«

»Seid mal alle still!«, forderte Stefanie plötzlich. Niemand hatte sie bisher groß beachtet. Alle Aufmerksamkeit richtete sich jetzt auf sie. Sie schloss kurz die Augen. Konzentrierte sich. Bernard schaute auf ihren blauen Lidschatten. Sie versetzte sich in die Zeit zurück, als der schreckliche Unfall geschah. Stefanie öffnete auf einmal die Lider. Sie steckte einen Finger zwischen die Zähne. Sie war sich offenbar nicht sicher, was sie sagen wollte.

»Patrick war auch nicht da. Er war ebenfalls verschwunden wie Anna.«

»Das kannst du nicht wissen«, warf Gisèle ein.

»Doch.« Es bedeutete für Stefanie eine große Anstrengung, standhaft zu bleiben, anstatt gleich wieder alles hinwegzulächeln.

»Patrick schwirrt überall herum«, widersprach Gisèle. »Wir standen doch unter der Terrasse, während Jules uns fotografierte.«

»Nein, später meine ich, als alles stillstand und das Shooting nicht weiterging. Jules brüllte herum, wo Anna ist. Da habe ich Patrick nirgendwo entdeckt.«

»Wer ist Patrick?«, fragte Bernard dazwischen.

»Patrick Laval ist Jules Assistent. Beide sind unzertrennlich.«

Bernard glaubte, sich zu erinnern. Das musste der schweigsame große Mann auf der Terrasse des *Negresco* gewesen sein.

»Bist du sicher?«, fragte Gisèle zurück, die nun selbst verunsichert wirkte.

»Hast du ihn gesehen?«, fragte Stefanie entschlossen.

»Ich dachte ...«

»Was?«, unterbrach Bernard.

»Ich dachte, er sei zur Vorderseite zur *Rue de France* gegangen. Da stand der Wagen. Mit dem gesamten Equipment für das Shooting. Ehrlich gesagt, habe ich in dem Chaos nicht auf Patrick geachtet. Danach gab es einen großen Aufschrei. Wir liefen alle zur Treppe zu den Toiletten, wo Anna am Boden lag.«

»Wo finde ich diesen Patrick Laval? Ich muss mit ihm reden«, sagte Bernard bestimmend.

34

In der Nacht schlief Bernard schlecht. Er lag stundenlang wach und rührte sich nicht, um Danielle nicht zu beunruhigen.

Als Erstes kontrollierte er am Morgen den Wagen. Kein weiterer Zettel klemmte hinter dem Scheibenwischer. Das Gefühl der Bedrohung verließ ihn dennoch nicht. Bernard war wie zerschlagen, fühlte sich gerädert. Er brauchte Unmengen Kaffee, um auf Touren zu kommen und einen klaren Gedanken zu fassen.

Kurz vor halb zwölf machte er sich bereit, seine Joggingrunde zu absolvieren. Das war das Beste, was er tun konnte. Wenn er in Bewegung und unterwegs war, konnte er am besten seine Gedanken sortieren und neu ordnen. Ihm fehlten die Besprechungen im *Commissariat Police Judiciaire,* das Gespräch im Team mit den Kollegen. Bernard überquerte die Straße. Auf der zum Meer gelegenen Seite drehte er auf; da weitete sich sein geistiger Horizont. Unter Druck zu stehen war nie gut.

Bernard steigerte sein Tempo und lief unter den Sonnendächern Richtung *Vieux Nice,* am *Negresco* und dem Hôtel *Méditerranée* vorbei.

Anna Piat ging ihm nicht aus dem Kopf. Im Geiste jonglierte er mit dem, was er bisher über sie in Erfahrung gebracht hatte. Ein Model zu sein hatte Anna gegen den Widerstand ihrer Mutter durchgesetzt. Zum ersten Mal hatte sie einen unbeugsamen Willen gezeigt. Nadine hing sehr an ihr, konnte ihr aber keine große Hilfe sein. Anna hatte sich erst einmal selbst retten müssen. Die allergrößte Hoffnung hatte sie dabei auf Marc gesetzt. Doch dann erwies sich dieser in ihren Augen als Galgenvogel. Als ein mieser Drogenkurier, mit dem sie unerbittlich brach. Die schlimmste Form des Vertrauensbruchs, den sie sich vermutlich hatte vorstellen können.

So weit war Bernard in seinen Gedankenspielen gekommen. Auf Höhe des *Hôtel Swiss* kehrte er um und versuchte, das Letzte aus seinem Körper herauszuholen. Sein Atem keuchte, das Herz schlug bis zum Hals hinauf. Es tat ihm gut, sich zu verausgaben. Er schlug sich wacker.

Wenige Tage vor ihrem Tod ruft Anna verschiedene Zeitungen und Zeitschriften an, will unbedingt mit einem Redakteur sprechen. Warum? Wie passte das zusammen? Bernard wusste es nicht. Er fand keinen Zusammenhang.

Vor seiner Joggingrunde hatte er Jules Girauds Website besucht – eine sehr stylishe Seite, die seinem Anspruch entsprach, aufregende Fotos zu machen, die aus der Masse herausstachen. Als Erstes blickte ihm Anna entgegen, wie sie herausfordernd-provozierend in die Kamera schaute. Eines ihrer letzten aufgenommenen Bilder.

Ihr Blick war unergründlich. Sie wirkte einerseits charmant, erotisch, aber auch bestimmend und willensstark. Wollte Jules sie so haben, dass sie aus sich herausging und ihre Seele zeigte? Anna inspirierte Jules immer wieder zu neuen Bildern.

Weder Gisèle noch Stefanie wussten, wie Bernard Patrick Laval erreichen konnte. Keine Handynummer, keine Mailadresse. Es lief alles über die Modelagentur oder über Jules Giraud. Er bekam die Aufträge von den Modezeitschriften, für die er arbeitete. Selbstverständlich war Jules ohne Patrick undenkbar. Dass Patrick während des Shootings abwesend war wie Anna, war ein wichtiger Hinweis. Um an Patrick heranzukommen, musste Bernard wohl oder übel mit Jules Kontakt aufnehmen. Das allerdings war vermintes Gelände und musste geschickt eingefädelt werden.

Der Salutschuss vom ehemaligen Schlosshügel. *Midi.* Das war für Bernard das Zeichen, seine Anstrengungen nochmals zu verdoppeln. Er musste bescheuerten Touristen auf der Höhe des *Hôtel Westminster* ausweichen, die unvorsichtigerweise auf seine Rennstrecke traten.

Plötzlich traf ihn ein Schlag. Instinktiv griff er sich mit der Rechten an die Brust. Der Schmerz verschlug ihm den Atem. Ein Gedanke zuckte durch sein Gehirn. Verzweifelt dachte er, nicht schon wieder, nicht schon wieder. Das würde er nicht überleben. Er hatte all die Jahre darauf geachtet, dass nichts passierte. Seine Blutdruckwerte waren doch in Ordnung.

Bernard geriet ins Straucheln. Der Schmerz kam aber nicht aus seiner Brust. Das wurde ihm noch bewusst. Alles ging rasend schnell. Seine Arme schnellten reflexhaft nach vorn. Ich muss mit Jules Giraud Kontakt aufnehmen, war sein letzter Gedanke. Seine Hände schlugen da schon auf dem Asphalt auf. Sie hielten die größte Wucht des Aufpralls zurück. Doch die Arme knickten einfach weg und konnten den Sturz nicht kompensieren. Die größte Energie schoss in seine rechte Schulter. Ein höllischer Schmerz. Bernard wurden die Beine weggerissen. Er überschlug sich mehrfach. Der Kopf knallte auf den Boden.

Vor einem Fahrradfahrer kam sein Körper zum Liegen, der gerade noch rechtzeitig abbremsen konnte. »Können Sie nicht aufpassen?«, raunzte dieser ihn an.

Bernard Bonnot rührte sich nicht. Etwas Hartes hatte ihn brutal gegen das Schienbein getroffen.

35

Bernard schmerzten alle Knochen. Am stärksten schmerzte seine rechte Schulter. Er konnte den linken Arm kaum bewegen, an ihm ein Infusionsschlauch. Ich muss mit Danielle sprechen, ging es ihm nicht aus dem Kopf. Er versuchte, sich aufzurichten, fiel aber gleich mit dem Oberkörper auf das Kissen zurück. Ein höllischer Schmerz jagte durch seinen Schädel.

»Du darfst dich nicht bewegen!«, ermahnte ihn Danielle. Sie saß neben ihm auf einem Stuhl. »Du hast mir einen riesigen Schrecken eingejagt, weiß du das? Als ich angerufen wurde, dachte ich, o mein Gott, nicht schon wieder, nicht wieder ein Infarkt. Erst bei genauerem Nachfragen wurde mir erklärt, dass du beim Joggen gestürzt bist. Aber das ist genauso schrecklich, wenn auch ein bisschen weniger schrecklich, als einen Infarkt zu erleiden. Du bist doch ein sicherer Läufer. Wie konnte das passieren, BB?«

Bernard verlagerte sein Gewicht auf die linke Seite. Das war für ihn beschwerlich und anstrengend. Es tat ihm gut, Danielles Stimme zu hören. Er biss die Zähne zusammen. Er wollte seine Frau nicht mehr als unbedingt nötig beunruhigen. Die Erinnerung an seinen Herzinfarkt war noch sehr gegenwärtig. An den Händen und im Gesicht hatte er Hautabschürfungen. Ihm waren kleine Steinchen, die sich unter die Haut gebohrt hatten, entfernt worden. Eine Wunde am Kopf war genäht worden.

»Weißt du, wie viel Glück du gehabt hast?« Danielle war erleichtert, dass nichts Schlimmeres passiert war. Zwischen den Zeilen hörte Bernard heraus, dass sie annahm, er sei leichtsinnig gewesen. »Du warst für kurze Zeit bewusstlos. Du hast glücklicherweise keine Gehirnerschütterung, keinen Schlüsselbeinbruch und auch keinen Bruch des Handgelenks. Keine Wunde am Schienbein. Du hast dich beim Sturz am Oberarm verletzt. Du hast ganz schön was abbekommen, aber auch unwahrscheinlich viel Glück gehabt. Du sollst ein paar Tage zur Beobachtung hierbleiben. Nur für alle Fälle.«

Es war schön, mit Danielle zu sprechen; es strengte Bernard aber auch an. Am liebsten würde er einfach die Augen schließen und schlafen. »Es war kein Unfall«, presste er hervor. Seine Stimme hörte sich rau an.

»Wie bitte?« Danielle verstand nicht ganz.

»Das war kein Unfall«, wiederholte er. »Das war ein Anschlag, eindeutig ein Anschlag. Jemand hat mir entweder einen Knüppel hingehalten oder mir ein Bein gestellt. Ich sollte stürzen. Da bin ich mir sicher.«

»Aber warum?«, rief Danielle.

»Weil ich mit meinen Ermittlungen jemandem zu nahe gekommen und ihm heftig auf die Füße getreten bin.«

»Reicht es dir immer noch nicht, dass dir fast das Nasenbein gebrochen wurde?«, rief Danielle. Sie beugte sich zu ihm und kam seinem Gesicht sehr nahe. »Du musst damit aufhören, BB. Es ist zu gefährlich. Überlass die Ermittlungen der *Police Judiciaire.*«

»Aber die tun nichts.«

In dem Moment jagte ein höllischer Schmerz durch seine Schulter. Vor Wut und Aufregung hatte Bernard sich unglücklich auf die rechte Seite gedreht. Er verzog sein Gesicht und presste die Zähne fest aufeinander.

»Was ist, Bernard? Soll ich einen Arzt rufen? Brauchst du eine Spritze?«

»Nein, nein, lass mal. Es geht schon wieder. Ich darf mich nur nicht bewegen, dann kann ich es gut aushalten.«

»Ich weiß, ich habe dich da hineingerissen. Es war meine Schuld. Ich konnte nicht ahnen, wozu das führt. BB, du musst erkennen, wann du an deine Grenzen stößt, wann es Zeit ist, aufzuhören.«

»Das eine hat mit dem anderen nichts zu tun. Der Schlag auf die Nase war etwas völlig anderes. Das war der jähzornige Bruder von Anna. Dieses Mal will man mich ausschalten. Das war eine eindeutige Warnung.« Den hinter dem Scheibenwischer geklemmten Zettel wagte Bernard gar nicht zu erwähnen.

»Ein Grund mehr, endlich damit aufzuhören«, riet ihm Danielle. Bernard war klar, dass er sie mit seiner sturen Haltung in die Verzweiflung trieb. Für jedes Argument, endlich Schluss zu machen, hatte er die passende Antwort.

»Verstehst du denn nicht? Im Umkehrschluss heißt das auch: Ich bin nahe dran. Ich bin auf der richtigen Spur. Es ist nicht ein Sturz von einer nassen Treppe gewesen. Einige Leute bekommen mächtig Angst. Es ist …« Bernard ließ den Satz offen. Er hoffte inständig, dass er nicht den Drogenbaronen in *Vieux Nice* zu sehr auf die Füße getreten war, weil er sich Marc Lambert vorgenommen hatte.

»Zwei Models sind sich sicher, dass ein Mann während des Shootings verschwunden war. Wo ist er hin? Was hat er gemacht? Das muss ich herausfinden. Anna hat außerdem versucht, mit verschiedenen Printmedien Kontakt aufzunehmen. Warum?« Bernard beugte sich weit zu Danielle aus dem Bett. Er flüsterte, als fürchtete er, ihr Gespräch könnte belauscht werden. »Ich brauche deine Hilfe, Danielle. Zwischen dem Fotografen Jules Giraud und mir herrscht Eiszeit; ich habe ihn mir zum Feind gemacht. Die Reportage in *Nice-Matin* ist dazwischengekommen und hat alles kaputt gemacht. Du musst mir helfen, an ihn heranzukommen, ohne dass er sofort dichtmacht. Ohne dich schaffe ich das nicht«, appellierte er an sie.

»BB, ich weiß nicht, warum du so versessen darauf bist, diesen Fall zu lösen. Du bist schlimmer als hundert Bretonen zusammen.« Danielle schaute ihn durchdringend an. »Was sind das für Leute, die hinter dir her sind, mit denen du dich angelegt hast?«

»Ich weiß es nicht, noch nicht, aber ich werde es herausfinden.«

»Was ist, Bernard, wenn das nur der Anfang ist? Der Sturz ist vergleichsweise glimpflich abgelaufen. Das nächste Mal wirst du vielleicht nicht wieder so viel Glück haben. Kapierst du denn nicht, ich habe Angst um dich, es könnte dir etwas zustoßen!«, stieß sie hervor.

Bernard nickte bloß. Dann kniff er die Augen zusammen und legte den Kopf auf das Kissen zurück.

36

Nach zwei Tagen wurde Bernard aus dem *Hôpital l'Archet I* entlassen. Es hatte sich ein großflächiges Hämatom bis zum Ellenbogen gebildet, sodass Danielle ihm beim Anziehen eines leichten Sakkos helfen musste. Seine Joggingrunden musste er vorerst einstellen. Die Gefahr, nochmals auf den verletzten Arm zu stürzen, und sich dieses Mal etwas zu brechen, war zu groß. Bernard wagte höchstens, an der *Promenade* zu flanieren.

Er blickte an den Häusern, Balkonen und Terrassen entlang und beobachtete all die Menschen in den Autos, die insgeheim vielleicht ihn beobachteten und ausspionierten. Der Feind blieb unsichtbar und unheimlich.

Jeden Morgen kontrollierte er zunächst den Wagen, ob nicht wieder Morddrohungen hinter den Scheibenwischern angebracht waren. Er musste sie entdecken, bevor sie Danielle in die Hände fielen.

Einige Tage blieb es ruhig. Keine neuen Drohungen tauchten auf. Aber auch Bernard verhielt sich abwartend. Er tätigte keine Telefonate und versuchte nicht, mit jemandem in Kontakt zu treten. Wer immer es auf ihn abgesehen hatte, musste annehmen, seine perfide, aus dem Hinterhalt ausgeführte Attacke hätte ihr Ziel erreicht. Der verbissen nach der Wahrheit suchende *Ex-Commissaire* Bernard Bonnot hatte seine Nachforschungen eingestellt.

Er musste sich erst um sich selbst kümmern. Er hasste und verabscheute es, wenn er so hilflos war und nicht einmal die kleinsten Bewegungen und Aktionen ausführen konnte. Doch so langsam machte er Fortschritte. Er versuchte, wieder Auto zu fahren. Er konnte einen Gang einlegen, ohne dass gleich ein höllischer Schmerz in sein Schultergelenk fuhr. Das gewaltige Hämatom bildete sich nur langsam zurück. Es war jetzt grün, gelb und ein bisschen blau.

Mit Danielle besprach er sich wiederholt. Die Katze sollte zunächst allein das Gespräch mit Jules Giraud führen. Wahrscheinlich erinnerte er sich nicht mehr groß an den Vorfall. Bernard wollte aber verhindern, dass der Fotograf ihn gleich abkanzelte, wenn er seinen Namen hörte. Er setzte darauf, dass Jules' aufgewühltes Inneres sich wieder beruhigt hatte. Seit dem Tod von Anna Piat waren inzwischen mehrere Wochen vergangen. Es musste einfach funktionieren. Bernard saß Danielle gegenüber und wartete gespannt darauf, was geschah.

Sie drehte sich abrupt zur Seite. Sie konnte nicht entspannt telefonieren, wenn sie von ihrem Mann angestarrt wurde. Sie stand vom Tisch auf, ging zum Fenster und schaute auf den Vorgarten des Hotels hinunter. Das Schlimmste, was passieren konnte, wäre, wenn Jules Giraud mitsamt seinem Modezirkus einfach weitergezogen wäre und somit nicht mehr für ihn greifbar war.

Die Verbindung kam zustande. »Monsieur Giraud?«, fragte Danielle. »Ich bin Madame Bonnot, die Frau von Bernard Bonnot. Ich möchte mich für meinen Mann, nun ja, für sein taktloses Verhalten auf der Terrasse des *Negresco* entschuldigen, als er Ihnen zum Tod von Anna Piat kondoliert hat.« Danielle legte den Finger auf den Mund

und zwinkerte Bernard zu. Dann stellte sie das Gespräch laut.

»Schon gut«, sagte Jules Giraud. »Wir waren damals alle sehr gereizt. Unsere Nerven lagen blank, und wir waren geschockt über Annas Tod. Fassen Sie sich kurz, Madame. Ich habe nicht viel Zeit.«

»Monsieur Giraud, es haben sich einige neue, überraschende Erkenntnisse ergeben«, erwiderte Danielle.

»Ist Ihr Mann in der Nähe?«, fragte Jules. »Geben Sie ihn mir. Ich muss ein für alle Mal etwas klarstellen.«

Danielle reichte das Handy an Bernard weiter.

»Monsieur Bonnot, jetzt hören Sie mir genau zu«, wies Jules ihn zurecht. »Ich finde es unverschämt von Ihnen, mir hinterherzutelefonieren. Welche überraschenden Erkenntnisse sich ergeben haben, interessiert mich einen Scheißdreck. Inzwischen habe ich verstanden, was für eine große Zicke Anna gewesen ist. Nur durch mich ist sie groß herausgekommen. Sonst war sie ein Nichts, verstehen Sie mich? Ein Nichts. Sie hat meine Gutmütigkeit schamlos ausgenutzt. Anna ist tot. Punkt. Tödlich verunglückt bei einem tragischen Sturz. Ende der Durchsage. Ich möchte nicht, dass mir dieser Name ein Leben lang nachläuft. Habe ich mich klar genug ausgedrückt?«

Bernard ließ die Tirade des Fotografen unbeeindruckt über sich ergehen. »Monsieur Giraud, nun beruhigen Sie sich«, beschwichtigte er ihn. Betont ruhig und sachlich erklärte er: »Wussten Sie, dass Ihr Assistent, nachdem Anna Piat zur Toilette gegangen war, während des Shootings plötzlich verschwunden ist? Wo finde ich Monsieur Laval? Ich muss mit ihm sprechen.«

»Na und? Er verschwindet ständig irgendwohin. Wahrscheinlich ist er zum Wagen gegangen, um etwas für das

Shooting zu holen. Wer behauptet das?«, fragte Jules schroff.

»Das tut nichts zur Sache. Die Reinemachefrau hat mir gegenüber bestätigt, sie erinnere sich an einen Mann, der Anna Piat durch die Halle des *Musée Masséna* folgte. Sie haben mir noch nicht gesagt, wo ich Ihren Assistenten finden kann. Es ist außerordentlich wichtig.«

»Er ist hier bei mir. Wir erledigen alle Jobs gemeinsam. Warten Sie einen Augenblick. Ich rede mit ihm«, sagte Giraud.

Stille. Keine Nebengeräusche drangen zu Bernard. Jules hielt bestimmt das Mikro mit der Hand zu.

»Monsieur Bonnot?« Jules' Stimme klang erstaunlich aufgeräumt.

»Ja?«

»Es ist bösartig von Ihnen, Patrick auch nur dem Hauch eines Verdachts auszusetzen, er hätte etwas mit dem Tod von Anna zu tun. Das wollen Sie doch! Patrick hat mir gerade versichert, er sei nach vorne zum Wagen gelaufen, um etwas zu holen. Ich weiß, das genügt Ihnen nicht. Ich kenne Typen wie Sie genau. Sie müssen alles fürchterlich aufbauschen und dramatisieren. Das Anna schlicht und banal auf der Treppe ausgerutscht ist, passt nicht in Ihr Weltbild. Normalerweise würde für mich der Spaß hier aufhören. Ich würde mit Ihnen nicht weitersprechen. Patrick hat mich aber davon überzeugt, dass es gut wäre, mit Ihnen zu reden. Er ist zu einem Treffen mit Ihnen bereit«, erklärte Jules, »als ein Zeichen, dass er nichts zu verbergen hat und hinter seinem angeblichen Verschwinden nichts Ungewöhnliches steckt. Sie würden sonst noch auf die absonderlichsten Ideen kommen. Ich reiche sie an Patrick weiter.«

»Ja?«, hörte Bernard eine männliche Stimme. Sie klang angenehm wohltuend, nicht so bestimmend wie die von Jules, der es gewohnt war, Anweisungen zu geben.

»Monsieur Laval?« Bernard legte gleich los. »Mir wurde von verschiedenen Seiten bestätigt, dass Sie während des Shootings zum gleichen Zeitpunkt wie Anna Piat verschwunden waren. Wo waren Sie?«

»Wie Monsieur Giraud bereits gesagt hat, klären wir das bei einem Treffen. Sie können froh sein, dass ich mich dazu bereit erkläre.«

»Das bin ich. Das ist sehr freundlich von Ihnen.«

»Kennen Sie die *Boston Bar* unweit des Hafens am *Place de l'Île de Beauté?*«

Bernard zuckte zusammen. Die Erinnerung an Christophes Faustschlag holte ihn wieder ein. »Ja, kenne ich.«

»Dort können wir uns treffen. Sie offerieren vorzügliche Drinks. Monsieur Bonnot, Ihr Misstrauen ist unbegründet. Wir werden einen schönen Abend verbringen, und Sie werden anschließend beruhigt nach Hause gehen können. Sie werden sehen, Sie interpretieren in den Tod von Anna etwas hinein, was nicht den Tatsachen entspricht. Wie Jules schon sagte: Es war ein Unfall. Nichts als ein Unfall. Zwanzig Uhr? Ist das okay für Sie?«

»Ich werde da sein.«

37

»Was hat er gesagt?«, bestürmte Danielle ihn. »Wo wollt ihr euch treffen? Ist es gefährlich?«, durchkreuzte sie Bernards Gedanken. »Du darfst jetzt keinen Fehler begehen. Ich komme mit.«

»Nein, das geht nicht«, blockte Bernard ab.

»BB, überleg doch mal! Du wurdest zweimal Opfer von Anschlägen. Einmal wurde dir um ein Haar die Nase gebrochen Das zweite Mal hattest du Glück. Aber das kann auch das nächste Mal anders aussehen. Und das alles nur wegen dieser Nachforschungen.«

»Das weiß ich. Mir wird schon nichts passieren«, beruhigte Bernard seine Frau.

»Das sagst du immer. Ich könnte dir helfen. Hat Laval mit Annas Tod etwas zu tun?«

»Möglich.«

»Was heißt möglich? Hat er, oder hat er nicht? Du verschweigst mir doch etwas, BB!«

Bernard war inzwischen vorsichtig geworden, seitdem er sich zu forsch auf Marc Lambert festgelegt hatte. Er wollte nicht wieder einen fatalen Fehlgriff riskieren. Dieses Mal ging es um alles. Das musste gut vorbereitet und vor allem wasserdicht sein.

»Möglich heißt: Ja, Patrick Laval könnte tatsächlich etwas mit dem Tod von Anna Piat zu tun haben. Ich weiß nicht, ob der Mann wirklich selbstständig denkt. Er verschanzt sich auffällig hinter Jules Giraud. Das ist aber nicht das Problem, sondern dass *ich* beweisen muss, dass er Anna hinterherlief und ihr an den Toiletten auflauerte.« Bernard schaute seine Frau nicht an. Er wusste genau, auf welch dünnem Eis er sich bewegte und wie leicht er einbrechen konnte. »Warum hat ausgerechnet Patrick Laval …« Er zögerte, sprach den Gedanken dann aber zu Ende: »… Anna aus dem Weg geräumt? Ich weiß es nicht. Es ergibt keinen Sinn. Bei aller Fantasie kann ich es mir einfach nicht vorstellen. Es gibt keine Verbindung zwischen Anna und Patrick Laval.«

Bernard lauschte in sich hinein. Er brauchte einen genialen Einfall.

Danielle sah ihm an, dass er heftig unter Druck stand. »Verstehe. Das eine hat aber nichts mit dem anderen zu tun. Du hast meine Frage noch nicht beantwortet: Ist es gefährlich?«

»Möglich«, antwortete Bernard.

»Also ich komme mit. Keiner kennt mich, niemand rechnet mit mir. Ich halte mich irgendwo unter den Gästen auf. Ich kann dir wertvolle Hinweise geben, wenn dir Patrick blöd kommt.« Danielle war zu allem entschlossen. Sie würde sich von ihm nicht abwimmeln lassen.

»Also schön. Halt dich aber bedeckt.« Bernard sprang plötzlich auf. Ein glühend heißer Gedanke durchfuhr ihn. »Einen Augenblick. Ich muss dringend telefonieren.«

38

»Hast du ihn? Hast du Marc Lambert gesehen?«, fragte Plupart, kaum dass er Bernards Nummer auf dem Display sah. »Ich habe mich schon gefragt, wo du steckst«, setzte Plupart nach. »Gibt es neue Informationen?«

»Nein, tut mir leid für dich.« Bernard überlegte kurz, ob er Plupart verraten sollte, dass auf ihn ein Anschlag verübt worden war, entschied sich aber dagegen. Es ging jetzt um wichtigere Dinge. Die Zeit drängte.

»Philippe, hör mir endlich verdammt noch mal zu! Versetz dich mal in meine Lage, mehr verlange ich nicht von dir«, sagte Bernard.

»Ehrlich gesagt, ich glaube dir nicht, BB. Ich weiß nicht warum, aber ich traue dir nicht. Du hast Marc getroffen, und du hast mit ihm gesprochen. Ich kann dich auch vorladen lassen, BB, dann führen wir hier im *Commissariat* ein offizielles Gespräch, und du unterschreibst mir ein Protokoll. Wir haben einen Deal, vergiss das nicht.«

»Es geht um größere Dinge als um Marc. Das ist doch ein kleiner Fisch, Marc wirst du auch ohne mich aufspüren, Philippe. Das schaffst du schon.«

»Kein Interesse mehr an Marc?«

»Nein, kein Interesse mehr an Marc. Ich habe Marc gecheckt. Marc ist es nicht gewesen. Pass bitte auf, Philippe. Lass einfach mal deine Scheuklappen fallen. Hör mir zu, was ich herausgefunden habe. Mehr verlange ich nicht.

Okay? Und dann entscheide.« Bernard ließ Plupart gar nicht erst zu Wort kommen, so aufgewühlt und erregt war er. »Marie Denis, die *femme de ménage,* hat einen Mann gesehen. Okay. Sie kann ihn leider nur ungefähr beschreiben. Fakt ist allerdings: Kurz nachdem Anna Piat zur Toilette ging, folgte ihr ein Mann. Marc war es nicht. Mehrere Models versichern mir glaubwürdig, dass zeitgleich mit Anna Piat auch der Assistent des Fotografen während des Shootings verschwunden ist.«

»Wie heißt er?«

»Ich werde dir seinen Namen nicht nennen, weil du sonst glaubst, ich verdächtige unschuldige Männer. Noch bin ich mir nicht sicher. Aber ich bin am Freitag mit ihm verabredet und werde ihn mit dieser Tatsache konfrontieren. Selbstverständlich wird er versuchen, sich herauszureden und mir eine Geschichte auftischen, die ich weder bestätigen noch widerlegen kann. Es ist also von allerhöchster Bedeutung, ihm zu *beweisen,* dass er in einem Teil des Musée war, wo er zu dem Zeitpunkt nichts zu suchen hatte: im Toilettentrakt des Museums.«

»Worauf willst du hinaus, BB?« Plupart wurde ungeduldig. »Komm auf den Punkt.«

»Na, kommst du nicht selbst darauf? Was ich will, ist ganz einfach. Du wertest die Kameraüberwachung des *Musée Masséna* aus. Wir wissen dann mit Sicherheit, *wer* Anna Piat gefolgt ist. Noch ist es dafür nicht zu spät. Wir brauchen uns keinen Spekulationen mehr hinzugeben. Wir wären auf der sicheren Seite, welche nächsten Ermittlungsschritte ...«

»*Wir* machen gar nichts. Du brauchst dem Untersuchungsrichter nicht zu erklären, warum ausgerechnet jetzt die Kameraüberwachung ausgewertet werden muss. Welchen Grund gibt es dafür? Der Fall ist abgeschlossen.«

»Hättest du von Anfang an auf mich gehört, ständen wir nicht da, wo wir jetzt stehen.« Bernard fand Plupart zum Kotzen. Warum kapierte der Mann einfach nicht, was selbst ein Kleinkind verstanden hätte? »Philippe, ich habe mehr Staub aufgewirbelt, als du dir mit deiner verkümmerten Fantasie vorstellen kannst. Auf mich wurde ein Anschlag verübt«, rutschte Bernard nun doch heraus, was er eigentlich unbedingt für sich behalten wollte. »Mir wurde beim Joggen zwischen die Beine gegrätscht, und ich bin im Spital aufgewacht. Das kann dir ruhig egal sein.«

»Und du bist dir sicher, dass du nicht aus Schwäche gestürzt bist, weil dir schwarz vor Augen wurde?«

»Absolut sicher. Das Problem ist, du interessierst dich nicht für mich und was ich sage. Du bist solch ein Jammerlappen, dass du dich nicht traust, dich mit dem Untersuchungsrichter anzulegen. Mir hätte das früher auffallen müssen. Dann hätte ich nicht diese endlos langen Diskussionen mit dir geführt. Oder hast du ein Interesse daran, die Untersuchung zu behindern?«

»Ich behindere überhaupt nichts«, brüllte jetzt auch Plupart. Aber BB schien offenbar einen wunden Punkt getroffen zu haben, der den Polizisten verletzte. »Dass ich ein Jammerlappen sein soll, kannst du dir wer weiß wo hinstecken. Darf ich dich daran erinnern, dass ich dir den Arsch gerettet habe. Du weißt schon, was ich meine.«

Bernard verstummte augenblicklich. Das war die Totschlagkeule, mit der Philippe ihn gefügig machte. Hörte das denn nie auf? Die Tiefgarage. Ein verdeckter Einsatz. Das Mädchen mit der Zahnlücke. Schwarze Haare. Ausländischer Akzent. Bildhübsches Gesicht. Bernard fing Danielles Blick auf. Sie bemerkte, dass er seinen Schneid und seine Entschlossenheit verlor.

»Das eine hat mit dem anderen nichts zu tun«, machte BB einen verzweifelten Versuch, sich wieder zu fangen. »Das weißt du genau, Philippe. Vielleicht kann ich das wiedergutmachen, was ich verbockt habe. Ich kann es aber nur mit deiner Hilfe. Lass es uns kurzmachen. Das ist eine einfache Frage unter Freunden, unter alten Kollegen. Ein Wort genügt. Ich verspreche dir, Philippe, ich werde dich in Ruhe lassen, ich werde dich nicht mit weiteren Forderungen behelligen. Aber es ist eminent wichtig, das ist dir hoffentlich klar. Es geht um nichts weniger als darum, ob ein Verbrechen aufgedeckt oder für immer im Verborgenen bleiben wird und Gras darüber wächst. Ich finde, das sind wir Anna Piat schuldig. Sie verdient es, dass die Wahrheit über ihren Tod bekannt wird.«

»Das kann ich nicht allein entscheiden«, wandte Philippe Plupart ein.

»Das weiß ich. Wenn du willst, kann ich dir Formulierungshilfe geben, oder ich spreche selbst mit dem Untersuchungsrichter.«

»Das wirst du schön bleiben lassen. Das ist meine Sache. Das übernehme ich. Ich melde mich, sobald ich mehr weiß.«

»Warte nicht zu lange, Philippe. Die Zeit …«

39

»Was ist?«, bestürmte ihn Danielle.

»Aufgelegt.« Bernard sah frustriert und grenzenlos enttäuscht aus.

»Hast du etwas erreicht?«

Bernard schaute ins Nirgendwo. »Kann ich nicht unbedingt sagen.« In ihm arbeitete es fieberhaft; er suchte nach weiteren rettenden Ideen, wie er vorgehen könnte. »Es ist wohl besser und auch realistischer, *nicht* auf Plupart zu bauen. Dabei wäre es keine große Sache für ihn. Ein, zwei Telefonate, und er könnte einfach so ins *Musée Masséna* hineinmarschieren und die Herausgabe der Festplatte mit der Kameraüberwachung verlangen.« Bernard machte eine Pause und schüttelte dann den Kopf. »Nein, es ist wohl besser, die Angelegenheit allein durchzuziehen – ohne Plupart. Wir müssen Patrick Laval eben festnageln – ausweichen und lügen bringt ihm gar nichts. Nur dann haben wir eine Chance.«

Bernard sah Danielle an, dass sie sich darüber freute, dass er sie in seine Ermittlungen miteinbezog.

»Wichtig ist, dass er sich sicher fühlt. Nur wer sich sicher fühlt, macht den Mund auf.«

Das war für Danielle das Stichwort. »Du hast dich gerade nicht sicher gefühlt. Ich hab's dir angesehen. Was war es? Setzt dich Plupart unter Druck? Du hast ein merkwürdiges Verhältnis zu ihm.«

»Ach, da war nichts. Ich ärgere mich bloß über ihn. Du interpretierst da etwas hinein, was nicht existiert«, wischte Bernard ihren Verdacht beiseite. »Es ist wichtig, dass wir uns einig sind, wie wir vorgehen. Wir müssen verschiedene Szenarien durchsprechen. Vor allem darf dich niemand entdecken. Halt dich im Hintergrund auf, unauffällig und unscheinbar. Das ist die beste Tarnung.«

»Ist es gefährlich?«, fragte Danielle wieder. Bernard spürte, dass sie seine Antwort nicht befriedigte. Sie ahnte wohl, dass es etwas gab, worüber er partout nicht sprechen wollte.

»Nicht, wenn du dich an ein paar Grundsätze hältst«, sagte Bernard. »Ich kann mir nicht vorstellen, dass Laval bewaffnet ist, wenn du das meinst. Das halte ich für ausgeschlossen.«

40

Ein schneller, harter Stoß in den Rücken auf einem Treppenabsatz – eine ungewöhnliche Tötungsmethode. Dafür brauchte es nicht einmal übermäßige Kraft. Bei Annas Gewicht von fünfzig Kilo, wie Bernard schätzte, war das nicht schwer.

Wurde ein Mensch eine Treppe hinuntergestoßen, flog der Kopf nach vorn und schlug zuerst auf. Annas potenzieller Mörder ging ein hohes Risiko ein. Sie hätte den Sturz überleben können, selbst wenn sie ins Koma gefallen wäre. Die Treppe war nicht sehr hoch. Bernard versuchte sich, wie schon oft zuvor, die Szene vor Augen zu führen.

Was war Patricks Verbindung zu Anna, außer dass er wie Jules Giraud und die Models am Shooting beteiligt war? Was könnte ein mögliches Motiv sein?

Bernard ging extra noch einmal die Auswertung von Annas Handy durch. Er wollte nichts übersehen. Es gab keine Anrufe oder Nachrichten von Patrick Laval, auch Anna hatte ihn nicht kontaktet. Bernard bezweifelte sogar, dass sie während des Shootings mehr Worte als unbedingt nötig miteinander gewechselt hatten. Ausgerechnet Patrick Laval, der unspektakulärste Mann, den man sich vorstellen kann, sollte Anna gefolgt sein?

Bernard fand einfach keinen Zugang zu Laval. Er wusste nicht, wo er bei ihm ansetzen konnte. Laval war nie aufgefallen. Bernard bezweifelte sogar, dass Laval so viel Ehrgeiz und Power in den Knochen hatte, um ein Shooting als eigenständiger Fotograf durchzuführen. All diese Gedanken gingen Bernard durch den Kopf. Er ließ seinen Blick über die Außenterrasse der *Boston Bar* wandern. Sie war in einem Säulengang in einem ockerfarbenen Haus gegenüber dem Hafen untergebracht.

Bernard würdigte Danielle keines Blickes. Er konnte sich nicht sicher sein, dass irgendwo zwischen den Gästen Patrick seinerseits einen Komplizen oder wie immer er es nennen würde, platziert hatte, der *ihn* wiederum beobachtete.

Das Wichtigste war, dass Laval nicht in letzter Minute kniff und nicht erschien. Bonnot nahm in einem der großen braunen Ledersessel Platz und behielt die Terrasse im Blick. Danielle saß links von ihm an einem Tisch. An den Wänden hingen riesige Flachbildfernseher.

Bernard bestellte bei der Kellnerin ein Bier. Es war 20:15 Uhr, von Patrick weit und breit nichts zu sehen. Seine Spannung stieg weiter.

Vielleicht war das vorgeschlagene Treffen ja nichts weiter als eine Falle. Er befand sich praktisch auf dem Präsentierteller und gäbe ein ungeschütztes Objekt ab. Sein Peugeot parkte nicht weit von der *Boston Bar* in einer ruhigen Seitenstraße. Es waren keine weiteren Drohungen hinter dem Scheibenwischer aufgetaucht. Seine Fantasie ging mit ihm durch. Er dachte sich die größten Schreckensszenarien aus, weil er hier zum Nichtstun verdammt war. Das war schon einmal seine größte Schwäche gewesen – seine Ungeduld.

Bernard setzte sich selbst eine Deadline: zehn Minuten. Wenn Laval in zehn Minuten nicht auftauchen würde, dann wäre es das, dann würde es keinen Sinn mehr machen, länger auf ihn zu warten. Nach der selbst gesetzten

Frist holte er sein Portemonnaie aus der Gesäßtasche und legte Geld auf den Tisch. Gerade als Bernard aufstehen wollte, trat ihm aus dem Gewühl ein Mann entgegen und streckte ihm die Hand hin. »Monsieur Bonnot?«, fragte er mit angenehmer Stimme. »Tut mir leid, dass Sie warten mussten.«

Bernard hatte nicht mehr mit Laval gerechnet. Er war überrascht, wie groß Laval war. Im Sitzen war ihm das nicht besonders aufgefallen. Bestimmt war er an die ein Meter neunzig. Unwillkürlich zuckte Bernard vor der hünenhaften Gestalt zurück. Er ließ sich in den Sessel zurückgleiten. Kurzes, unauffälliges Kopfnicken Richtung Danielle.

Laval zündete sich eine Zigarette an, legte sie dann aber sogleich in den Aschenbecher. »Im Grunde gibt es nicht viel zu sagen«, fing er an. »Ich habe Ihnen am Telefon bereits alles gesagt und kann mich nur wiederholen.« Er schaute sich suchend nach einer Kellnerin um. Die Bar hatte sich inzwischen gefüllt. »Ich muss zugeben, ich finde Ihre Befragung schlicht unverschämt. Wissen Sie, was Jules mir geraten hat?«

»Nein, ich habe keine Ahnung. Sie werden es mir aber sicherlich gleich verraten.«

»Du gehst da nicht hin, hat er gesagt. Dieser Flic ist es nicht wert, dass du ihn triffst. Das ist in jeder Hinsicht vergeudete Zeit. Egal, was du ihm erzählst, er wird dir nicht glauben. Das waren seine Worte.«

»Und? Muss ich mich jetzt geehrt fühlen? Warum sind Sie dann trotzdem gekommen?« Bernard hielt sich noch zurück. Er versuchte, Laval aus der Reserve zu locken. BBs Blick fiel auf den Aschenbecher. Dort verglühte die Zigarette, während sich Laval eine neue aus der Packung fingerte. Bernard registrierte das aufmerksam.

»Ich bin gekommen, damit Sie sehen, dass ich nichts zu verbergen habe. Wenn Sie es genau wissen wollen, ich bin während des Shootings nach vorn zum Parkplatz an der *Rue de France* gegangen. Das ist nichts Ungewöhnliches. Niemand hat das bemerkt. Gisèle ist manchmal einfach nur ein bisschen taktlos. So simpel war das. So und nicht anders.«

»Wie kommen Sie darauf, dass Gisèle Sie vermisst hat? Ich kann Ihnen versichern, es war nicht Gisèle, die beobachtet hat, dass sie verschwunden waren – sondern Stefanie«, klärte Bernard ihn auf.

»Ach ja?« Laval tat möglichst unbeteiligt. Bernard merkte ihm aber an, dass er überrascht war.

»Schickt Giraud Sie?«

Laval schüttelte den Kopf. »Nein, wie kommen Sie darauf?«

»Hat er Ihnen eingetrichtert, was Sie sagen sollen?«

»Sehe ich so aus, dass ich jemanden brauche, der mir vorschreibt, was ich sagen soll?«

»Soll ich offen zu Ihnen sein?«, fragte Bernard. Er musste die Daumenschrauben fester anziehen. Bei Marc wusste er genau, wo es ihm wehtat – seine selbst verschuldete gescheiterte Beziehung zu Anna –, bei Laval musste er das noch austesten. »Ehrlich gesagt: Ja. Sie scheinen ihm treu ergeben und absolut loyal zu sein.«

»Ich wüsste nicht, was daran schlecht sein soll«, konterte Laval augenblicklich, »uns verbindet eine starke Freundschaft.«

»Dagegen ist auch nichts einzuwenden, Monsieur Laval, außer wenn Mord ins Spiel kommt.«

»Jules hat mich schon vor Ihnen gewarnt. Sie sind ja noch viel verrückter und durchgeknallter, als er angedeutet hat.« Patrick Laval schnellte von seinem Platz hoch und baute sich zu seiner vollen Größe auf.

Bernard sah aus den Augenwinkeln, dass Danielle im letzten Moment einen Aufschrei unterdrückte.

»So, verrückt und durchgeknallt meinen Sie«, erwiderte Bernard betont ruhig. Er versuchte, seine Gefühle im Griff zu behalten. Die Situation war brenzlig und könnte schnell eskalieren. »Jetzt erzähle ich Ihnen mal ein paar Fakten, die ich bisher herausgefunden habe. Es gibt da einige hübsche Sachen, die werden Sie überraschen. Ich habe Annas Handy auswerten lassen. Das Ergebnis ist höchst aufschlussreich und interessant ... Und auch die Auswertung der Kameraaufzeichnung des *Musée Masséna* ist bereits in vollem Gange«, bluffte er, »wenn sie nicht schon abgeschlossen ist. Ein Anruf von mir bei *Commissaire* Plupart wird mich ein erhebliches Stück weiterbringen, wer genau Anna auf dem Weg zur Toilette gefolgt ist. Es geht um drei bis fünf Minuten, wie mir Marie Denis, die Reinigungsfrau, versichert hat. Dann wird sich zeigen, ob Sie noch immer bei Ihrer Aussage bleiben, zum Parkplatz gegangen zu sein.«

Laval begann schallend zu lachen. »Sie sind ja mit allen Wassern gewaschen«, höhnte er. »So, Sie haben also Annas Handy. Und was soll das aussagen? Dann wissen Sie auch genau, dass ich nicht einmal mit Anna telefoniert habe. Ich kannte sie kaum. Sie wollen mir aber unbedingt den Mord an ihr anhängen! Das ist einfach nur grotesk.« Laval wurde laut. Die übrigen Gäste schauten sich bereits nach ihnen um.

»Nein, nicht Sie haben mit Anna gesprochen, aber Jules Giraud. Was wollte er von ihr?«

»Er wollte gar nichts von ihr«, wies Laval die Frage brüsk zurück. »Es war wohl eher umgekehrt. Anna hat Jules angerufen.«

»Ja, zuerst. Das stimmt. Sie scheinen ja bestens über Ihren Freund informiert zu sein.«

Bernard bemerkte, dass Laval für Sekunden erbleichte, sich aber schnell wieder fing. »Das geht Sie überhaupt nichts an. Es gibt keine Ermittlungen, es gibt kein Verbrechen. Und ich brauche Ihre Fragen nicht zu beantworten.« Laval stand immer noch. Auch Bernard war inzwischen aufgestanden und sah seinem Gegenüber direkt in die Augen. Laval überragte ihn um eine knappe Kopflänge.

»Anna hat mehrfach versucht, mit der Presse Kontakt aufzunehmen: mit *Nice-Matin, Paris-Match, Parisien.* Warum? Hatte sie sich bedroht gefühlt? Wollte sie den Zeitungen ein Geheimnis verraten? Ich«, Bernard deutete mit dem Zeigefinger auf sich, »ich habe Morddrohungen erhalten. Ein Zettel hing hinter dem Scheibenwischer. Man hat mir wahrscheinlich mit einem Knüppel zwischen die Beine gehauen. sodass ich gestürzt bin. Das kann Ihnen scheißegal sein, schon klar. Für mich ist es aber ziemlich eindeutig: Man will meine weiteren Ermittlungen verhindern. Ich hänge aber nun mal an meinem Leben. Ich will jetzt von Ihnen die Wahrheit hören, was wirklich an diesem Tag im *Musée Masséna* passiert ist. Und kommen Sie mir nicht mit irgendwelchen Ausreden und Lügen!« Bernard sah den Zugriff nicht kommen. Blitzschnell schnellte Lavals Arm vor, und er packte Bernard am Kragen. Laval zerrte an seinem Hemd und zog Bernard dicht über den Tisch zu sich heran. Der Mann glühte und bebte vor Wut.

Danielle war aufgesprungen, hin- und hergerissen. Man sah, dass sie sich fragte, ob sie abwarten oder eingreifen sollte.

Auf einmal umringten Kellnerinnen und Kellner die beiden. Laval war wohl in der *Boston Bar* bekannt. »Lass gut sein, Patrick«, redeten sie beruhigend auf ihn ein. »Patrick ist eigentlich ein gutmütiger Mensch«, wandten sie sich an Bernard. »Es gehört schon einiges dazu, ihn in Rage zu bringen. Ich habe ihn noch nie so aufgebracht erlebt.«

Erleichtert atmete Bernard auf, als Laval wieder von ihm abließ. Er hatte schon befürchtet, dass es zu einem offenen Kampf kommen würde.

Laval ließ sich wieder in den Sessel fallen. »Ich werde mir nicht an Ihnen die Finger schmutzig machen«, stieß er hervor. »Sie werden noch von mir hören. Ihre unverschämten Behauptungen lasse ich mir nicht bieten«, schrie er. Es sah so aus, als wollte er sich wieder auf Bernard stürzen. Bernard hielt sich das Schultergelenk. Ein Schmerz fuhr durch die Schulter. Das Gelenk war seit dem Sturz immer noch nicht vollständig geheilt.

»Ich werde Sie ...« Laval zielte mit dem Zeigefinger auf Bernards Brust. »... ich werde Sie wegen Verleumdung verklagen.«

Danielle hielt nichts mehr auf ihrem Platz. Sie eilte zu ihrem Mann, der zusammengekauert in dem Sessel hing.

»Sie sind noch bösartiger, als ich gedacht habe«, schrie sie Laval an. »Das werden Sie noch bereuen.«

Jules Girauds Assistent starrte Danielle verständnislos an, dann verschwand er mit erhobenem Haupt in der Dunkelheit.

41

Danielle kniete vor Bernards Sessel nieder. »Es tut mir so leid«, sagte sie. »Ich wusste nicht, was ich tun sollte.«

»Schon gut«, entgegnete Bernard.

Es war mit Händen zu greifen, dass die Angestellten der Bar Bernard gegenüber feindlich eingestellt waren. Zum Glück hatten sie sich wieder zurückgezogen. Für Patrick Laval war das ein Heimspiel gewesen. Er hatte hier viele Freunde, die ihn kannten.

»Hast du Schmerzen?«

»Geht so.« Bernard hielt sich noch seine schmerzenden Körperteile und drehte sich mühsam im Sessel um, sodass er aufrecht sitzen konnte. »Wenn ich mich nicht bewege, lässt der Schmerz nach.« Er brauchte dringend etwas Stärkeres als ein Bier.

Danielle setzte sich neben ihn. »War das jetzt gut oder schlecht?«

Bernard schüttelte den Kopf. »Nicht hier. Später.« Er wusste selbst nicht genau, wie er das Gespräch bewerten sollte.

Bernard trank den bestellten Whisky in einem Zug aus und legte das Geld für die Getränke ins Schälchen. Umständlich stand er auf und ging mit Danielle durch die Nacht zu seinem Wagen.

Das Treffen mit Patrick Laval war nicht ganz so gelaufen, wie er sich das vorgestellt hatte. Laval sollte wissen, dass er Fakten zusammengetragen hatte. Er sollte sich schutzlos und ohnmächtig fühlen.

Danielle sah ihn erwartungsvoll an. Bernard war ihr noch eine Antwort schuldig.

»Wenn Laval unser Mann ist, dann ist er jetzt gewarnt. Er weiß nun, dass ich ihm auf der Spur bin. Er wird eng für ihn. Der Typ darf sich aber nicht wieder da herauswinden und durch irgendwelche Tricks befreien.« Bernard wusste, dass er ein riskantes Spiel trieb. »Letztlich kann ich nicht beweisen, dass Patrick Laval Anna auf die Toilette gefolgt ist.« Er seufzte schwer. »Das weiß er. Das ist der wunde Punkt. Er wird alle Hebel in Bewegung setzen, mich wegen Verleumdung dranzukriegen. Sein Anwalt wird sich schon jetzt die Hände reiben.«

»Aber das Motiv. Was ist sein Motiv?«, bedrängte Danielle ihn.

Sie blieben vor ihrem Peugeot stehen. Bernard zögerte einzusteigen. Die Schmerzen in der Schulter hatten nachgelassen, wenn er den Arm bewegte.

»Ich wusste nicht, dass du Morddrohungen erhalten hast. Das hast du mir nie erzählt.«

»Ich wollte dich nicht beunruhigen.« In seinem Kopf hämmerten die Gedanken. Bernard kombinierte, wie alles zusammenpassen könnte, und verwarf seine Einfälle wieder. *Schutzlos und ohnmächtig,* durchfuhr es ihn. Das waren die Signalworte. Auch Anna musste sich schutzlos und ohnmächtig gefühlt haben, als sie jeden Kontakt zu Marc gekappt hatte.

Bernard drückte Danielle die Autoschlüssel in die Hand. »Fahr du allein mit dem Wagen nach Hause. Ich muss noch etwas klären. Mir ist gerade etwas eingefallen, was ich bisher nicht bedacht habe.«

Danielle kannte die Situation, wenn Bernard einen seiner spontanen Einfälle hatte. Dann war er nicht aufzuhalten. Ratlos stand sie mit dem Autoschlüssel in der Hand da und sah zu, wie ihr Mann sich entfernte.

42

Bernard stieg in ein Taxi und wies den Fahrer an: »*Avenue Auber.*«

Der mächtige Impuls, der ihn durchfuhr, duldete keinen Aufschub. Er musste auf der Stelle überprüfen, was ihm durch den Kopf ging. Bernard verstand selbst nicht genau, warum er diesem wichtigen Aspekt bisher so wenig Aufmerksamkeit geschenkt hatte.

Es ging nicht bloß um drei oder fünf Minuten. Die entscheidenden Ereignisse lagen viel weiter zurück in der Vergangenheit. Das hatte die Wendung gebracht und Annas Leben aus den Angeln gehoben. Danach war nichts mehr wie zuvor gewesen. Und es gab nur eine, die darüber Bescheid wusste.

Der Fahrer entließ Bernard in die Nacht. Er schaute sich nach allen Seiten hin um. Die *Avenue Auber* lag ruhig vor ihm. Keine Autos und kaum Passanten auf der Straße. Aber er misstraute der scheinbaren Idylle. Er war sehr aufgewühlt.

Vor dem Tor zur Privatstraße gab er den Code ein. Am Eingang des Parterreeingang wartete er geduldig, dass ihm geöffnet wurde. Er sah Licht aus einem Fenster scheinen. Es musste jemand zu Hause sein. Selbst wenn ihm der jähzornige Christophe öffnete, würde ihn das nicht abschrecken. Bernard fühlte die Wahrheit auf seiner Seite.

Das gab ihm die Entschlossenheit und den Mut für sein Handeln.

Tatsächlich öffnete ihm Madame Piat. Sie war nicht wenig erstaunt, den *Commissaire* um diese späte Stunde unangekündigt zu sehen.

»Sie!« Aber weiter kam sie nicht.

»Ich muss Ihre Tochter sprechen«, verlangte er.

»Was wollen Sie von ihr?«

Bernard drängte sich an ihr vorbei. »Nadine«, rief er. Schon öffnete er die Tür zu einem Zimmer und lugte hinein.

Madame Piat lief aufgebracht hinter ihm her. »Könnten Sie mir bitte erklären, was das hier alles zu bedeuten hat, Monsieur Bonnot? Sie können nicht einfach in mein Haus platzen und verlangen, meine Tochter zu sehen. Was ist passiert, dass das so dringend ist? Da habe ich als Mutter wohl ein Wörtchen mitzureden.«

Bonnot schaute ungeniert in andere Zimmer, inspizierte die Küche. »Nadine!«, rief er erneut. Von irgendwoher hörte er eine weibliche Stimme.

»Gleich. Ich komme sofort.«

Madame Piat scheute sich nicht, Bernard am Arm festzuhalten. »Erklären Sie mir jetzt bitte, was das soll! Ich dachte, der Fall sei erledigt. Das habe ich Ihnen doch deutlich gesagt. Haben Sie etwa die ganze Zeit zum Tod meiner Tochter Ermittlungen angestellt?«, fragte sie ungläubig.

Bernard antwortete nicht. Er wimmelte sie genauso ab, wie sie ihn bei seinem ersten Besuch hatte auflaufen lassen. Aufgeregt lief Madame Piat hinter ihm her und verlangte nach Erklärungen.

Die Spülung wurde gezogen. Wasser lief. Dann ging eine Tür auf, Nadine trat in den Flur. Sie war nicht wenig überrascht, Bernard Bonnot neben ihrer Mutter stehen zu sehen.

»Was?« Sie war kurz angebunden. »Was gibt es denn? Ich habe dir schon alles erzählt.«

Madame Piat war erstaunt darüber, dass Nadine den wesentlich älteren Mann duzte, den sie wohl besser kannte, als es ihrer Mutter klar war.

»Nicht ganz«, schränkte BB ein. »Wir haben vornehmlich über die letzten Minuten von Anna gesprochen.« Bernard schaute den Flur entlang. Er war stets darauf gefasst, dass eine Tür aufging und Christophe sich auf ihn stürzte. »Wir haben aber nicht über den Tag gesprochen, an dem Anna sich von Marc getrennt und alle Anrufe von ihm unbeantwortet gelassen hatte. Wo ist dein Zimmer?«, fragte Bernard. Er wollte die kontrollwütige Madame Piat bei diesem Gespräch nicht dabeihaben.

Bernard deutete mit dem Kopf an, dass sie vorgehen sollte. Nadine war von ihm eingeschüchtert und tat, was er gesagt hatte. Sie öffnete die Tür zu ihrem Zimmer. Schnell drängte er sie hinein und schloss zur Sicherheit ab. Madame Piat hämmerte mit der Faust dagegen.

»Das geht so nicht. Das geht so nicht, Monsieur *le Commissaire*. Ich verlange umgehend, eingelassen zu werden«, hörte Bernard von außen.

Er reagierte nicht und fixierte stattdessen Nadine. Es war nicht ganz klar, ob sie wegen ihm oder ihrer Mutter verängstigt war.

»So, setz dich da hin«, wies er sie an.

Sie ließ sich in den Armstuhl vor ihrem Schülerschreibtisch fallen.

»Du erzählst mir jetzt, was an dem Tag vorgefallen ist, an dem sich Anna von Marc getrennt hat. Und ich warne dich gleich: keine Tricks. Ich kann und werde das alles nachprüfen.«

In Richtung Flur schrie er: »Seien Sie still, Madame Piat! Es dauert alles nur unnötig länger. Ich kann Ihre Tochter kaum verstehen.«

Danach war Ruhe.

»Anna hatte von dir erfahren, dass Marc ein kleiner Drogenkurier ist. Er hatte ihr imponieren wollen und vor allem dringend Geld gebraucht, um von hier wegzukommen.« Bernards Verstand arbeitete präzise. Er hatte die Situation von damals genau vor Augen und versuchte, sich in die beiden Mädchen einzufühlen. »Aber natürlich hatte Anna sich nicht von heute auf morgen einfach von Marc lösen können. Das ging nicht. Marc war ihr wichtig. Mit ihm verlor sie auch ihren großen Traum von einem großartigen Leben in Paris, weit weg von eurer Mutter. Anna wurde der Boden unter den Füßen weggezogen. Ihr Traum zerschellte an einer Realität, die sie sich nicht hatte vorstellen können.«

»Das war auch gut so«, giftete Nadine. »Ich habe Anna die Augen geöffnet. Es wäre sowieso eine Katastrophe geworden mit diesem Loser Marc. Aber Anna war nur am Flennen. Sie wollte ihn zurückhaben.«

»Anna fühlte sich einsam. Verlassen. Leer. Diese Leere hat sie kaum ertragen.«

»Sie brauchte sich nicht einsam fühlen«, versetzte Nadine trotzig. »Sie hatte doch mich. Ich bin ihre Schwester. Ich bin der einzige Mensch, der wirklich zu ihr gestanden hat.«

»Anna hat das aber nicht so gesehen ...«, ergänzte Bernard.

»Nein, sie nahm mich kaum wahr. Sie steigerte sich nur in ihren blödsinnigen Schmerz um Marc und was er ihr damit angetan hatte. O mein Gott, sie trauerte ihm nach. Er hatte es nicht verdient, dass Anna um ihn trauerte.«

»Hat sie mit dir darüber gesprochen?«

»Nein. Sie machte alles mit sich selbst aus. Aber ich hab ihr angesehen, dass sie die Situation kaum mehr ertrug.«

»Dir wollte sie aber keinen Einblick in ihr Innerstes gewähren?«

»Nein«, sagte Nadine traurig.

»Das gehört wohl zu eurer Familie. Ihr seid es gewohnt, eure Gefühle zu verbergen, vor allem den Schmerz. Schmerz zu zeigen ist Schwäche, und schwach ist eine Piat schon gar nicht.«

»Ja, so ungefähr.«

»Was geschah dann? Sie hat zunächst Stefanie angerufen?«

»Was fragst du mich, wenn du eh schon den großen Durchblick hast«, fuhr Nadine ihn an.

»Sag mir einfach alles, was du weißt ...«

43

»Wir waren im Garten, Maman, Anna und ich«, sagte Nadine. »Beide nahmen von mir keine Notiz. Maman und ich lasen, Anna war abwesend, starrte ins Leere und spielte mit ihrem Handy.«

»Du meinst, sie hat mit einer Spieleapp gedaddelt?«, fragte Bernard.

»Nein. Mir schien es eher, als überlegte sie zu telefonieren. Jedenfalls machte sie auf mich einen tieftraurigen Eindruck. Richtig elend sah sie aus. Obwohl es ein wunderschöner Tag war und unser Garten das reinste Paradies.«

»Hast du sie nicht darauf angesprochen?«

»Doch, habe ich ...«

»Und?«

»Es kam ihre übliche Leier: Sie sei hässlich, alles sei schal und leer. Ihre Modelkarriere sinnlos, und sie verachtete sich dafür. An dem Tag war es nur noch schlimmer als sonst.«

»Und was hast du geantwortet?«

»Ich wollte ihr Mut machen. Sie solle nicht so depressiv sein und alles kaputtreden. Sie lebe in einer exklusiven Villa in bester Lage und habe einen Job, für den andere Mädchen töten würden. Alle Menschen fänden sie bildhübsch. Ausnahmslos. Aber ich drang nicht zu ihr durch.

In Anna herrschte tiefste Nacht. Na ja, und dann die Sache mit Marc ...«

»Habt ihr über ihn gesprochen?«

»Andeutungsweise. Anna hat seinen Namen vermieden. Sie sagte, dass gerade ein Teil von ihr sterbe – und sie nichts dagegen tun könne, sosehr sie auch kämpfe. Anna war fest davon überzeugt, das größte Elend ihres Lebens durchmachen zu müssen. Und dann fing sie auch noch an zu weinen ...«

»Und du ...? Wie hast du reagiert?«

»Gar nicht. Es ging ein Anruf bei Anna ein. Ich konnte auf das Display schielen und sehen, dass es Marc war. Anna ließ das Handy klingeln, ihre Hand zitterte. Ich sah ihr an, dass sie das Telefonat wahnsinnig gern angenommen hätte, aber sie beherrschte sich und drückte es weg.«

»Hast du sie auf Marc angesprochen?«

»Ja, aber sie sagte mir, ich solle sie in Ruhe lassen und sie nicht mit meinen Fragen quälen. Am liebsten wäre sie tot, meinte Anna. Das wäre die beste Lösung von allen. Keine Schmerzen mehr ertragen müssen, keine Trauer, nur noch Ruhe, Frieden und Erlösung finden. Ich bin dann aufgestanden und in Richtung Haus gegangen, als erneut ein Anruf einging. Ich blieb hinter Annas Rücken stehen. Meine Schwester ließ es so lange klingeln, bis die Mailbox ansprang. Es war Marc, der ihr aufs Band sprach. Er beschwerte sich, klang erregt. Warum sie nicht rangehe? Was er denn getan habe, dass sie nicht einmal mehr mit ihm spreche? Ob er es nicht wert sei, wenigstens den Grund dafür zu erfahren? Dann schrie er, sie sei eine undankbare Schlampe, und legte auf.«

»Und deine Schwester, wie hat sie ...?«

»Geflucht hat sie. Marc sei ein dreckiger Lügner, der genau wisse, was er verbrochen habe. Na ja, und dann ...«

»Ich höre …«, sagte Bernard.

»Dann bemerkte Anna, dass ich die ganze Zeit zugehört hatte.

›Was glotzt du mich so an?‹, hat sie mich angefaucht. ›Lass mich in Ruhe!‹

›Ich habe dich reden gehört.‹

›Ich habe mit Marc gesprochen‹, sagte Anna. Sie wollte sich offenbar keine Blöße geben, dass sie Selbstgespräche führte.

›Hast du nicht.‹

›Doch, hab ich wohl.‹

›Nein, hast du nicht. Ich weiß, wie es sich anhört, ein Gespräch zu führen. Du hast mit dir selbst gesprochen. Du trauerst ihm nach. Du trauerst deinem Traum von einem Leben in Paris nach. Du weißt genau, dass dein Traum ein Fake war. Er wird nicht wahrer, wenn du dich noch länger an ihn klammerst.‹«

»Das hat ihre Schwester so einfach weggesteckt?«

»Sie ist aufgesprungen und wollte verschwinden, doch ich habe sie am Arm gepackt. Anna gab mir die Schuld. Ich hätte alles kaputt gemacht. Ich hätte ihr niemals sagen dürfen, dass Marc mit Drogen dealt. Ich habe ihr geantwortet, dass sie mir dankbar sein müsse, dass ich dir die Augen geöffnet habe. Maman habe völlig recht – Marc sei ein Loser.

Anna hat sich losgerissen und ist ins Haus gelaufen. Ich bekam Gewissensbisse, sie zu hart angefasst zu haben. Ich ging ihr nach und wollte an ihrer Tür klopfen, da hörte ich, dass Anna mit jemandem telefonierte.«

»Konntest du hören, mit wem?«

»Ja, es fiel mehrmals der Name Gisèle.

Anna erzählte ihr, dass sie vorgehabt habe, mit ihrem Freund nach Paris zu gehen. Doch das sei jetzt unmöglich.

Sie erklärte Gisèle, dass sie nicht wisse, was sie tun solle. Vielleicht höre sie ganz mit dem Modeln auf. Auf keinem Fall könne sie an dem Shooting im Musée Masséna teilnehmen. Das sei in ihrer psychischen Verfassung unmöglich.«

»Das muss Gisèle ziemlich geschockt haben ...«

»Ja, wenn ich Annas Worte richtig verstanden habe, hat Gisèle versucht, Anna davon abzubringen. Sie hat ihr wohl auch Angst vor Jules Girauds Reaktion gemacht. Dann war das Telefonat beendet ...«

44

»Verstehe. Du hast Annas Gespräch mit Gisèle belauscht«, stellte Bernard nüchtern fest. Er lief unruhig vor Nadine auf und ab, blieb dann vor ihr stehen.

»Was hätte ich denn tun sollen?«, rief Nadine. »Hätte ich sie blindlings in ihr Unglück rennen lassen sollen? Sie war wie von Sinnen.«

»Woran du nicht ganz unschuldig gewesen bist«, setzte Bernard ihr weiter zu. Er musste den Druck auf sie aufrechterhalten. Nadine musste alles erzählen, alles, was geschehen war.

»Anna hat also Marc nicht zurückgerufen. Was hast du dann getan?«

Da klopfte es hart an die Tür. Madame Piat begehrte Einlass. »Lassen Sie mich rein, Monsieur Bonnot. Ich will dabei sein, wenn Sie irgendwelche falschen Geständnisse aus meiner Tochter herauspressen. Nadine ist noch minderjährig. Sie haben kein Recht, sie zu befragen.«

Diese Störung regte Bernard ungemein auf. »Seien Sie still, Madame Piat! Sie machen alles nur schlimmer. Ich bin eh gleich so weit.«

Kein Klopfen mehr. Dafür Madame Piats hocherregte, drohende Stimme. »Ich rufe meinen Anwalt an, wenn Sie nicht unverzüglich die Tür öffnen.« Dann wandte sie sich plötzlich an ihre Tochter. »Du musst nichts sagen, Nadine. Sei einfach still. Sag kein Wort. Ich werde dir gleich helfen. Monsieur Bonnot hat kein Recht, dich zu verhören.«

»Du hast mir noch nie geholfen«, giftete Nadine, »und Anna auch nicht. Du hast doch gesehen, dass es ihr schlecht ging. Hättest du ihr wenigstens einmal geholfen, könnte sie jetzt noch leben.«

»Mach schnell, Nadine«, forderte Bernard sie auf. Er war sich sicher, dass Madame Piat sich nicht ohne Weiteres geschlagen gab. Sie würde andere Maßnahmen ergreifen. Gleich würde hier die Hölle ausbrechen.

»Was geschah dann? Anna beendete das Gespräch mit Gisèle und ...« Bernard wusste aufgrund der Handyauswertung genau, dass Anna anschließend Jules Giraud angerufen hatte, aber er wollte es aus Nadines Mund hören. Er konnte dann sicher sein, dass sie ihn nicht anlog.

Nadine hielt sich die Stirn und wandte sich von Bernard ab. »Ich kann nicht.« Sie sah aus, als kämpfte sie mit den Tränen.

»Bitte, Nadine. Es ist wichtig. Du weißt, was passiert ist. Du weißt es genau.«

»Ich kann nicht«, wiederholte sie.

Bernard beugte sich zu ihr hinunter und kam ihr sehr nahe. »Du musst mir helfen, Nadine. Deine Mutter ruft ihren Anwalt und die Polizei an. Sie wird mich aus dem Haus werfen lassen. Ich brauche Fakten, etwas Konkretes. Willst du nicht auch, dass wer immer deine Schwester getötet hat, dafür bestraft wird?«

Nadine nickte stumm. Sie wirkte wie abwesend. Bernard konnte kaum zu ihr durchdringen.

»Du brauchst keine Angst zu haben oder dich für irgendetwas zu schämen.«

Bernard machte eine Pause. Er musste sich vergegenwärtigen, dass das Mädchen gerade einmal siebzehn Jahre alt war. In den letzten Wochen hatte sie vieles mitgemacht. »Nadine, komm schon. Du hast mich das erste Mal, als ich bei euch war, in dein Zimmer gelockt, weil du mir etwas sagen wolltest; weil du weißt, *wer* Anna auf dem Gewissen hat.«

Wieder ein stummes Nicken.

»Ich brauche Namen, Nadine, verstehst du? Und Beweise.«

Mit einem Mal sah Nadine ernst zu Bernard Bonnot auf. »Ich erzähle dir, was geschehen ist. Ich werde dir alles erzählen.«

45

»Nachdem ich das Telefonat mit Gisèle belauscht hatte, blieb ich im Flur, um zu hören, ob sie noch weitere Leute anrief. Ob sie wohl den Mut hatte, Jules Giraud anzurufen und das Shooting abzusagen ...«

»Hatte deine Schwester denn solche Angst vor dem Fotografen?«

»Nicht vor ihm, sondern vor seinen Wutausbrüchen. Die kamen meistens aus heiterem Himmel und waren jedes Mal ein Schock für Anna. Außerdem wollte sie Jules nicht verletzen.«

»Wieso das denn?«

»Sie war für ihn sein absolutes Spitzenmodel. Er fand sie hochtalentiert, bildschön und geheimnisvoll. Er bestärkte sie ständig darin, weiter als Model zu arbeiten, baute sie immer auf, wenn sie an sich zweifelte.«

»Also empfand Anna ihm gegenüber Dankbarkeit ...«

»Nein, sie wollte ihn nicht enttäuschen. Sie erlebte ja gerade selbst, wie grausam es ist, von einem Menschen enttäuscht zu werden, mit dem sie große Pläne verbunden hatte.«

»Hat sie den Fotografen denn nun angerufen?«

»Nicht, während ich im Flur vor ihrem Zimmer auf der Lauer lag. Es war mit Anna immer dasselbe: Je länger sie darüber nachdachte, ob eine Entscheidung gut oder schlecht für sie war, desto mehr verkrampften sich ihre

Gedanken und Gefühle. Dann bekam sie Angst, eine Katastrophe auszulösen. Je länger sie zögerte, desto höher wuchs eine unüberwindliche Mauer vor ihr auf. Die Zeit verging, ohne dass Anna sich zu einem Entschluss durchringen konnte. Bis sie jeden Mut verlor.«

»Und weiter? Hat sie sonst noch wen angerufen?«

»Nein. Ich habe noch eine Viertelstunde mucksmäuschenstill vor ihrem Zimmer gewartet. Dann habe ich geklopft und gefragt, ob sie zum Abendessen kommt. Aber sie hat nur geschrien, dass ich sie endlich in Ruhe lassen solle. Ich habe aber nur so getan, als würde ich fortgehen ... Und ein paar Minuten später hat sie Jules angerufen.«

Bernard war jetzt ganz Ohr – endlich kamen sie zu einem wirklich wichtigen Punkt. »Hat er abgenommen? Und falls ja: Wie hat er reagiert?«

»Jules Giraud hat wohl Witze gerissen und sie spontan zu einer kleinen Party eingeladen, die er gerade für ein paar Freunde geben würde. Aber Anna hat ihm zu verstehen gegeben, dass sie unmöglich kommen könne. Es gehe ihr nicht gut. Deshalb müsse sie auch das Fotoshooting absagen.

Jules hat das offenbar nicht ernst genommen und gesagt, dass das Shooting ja erst in einer Woche sei. Jetzt solle sie sich schnell zurechtmachen und zu ihm kommen. Eine Party täte ihr nur gut und würde ihre düstere Stimmung im Nu verschwinden lassen. Statt eine Antwort abzuwarten, hat Jules aufgelegt.«

»Und dann?«, fragte Bernard sichtlich angespannt.

»Ich bin dann schnell in die Küche gelaufen, um für das Abendessen einen *Salade niçoise* zu machen. Das ist nämlich das einzige Gericht, das ich zubereiten kann. Na ja, ein paar Minuten später habe ich gesehen, wie Anna sich aus dem Haus geschlichen hat und durch den Garten zur Straße gelaufen ist.«

46

»Du bist Anna vermutlich gefolgt …«

Es war eher eine Mischung aus Frage und Feststellung; Bernard konnte es selbst kaum glauben. Er war fassungslos darüber, wer wen in dieser Familie gegenseitig bespitzelte und ihm hinterherspionierte.

»Ja«, bestätigte Nadine einsilbig. Es kam ihr weder sonderbar noch merkwürdig vor.

Bernard stellte sich auf neue Abgründe ein, die Nadine ihm offenbaren würde, je näher sie der Wahrheit kam, was wirklich mit Anna geschehen war.

»Anna war wie von Sinnen. Sie wusste nicht, was sie tat. Jemand musste sich um sie kümmern.«

»Und das warst du?«

»Ja.«

»Wusstest du, wohin sie wollte?«

»Sie ging zu Jules Giraud.«.

»Stimmt. Ich habe ihre Handydaten auslesen lassen von einem früheren Kollegen.« Mehr brauchte Nadine nicht zu wissen. »Am 11. September rief deine Schwester Jules Giraud um 20.21 Uhr an. Gesprächsdauer: Vier Minuten, zwölf Sekunden. Und nach der Google Standortbestimmung war sie kurz vor einundzwanzig Uhr in der *Rue Antoine Gautier.*«

»Du wusstest es die ganze Zeit und lässt mich alles erzählen! Du bist ein Schuft, weißt du das?« Nadine fuhr vom Stuhl hoch. So tief, wie sie in sich versunken war, konnte sie auch aus dem Stand heraus ungeheure Energie und Kraft entwickeln. Mit ihren nicht sehr großen Fäusten trommelte sie auf Bernards Brust. Er bekam ihre Handgelenke zu fassen, hielt sie fest. »Ich erniedrige mich auch noch, dir alles zu erzählen, weil ich dir helfen will …«

Der Rest ging in einem Weinkrampf unter. Das fehlte Bernard gerade noch. Nadine ließ sich zu Boden gleiten.

»Sei still, Nadine. Sei endlich still. Du rufst deine Mutter auf den Plan. Sie wird denken, ich malträtiere dich oder stelle wer weiß was mit dir an.«

»Nadine!«, gellte Madame Piats Schrei auch schon durch die Tür. »Nadine, bist du da?« Sie klang aufgewühlt, ängstlich und erregt. »Geht es dir gut? Gleich kommt Hilfe. Halt durch! Ich habe unseren Anwalt angerufen und die Polizei. Ich kann Christophe nicht erreichen. Wenn ich den Jungen mal brauche, ist er nicht da.«

Bernard wollte ihr entgegenhalten, die Polizei sei schon da, aber das stimmte ja nicht. Er war kein *Commissaire* mehr.

»Nadine – steh auf!«, befahl er ihr. »Was hast du *gesehen?* Hast du versucht, Anna aufzuhalten?«

Nadine kroch über den Boden, richtete sich auf und warf sich in den Stuhl. »Nein, wo denkst du hin? Anna war sauer auf mich. Sie hasste mich dafür, dass ich ihr das mit Marc angetan hatte, als hätte ich ihren Freund dazu gebracht, als Drogenkurier zu jobben. Das war allein seine Idee. Ich bin Anna in der Nacht nachgelaufen bis zur *Rue Antoine Gautier.*«

»Bis zu Jules' Wohnung?«

»Ja.«

»Hast du ihn gesehen?«

»Nein, das war unmöglich. Anna verschwand im Hauseingang. Aus einer hell erleuchteten Wohnung in der ersten Etage dröhnte bei offenem Fenster laute Musik. Da ging richtig die Post ab.«

»Was hast du dann gemacht?«

»Ich habe ein bisschen gewartet, ob Anna zurückkommen wird. Aber sie tauchte nicht auf. Ich hatte keine Lust, mir die ganze Nacht über die Beine in den Bauch zu stehen. Also bin ich zurück nach Hause gelaufen. Ich wusste ja, wo Anna steckt, bei ihrem Fotografen, bei Jules. Ich wusste sie in sicheren Händen.«

Nadine bekam einen glasigen Blick. Sie schaute in eine unendliche Ferne, schaute durch Bernard hindurch, als existierte er nicht für sie. Nadine befand sich wieder in der *Rue Antoine Gautier,* blickte zu dem hell erleuchteten Fenster empor. »Ich konnte ja nicht ahnen, was passieren wird. Ich hätte einfach bei Jules klingeln und Anna, ob sie nun wollte oder nicht, nach Hause schleifen sollen. Ich weiß nicht, was mich da geritten hat. Es ging bloß um eine Minute. Ich habe nicht richtig nachgedacht und mich falsch entschieden.« Die Scham überkam Nadine. Mit einer Hand fuhr sie sich durchs Haar und wandte sich von Bernard ab. Er sollte sie nicht ansehen.

»Du konntest nicht wissen, was passieren wird. Dich trifft keine Schuld. Du bist dann also nach Hause zurück«, legte Bernard ihr die Worte in den Mund. Nadine durfte jetzt nicht einbrechen. Sie stand kurz davor, Bernard das entscheidende Detail zu offenbaren, was mit Anna geschehen war.

»Ich habe mich gleich ins Bett gelegt, todmüde und ausgelaugt, wie ich war. Auch für mich war das kein leichter Tag gewesen. Anna hat mich zurückgestoßen und mich verachtet. Das musste ich erst einmal verkraften. Das ging nicht spurlos an mir vorbei.«

Bernard sah Nadine erwartungsvoll an.

»Weit nach Mitternacht schreckte ich von einem Geräusch hoch. Im ersten Moment wusste ich nicht, woher das kam. Ich schlief schlecht, aufgewühlt, wie ich war. Bis ich erkannte, dass nebenan die Dusche voll aufgedreht war. Wasser prasselte. Es hörte gar nicht mehr auf. Um diese Zeit duscht normalerweise niemand bei uns. Ich sprang aus dem Bett und rüttelte an der Klinke. Instinktiv wusste ich, dass es Anna war, die unter der Dusche stand. Ich rief nach ihr, doch sie reagierte nicht. Sie schrie nicht einmal, ich solle verschwinden. Das machte mir ungeheure Angst. Ich habe wieder geschrien: ›Anna, mach sofort auf! Was ist mit dir?‹ Ich musste unweigerlich an die Duschszene in *Psycho* denken. Ich habe diesen uralten Horrorfilm mal im Fernsehen gesehen. Vielleicht kennst du ihn ja, ist noch in Schwarz-Weiß. Jedenfalls fantasierte ich mir zusammen, Anna würde erstochen werden und ich ihre blutüberströmte Leiche finden. ›Anna, sag wenigstens etwas!‹, habe ich geschrien. Es kam nur ein ›Nein!‹ zurück. Von meinem Schrei wurde schließlich *Maman* angelockt. Sie hat gefragt, was los sei. Als ich antwortete: ›Anna duscht‹, entgegnete sie nur: ›Ist das alles?‹ Ich wusste darauf nichts zu sagen, war bloß fassungslos. Ich konnte unmöglich in mein Bett zurück, nicht bevor ich Anna gesehen und mit ihr gesprochen hatte. Mehr als dreißig Minuten stand Anna unter der Dusche. Kannst du dir das vorstellen? Ihre Haut musste schon völlig schrumpelig gewesen sein. *Maman* war das zu blöd. Sie rief Anna zu: ›Stell die Dusche ab‹, und dann ging sie ins Bett zurück.«

»Sonst hat deine Mutter nichts unternommen?«, fragte Bernard.

»Die Sache ließ sie völlig kalt. Jedenfalls ging irgendwann endlich die Tür auf. Anna kam nackt aus dem Bad, mit nassen Haaren. Sie zitterte am ganzen Körper, aber nicht vor Kälte. Sie wollte schnell an mir vorbei, aber ich versperrte ihr den Weg und starrte sie ungläubig an. ›Was ist, Anna?‹, habe ich sie gefragt. ›Das willst du nicht wissen. Dafür bist du noch viel zu jung. Dass mir das passiert ist, ausgerechnet mir ...‹ Sie hat wie mit sich selbst geredet und konnte mir nicht in die Augen schauen. Mir gefror das Blut in den Adern. Ich hatte keine Kraft mehr, Anna zur Rede zu stellen. Anna war auch nicht in der Lage, mir zu antworten. Sie schämte sich zu sehr. Ihre Gefühle waren in Aufruhr. Sie musste den ganzen Schmutz erst einmal abwaschen. Selbstverständlich bin ich alt genug, um zu wissen, was mit ihr geschehen war. Es war mit Händen zu greifen.« Nadine machte eine Pause. Sie wagte es nicht, es auszusprechen.

»Jules hat Anna vergewaltigt«, sagte Bernard leise in die Stille hinein, »oder er hat ihr sogar noch Schlimmeres angetan.«

47

Bernard stand mitten im Raum, die Lippen fest aufeinandergepresst, und überlegte. Keine Minute zweifelte er daran, dass es so gewesen war, wie Nadine ihm erzählt hatte. Er stand unmittelbar vor der Lösung – und doch war er meilenweit davon entfernt.

Jules Giraud würde jeden versuchten und tatsächlich begangenen Missbrauch an Anna strikt leugnen. Schon jeder Nachweis einer Vergewaltigung war schwierig zu führen, wenn keine Spermaspuren vorlagen. In den meisten Fällen stand Aussage gegen Aussage. Und es galt: Im Zweifel für den Angeklagten. Nadine war keine Augenzeugin. Sie konnte zwar bezeugen, dass Anna aufgelöst und verstört unter der Dusche gestanden hatte; sie konnte aber nicht bezeugen, dass jemand sie missbraucht hatte.

Die eigentliche Zeugin, das Opfer, war tot.

Den Mord an Anna konnte Jules unmöglich begangen haben. Es gab zu viele Zeugen, die bestätigen konnten, dass er während des ganzen Shootings mit den anderen Models zusammen war und erst später mit ihnen zur Treppe ins Erdgeschoss gerannt war.

Ein siedend heißer Gedanke durchfuhr Bernard. Er nahm von der Garderobe einen leichten Blouson und warf ihn Nadine zu. »Komm!«, forderte er sie auf.

»Was hast du vor?«

»Wir wollen dem feinen Herrn mal richtig auf den Zahn fühlen. Das ist genau der richtige Augenblick, um so tief zu bohren, bis es richtig wehtut. Na los!«, forderte er sie erneut auf und zog sie an der Hand vom Stuhl hoch.

Nadine war noch in ihren Erinnerungen an diese Nacht gefangen.

»Hat Anna jemals einen Namen erwähnt? Habt ihr darüber gesprochen, was ihr passiert ist? Anna musste klar gewesen sein, dass du es wusstest.«

»Nein.«

»Und du? Hast du jemals versucht, die Nacht unter der Dusche zur Sprache zu bringen?«

Es war unnötig, dass Nadine darauf antwortete. Bernard wusste es auch so.

Sie traten auf den Flur hinaus. Davor stand ihre Mutter und hielt ihr Handy ans Ohr.

»Du bleibst hier!«, kreischte sie, als sie bemerkte, was Nadine vorhatte. »Ich telefoniere gerade mit deinem Bruder. Christophe wird dich aufspüren und zurückbringen, egal wo du gerade bist.«

Sie erreichten die Haustür. Bernard hielt es nicht länger aus, er musste Madame Piat sagen, was er ihr schon lange hatte sagen wollen.

»Sie hätten sich ein bisschen mehr für das Schicksal und für die Gefühlslage von Anna interessieren sollen, dann wäre sie wahrscheinlich noch am Leben, anstatt Ihre Kinder gegeneinander aufzuhetzen, damit sie sich gegenseitig ausspionieren.« Er löste sich abrupt von Yvonne Piat und zog die Haustür hinter sich ins Schloss.

»Da entlang.« Bernard wies Nadine den Weg in Richtung *Place Mozart.*

Nadine durfte jetzt nicht durchdrehen und die Nerven verlieren. Sie war seine wichtigste Zeugin. Nur durch sie kam er der Wahrheit, was mit Anna geschehen war, endgültig nahe.

Vom unteren Ende der *Avenue Auber* raste ein Wagen der *Police Nationale* heran. Bernard warf in der Dunkelheit kurz einen Blick zurück. Yvonne Piat hatte ihre Drohungen also wahr gemacht, den Ruhestörer bei dem illegalen Verhör ihrer Tochter aus dem Haus zu schmeißen. Seine Ex-Kollegen kamen aber zu spät.

Er öffnete die Tür zu einem Taxi und ließ Nadine in den Fond einsteigen. »*Rue Antoine Gautier*«, wies er den Fahrer an.

»Was hast du vor?«, fragte sie ihn erneut.

Anstatt ihr zu antworten, zückte er sein Handy. Er wollte die Last der Verantwortung nicht allein tragen. Es war ihm außerdem klar, dass er keine Verhaftung vornehmen durfte, selbst wenn es ihm gelingen sollte, Jules Giraud zu überführen. Er rief Philippe Plupart an.

»Ich bin's, hör mir gut zu!«, legte er gleich los und ließ Philippe keine Zeit, um groß zu protestieren. »Ich weiß jetzt, wie alles zusammenhängt. Und ich weiß, wer Anna auf dem Gewissen hat. Jules Giraud, der Fotograf, hat Anna missbraucht. Sie ist in seine Wohnung gegangen. Weil er wollte, dass sie zu ihm kommt. Anna wollte ihm bloß sagen, dass sie sich dem Shooting nicht gewachsen fühle und nicht daran teilnehmen werde. Er hat sie aber nicht mehr aus seinem Apartment gehen lassen, sondern dort festgehalten. Ihre Schwester Nadine ist jetzt bei mir. Du kannst das anhand von Annas Handy überprüfen. Die Google-Standortbestimmung wird dir anzeigen, dass Anna Piat am 11. September um etwa einundzwanzig Uhr in der *Rue Antoine Gautier* war.«

Bernard ignorierte das Gemecker seines Ex-Kollegen, dass er bereits außer Dienst sein und mit seiner Frau auf der Couch sitze.

»Scheiß auf den Dienst, Philippe. Darauf kann ich jetzt keine Rücksicht nehmen. Wie alles genau abgelaufen ist, vom 11. September bis zu Annas Tod, kann ich dir noch nicht sagen. Ich bin mit Nadine zu Jules Giraud unterwegs und werde ihn mit der Wahrheit konfrontieren. Es wird ihm nicht gelingen, seinen Kopf aus der Schlinge zu ziehen. Ich werde ihn schon zum Reden bringen. Philippe, ich will dich dabeihaben. Ich brauche dich«, appellierte BB an seinen früheren Kollegen. »Durch dich wird die Untersuchung und jedes Verhör erst offiziell. Ich hoffe, du hast die Kameraaufzeichnung inzwischen auswerten lassen. Wenn nicht, musst du dies Versäumnis unverzüglich nachholen. Ich bin mir inzwischen sicher, dass darauf Patrick Laval, Jules' treu ergebener Freund und Komplize, zu sehen ist.«

»Das wirst du nicht tun«, antwortete Philippe. »Du hältst das Mädchen da raus. Du wirst sie keiner Gefahr aussetzen. Du weißt, wohin das führt, BB.« Dann lenkte er ein. »Okay, wenn das alles so ist, wie du mir berichtest, übernehmen wir den Fall. Es gibt einen konkreten Verdacht. Einen Hinweis. Die Schwester wird bei der *Police Judiciaire* eine Aussage machen müssen. Du unternimmst nichts. Gar nichts. Du wirst dir keine Extratouren mehr leisten.«

Bernard lächelte zerknirscht. »Tut mir leid, Philippe. Es ist schon zu spät. Wir haben unser Ziel erreicht. Wir stehen genau in der *Rue Antoine Gautier* vor Jules Girauds Apartment. Ich kann jetzt nicht mehr zurück. Du weißt, wo du mich findest. Beeil dich!«

Auch Nadine erkannte, wohin Bernard sie führte. Sie schaute zu dem hell erleuchteten Fenster in der ersten Etage empor; sie konnte ihren Blick nicht davon lösen. Sie stand an derselben Stelle, wo sie vor Wochen schon einmal gestanden hatte. Damals hatte sie sich falsch entschieden.

»Ich kann nicht. Ich geh da nicht rein«, sagte sie.

Keinen weiteren Schritt konnte sie mehr machen. Eine unsichtbare Macht blockierte sie. Es gab niemanden, der sie zwingen konnte, einen Fuß in dieses Haus zu setzen – auch Bernard nicht. Für Nadine war das, als müsste sie noch einmal die Tortur durchleben, die Anna erlitten hatte.

Bernard bemerkte ihre ungeheure Anspannung. Er war entschlossen, den Täter mit seiner Tat zu konfrontieren. All die vielen Wochen konnte Giraud sich sicher fühlen, dass niemals ans Licht kam, was in dem Apartment geschehen war. Es lief bestens für ihn, besser konnte es nicht sein. Anna stürzte die Treppe hinunter. Es war ein Unfall, ein tragischer Unfall.

»Nadine, es ist wichtig«, redete er auf sie ein. »Du brauchst keine Angst zu haben. Es wird dir nichts geschehen.« Noch immer rührte Nadine sich nicht vom Fleck. »Ich habe meinen alten Kollegen Philippe Plupart angerufen. Gleich wird es hier von Polizisten wimmeln.« Bernard brach ab. Ein Blick auf Nadine genügte. In ihrem Kopf lief ein Film ab, den er auch mit den besten Argumenten nicht beeinflussen konnte. Er war sich nicht einmal sicher, ob seine Worte sie überhaupt erreichten. »Okay«, lenkte er ein. »Du musst nicht unbedingt dabei sein. Nicht sofort. Halt dich im Hintergrund auf. Mit dir rechnet Giraud nicht. Du bist mein Joker. Du trittst erst auf, wenn ich dir ein Zeichen gebe. Okay?«

Nadine murmelte ein leises, kaum hörbares Okay. Aber nichts war okay an diesem Abend, genauso wenig wie an jenem Tag, als Anna unter der Dusche stand und nicht herauskam, oder überhaupt, seitdem sie tot war. Es zerriss Nadine.

»Warte hier«, sagte Bernard zu ihr. »Es dauert nicht lange. Ich gebe dir Bescheid, wenn du kommen sollst.« Bernard lief zielstrebig auf den Eingang zu.

»Lass mich nicht zu lange warten«, rief Nadine ihm hinterher. »Ich sollte verdammt noch mal nicht hier sein.«

Bernard suchte nach dem Namen »Giraud«. Er klingelte. Die Gegensprechanlage wurde betätigt.

»Ja?«

Eine männliche Stimme. Zweifellos: der Fotograf selbst.

»Hat Anna sich schutzlos und ohnmächtig gefühlt, als sie am 11. September bei Ihnen war, Monsieur Giraud, oder hat sie sich gewehrt?«, sagte Bernard, anstatt seinen Namen zu nennen.

Eine Pause. Keine Antwort. Kein Protest. Keine wütende Widerrede. Jules Giraud wusste selbstverständlich genau, wer zu dieser späten Stunde bei ihm vor der Tür stand. Der Summer wurde betätigt. Bernard drückte die Haustür auf, lief einen langen Flur entlang. Auf dem Marmorboden klackten seine Ledersohlen. Er fürchtete, dass von dem Geräusch das ganze Haus aufgeschreckt werden könnte.

Am Ende des Flurs befand sich ein alter, vergitterter Aufzug. Bernard bevorzugte die Treppe. Dass Giraud schweigend aufgedrückt hatte, gefiel ihm nicht. Er stellte sich lebhaft vor, dass Giraud in Windeseile alle Möglichkeiten durchspielte, die ihm noch blieben. Bei einem Einsatz der *Police Judiciaire* hätte Bernard jetzt seine Waffe gezückt. Etwas in ihm sagte, sei sehr, sehr vorsichtig. Hier stimmte was nicht.

Die schwere Eichenholztür mit messingbeschlagenen Türgriffen stand einen Spalt offen. Das wirkte einladend, als würde er erwartet. Er drückte sie ein wenig auf. Von drinnen drang ein Lichtschein nach draußen.

»Monsieur Giraud?«, rief Bonnot. »Monsieur Giraud, sind Sie da?« Er setzte seinen ersten Schritt in die Wohnung. Er rief wieder.

Vor sich sah er einen athletischen Mann stehen, der ihm den Rücken zugekehrt hatte. Der Mann drehte sich langsam zu ihm um. Es war Giraud. Er stand im Wohnzimmer an der amerikanischen Kochinsel. Er trug eine Schürze und hielt ein großes Küchenmesser in der Hand.

»Ah, Monsieur Bonnot! Was verschafft mir die Ehre Ihres Besuches zu so später Stunde? Genügen Ihnen Patricks Erklärungen immer noch nicht, dass Sie zu mir kommen müssen?«

In dem Moment fiel die Tür ins Schloss. Bernard drehte sich blitzschnell um und starrte auf den hünenhaften Patrick Laval, der direkt hinter ihm stand.

48

Bernard hatte nicht mit Laval gerechnet. Er war aber auch nicht übermäßig überrascht, ihn hier anzutreffen.

Jules kam ihm mit dem Messer entgegen. »Entschuldigen Sie meinen Aufzug«, erklärte er.

»War es hier?«, explodierte Bernard plötzlich und ging auf den Fotografen zu. Er deutete auf ein braunes Ledersofa. »Haben Sie dort Anna missbraucht? Sie war hier, hier bei Ihnen am 11. September. Den genauen Zeitpunkt hat die Überprüfung ihres Handys ergeben. Anna war fest entschlossen gewesen, das Shooting abzusagen. Sie aber wollten sich von einem blutjungen Mädchen nicht die Show verderben lassen. Sie wollten Anna unbedingt dabeihaben. Wie haben Sie es geschafft, Anna gefügig zu machen? Haben Sie ihr Alkohol gegeben? Oder Drogen?«

Bernard hörte hinter sich Schritte auf dem Parkettboden. Patrick Laval kam langsam auf ihn zu. Der *Ex-Commissaire* drehte sich zu ihm.

»Wie hat Giraud es geschafft, Sie in diese Geschichte hineinzuziehen? Sind Sie so schwach und willenlos, dass sie, ohne mit der Wimper zu zucken, seine Befehle ausführen? Besitzen Sie so wenig Mumm in den Knochen, dass Sie sich seinen Anordnungen nicht widersetzen können? Das würde ich gern von Ihnen erfahren, Monsieur Laval? Es sei denn …«

Aber Bernard kam nicht dazu, seinen Gedanken auszusprechen.

Giraud lachte laut auf, ein überhebliches Gelächter. »Sie meinen die Wahrheit zu kennen«, provozierte er ihn, »aber Sie wissen – nichts.« Giraud schnippte mit den Fingern. »Vor allem können Sie mir nichts nachweisen. Ja«, stimmte Giraud ihm zu, »Anna war hier, hier in meinem Apartment. Sie werden es kaum glauben, aber ich habe mich sehr über ihren Besuch gefreut. Sie war ein wenig aufgelöst, ja, verstört, weil sie sich von ihrem Freund getrennt hatte. Marc ist eben ein Mistkerl. Es waren noch einige andere Gäste da. Ich habe ihnen Anna vorgestellt und verkündet, dass sie das kommende Model einer großen Kampagne sein wird. Alle waren sie schlichtweg von ihr begeistert. Wir haben ein wenig getanzt, ja, auch ein wenig geschmust. Anna brauchte das, weil sie sich verloren und einsam fühlte. Sie ist länger geblieben, als sie vorgehabt hatte. Kurz vor ein Uhr ist sie gegangen. Da, durch diese Tür, durch die Sie gerade eingetreten sind. Wissen Sie, was mir am stärksten im Gedächtnis haften geblieben ist?« Giraud schloss die Augen, weil es für ihn offensichtlich unerträglich schmerzhaft war. »Anna hat zum Schluss gelächelt, als sie von hier wegging. Das bedeutet mir sehr viel. Ich konnte ein wenig dazu beitragen, dass es ihr wieder besser ging. Mehr war nicht. Ich konnte sie übrigens davon überzeugen, an dem Shooting teilzunehmen. Ist das verwerflich?«

»Sie lügen, sobald Sie den Mund aufmachen. Vielleicht glauben Sie selbst Ihre Märchen. Sie sind davon überzeugt, dass es die Wahrheit ist. Sie können nicht anders, weil Sie unfähig sind, sich Ihre Schuld einzugestehen«, redete sich Bernard in Rage. »Einen Missbrauch zu begehen ist das eine – einen Mord zu planen und durchzuführen ist etwas ganz anderes, nicht wahr, Monsieur Laval?«

Bernard schaute Laval direkt in die Augen. Bei all seiner Größe und körperlichen Kraft war Laval nicht so abgefeimt. Er hatte nicht die innere Stärke, unaufhörlich weiterzulügen wie Giraud. Es war Bernard bewusst, wie heikel seine Situation war. Zum ersten Mal wünschte er sich, dass Plupart so schnell wie möglich mit seinen Männern auftauchte. Die Situation konnte jeden Augenblick kippen und eskalieren, wenn bei Jules oder Patrick die Nerven durchgingen.

»Ich habe vorhin meinen Gedanken nicht zu Ende geführt. Mir ist gerade noch eine Idee gekommen. Kann es sein, dass Sie dabei mitgemacht haben, Anna Piat zu missbrauchen? Ich frage Sie persönlich: Ist das so, Monsieur Laval?«

Bernard erkannte, wie die Gesichtsmuskulatur des Mannes zuckte. Laval stand mächtig unter Druck. Bernard musste ihn an den Tag der Tat zurückkatapultieren, sein Schuldbewusstsein schärfen.

»Monsieur Laval, ich habe Sie etwas gefragt«, setzte Bernard nach. »Ist es so? Sie sahen ein wunderschönes Mädchen vor sich; ein ebenmäßiges Gesicht, große Augen, ein strammer Po und, wie Sie von den Aufnahmen sehr genau wussten, schöne Brüste. Das hat Sie scharf auf Anna gemacht. Sie wurde zum Objekt Ihrer Begierde, Ihrer rasenden Lust ...«

Eine mächtige Hand packte Bernard an der Schulter. Er wirbelte nach hinten, um den zupackenden Griff besser auszuhalten. Ein Stuhl wurde ihm unter das Gesäß geschoben, und er wurde auf den Sitz gedrückt.

»Du sagst kein Wort«, herrschte Giraud seinen Assistenten an. »Halt einfach die Klappe! Ich werde mich eingehender mit *Commissaire* Bonnot beschäftigen.« Jules umrundete Bernard. »Sie verbreiten Lügen über mich!«, redete er auf ihn ein. »Ich hätte es mir denken können, schon am ersten Tag, als Sie auf der Terrasse des *Negresco* aufgetaucht sind. Sie wollen Ärger bereiten, aber Sie werden nun Ärger bekommen, das schwöre ich Ihnen.« Giraud ließ wiederholt das Messer in seine offene Hand klatschen. »Nicht nur Sie haben Informationen eingeholt. Auch ich habe mich über Sie erkundigt. Sie hatten einen Herzinfarkt, deshalb mussten Sie vorzeitig als *Commissaire* in Pension gehen. Vor nicht so langer Zeit sind Sie beim Joggen auf der *Promenade* gestürzt.« Giraud tauschte einen kurzen Blick mit Laval aus.

Dass der Fotograf wusste, dass er schon einmal einen Herzinfarkt erlitten hatte, gefiel Bonnot nicht. Das offenbarte seine Schwäche. Bernard war nun verletzlich.

Giraud setzte gnadenlos nach. »Sie könnten leicht einen zweiten Infarkt bekommen. Haben Sie schon einmal daran gedacht, Monsieur Bonnot? Natürlich haben Sie das bereits in Erwägung gezogen. Sie brauchen nicht einmal ein Wort zu sagen. Ich sehe es Ihrem Gesicht an. Sie können es nicht leugnen. Unbewusst treibt Sie ständig die Angst um, auch wenn Sie nicht daran denken wollen. Sie führen nicht gerade einen herzschonenden Lebensstil. Schönes Wort, nicht wahr? Sie müssten Stress und große Aufregung eigentlich vermeiden. Aber das tun Sie nicht. Sie brauchen das Adrenalin zum Leben. Haben Sie jetzt Angst, Monsieur Bonnot? Todesangst? Ich habe mir sagen lassen, das Gefühl kurz vor einem Herzinfarkt, das Gefühl, endgültig vernichtet zu werden, von einer Sekunde zur anderen tot zu sein, vergisst man nicht. Das möchte niemand noch einmal erleben. Wie leicht könnte es passieren, dass Sie einen zweiten Infarkt erleiden. Einfach so.«

»Halten Sie Ihre widerwärtige Fresse!«, schrie Bernard ihn an. Die bloße Erwähnung eines zweiten Infarkts flößte ihm einen Schauer ein. All die Gefühle, die er bei seinem ersten Herzinfarkt durchlitten hatte, kamen wieder hoch. Mit aller Macht wollte Bernard sich dagegen wehren und wappnen, dass das nicht wieder geschah. Stresshormone wurden ausgeschüttet wie in einer lebensbedrohlichen Situation. Das aber war genau das Falsche. Er musste sich nicht gegen einen äußeren Feind zur Wehr setzen. Der Feind saß in seinem Innern. Adrenalin und Noradrenalin bewirkten eine Verengung der Arterien, die seinen Blutdruck steigen ließ. Eine gefährliche Kombination. Und Flüchten oder Angreifen war nun nicht mehr möglich.

Bernard ließ das nicht kalt. Er wusste genau, dass Giraud nur bluffte, aber er konnte die Angst vor einem erneuten Infarkt nicht einfach ausblenden. Die Angst war da und sehr real.

Giraud kam langsam auf ihn zu. Das Messer lag nach wie vor kalt und bedrohlich in seiner Hand. Schweiß perlte auf Bernards Stirn. Sein Herz hämmerte so heftig, als würde es jeden Augenblick aus seiner Brust springen.

»Legen Sie verdammt noch mal das Messer weg! Ich habe Ihnen nichts getan.«

»Sie sind sich keiner Schuld bewusst, Monsieur Bonnot? Lügen über einen anderen Menschen zu verbreiten, ist ein schweres Vergehen. Das kann einen Menschen zerstören. Das kann seine Karriere vernichten. Sie sollten sich *vorher* genau überlegen, was Sie über ihn sagen. Solche widerwärtigen, unwahren Anschuldigungen vorzubringen, führt selbstverständlich zu einer Gegenreaktion.«

Bernard bekam kaum noch Luft. Er knöpfte sich das Hemd auf und atmete durch den offenen Mund.

»Geht es Ihnen nicht gut, Monsieur Bonnot? Sie sehen ein wenig mitgenommen aus. Wie ich schon bemerkt habe, Sie führen keinen herzschonenden Lebensstil. Der Stress setzt Ihnen erheblich zu. Das sollten Sie unbedingt vermeiden. Sie sind aber trotzig und eigenwillig. Sie setzen sich über die Ratschläge Ihrer Ärzte hinweg. Konnten Sie sich neulich nicht auf den Beinen halten?«

War das eine neue Finte von Giraud?

»Ich habe Sie etwas gefragt, Monsieur Bonnot. Sie werden sehr wortkarg, wenn nicht Sie das große Wort führen, sondern ausnahmsweise die anderen die richtigen Fragen stellen.«

Plötzlich schlug Giraud ihm mit voller Wucht auf die Schulter. Bernard heulte vor Schmerzen auf.

»Tut Ihre Schulter immer noch weh? Was soll ich bloß mit Ihnen machen? Was soll ich bloß mit Ihnen machen?«, lamentierte der Fotograf gespielt besorgt.

»Laval, halten Sie mir diesen Wahnsinnigen vom Leib«, schrie der *Ex-Commissaire.* »Sie haben die Kraft und die Macht dazu. Giraud hat Sie genauso missbraucht, wie er Anna missbraucht hat. Sie gaben sich dafür her, seine Verbrechen zu decken und ein noch viel größeres Verbrechen zu begehen. Ziehen Sie endlich einen Schlussstrich.« Weiter kam Bernard nicht. Giraud band seine Arme hinter dem Stuhl fest.

Das Schrillen der Klingel zerriss die Stille. Jules und Patrick sahen sich erstaunt und verwirrt an. Bernard schloss dankbar die Augen. Für einen Moment fühlte er sich außer Gefahr. Philippe Plupart hatte endlich einmal Wort gehalten.

»Sieh nach, wer es ist!«, wies Jules seinen Assistenten an. »Aber lass keinen rein; nicht bevor wir mit dem hier fertig sind.«

Es läutete erneut ohrenbetäubend laut. Dieses Mal hörte es nicht mehr auf. Patrick Laval wurde wütend. »Welcher Idiot ist das?« Doch kaum hatte er die Tür geöffnet, landete eine Faust in seinem Gesicht. Christophe stand vor ihm, wenigstens einen Kopf kleiner als er. Mit brennendem Hass in den Augen stürmte Christophe in die Wohnung. Die Tür ließ er offen stehen. Er war dermaßen außer sich, dass niemand ihn in seinem eruptiven Ausbruch aufhalten konnte.

»Wer ist das Monster, das sich an meiner Schwester vergangen hat?«, brüllte er.

Sein Blick fiel auf den auf einem Stuhl sitzenden Mann, der ihm irgendwie bekannt vorkam. Bernards Kopf wanderte reflexhaft in Jules' Richtung.

In wenigen Schritten durchquerte Christophe das Wohnzimmer, ansatzlos schnellte sein Fuß hoch, der präzise Girauds Schläfe traf. Der Tritt ließ den Fotografen zu Boden gehen, das Küchenmesser glitt über den Parkettboden. Jules Giraud wollte sich schnell wieder hochrappeln. Doch Christophe war sofort über ihm und klatschte seinen Kopf mit der Stirn aufs Parkett.

»Was hast du meiner Schwester angetan, du miese Ratte?« Er begnügte sich nicht damit, seinen blinden Rachegefühlen freien Lauf zu lassen. Er riss Jules' Körper hoch, schleppte und schleifte ihn über den Boden. Am Spülbecken ließ er kaltes Wasser einlaufen.

Laval blieb erstarrt am Eingang stehen. Er war schockiert darüber, wie viel Blut ihm aus der Nase tropfte. Seinem Freund kam er nicht zu Hilfe. Dieser Ausbruch an Gewalt entsetzte ihn. So etwas hatte er noch nie erlebt.

Bernard war es inzwischen gelungen, den Knoten aufzubekommen. Hastig zückte er sein Handy. »Philippe? Wo bist du? Mach so schnell du kannst. Annas Bruder richtet hier sonst ein Blutbad an.«

Das Waschbecken war vollgelaufen. Christophe schaffte es, Girauds Körper hochzuhieven und seinen Kopf lange unter das Wasser zu drücken. Eine halbe Ewigkeit. Bernard fürchtete, der Fotograf würde ertrinken. Bernard würgte und hatte das Gefühl, er müsse sich jeden Augenblick übergeben. Es wurde ihm schwindlig, schwarz vor Augen. Das war das verdammte Gefühl, das er bereits kannte, von seinem Herzinfarkt. »Hören Sie auf, Mann«, brachte Bernard mit erstickter Stimme hervor. »Sie bringen ihn ja um.«

Prustend schoss Jules' Kopf aus dem Wasser. Er hatte Unmengen Wasser geschluckt, das in seinen Lungen steckte, und er hustete heftig.

»Du hältst dich wohl für den Allergrößten«, brüllte Christophe ihn an. »Du glaubst, dir jede Möse nehmen zu dürfen, weil sie dir gehört, du krankes Arschloch. Wie hast du es mit meiner Schwester getrieben? War es leicht, sie zu manipulieren?« Der Fotograf kam nicht dazu zu antworten. Christophe ließ ihm keine Chance und drückte erneut Girauds Kopf unter Wasser.

Nach einer halben Minute ließ er Jules' Kopf wieder auftauchen. Christophe genoss es, welche Macht er über ihn hatte.

»Ich ... ich«, gluckste Jules. Der Rest ging in einem Hustenanfall unter. Er spuckte Wasser aus.

»Wie gefällt dir meine Spezialbehandlung? Hast du es ausgenutzt, dass sich Anna schutzlos vor dir fühlte?«

»Wir …«

»Ja, ich höre«, rief Christophe.

»Ich wollte es nicht tun«, stieß Laval plötzlich aus. Er spuckte Blut aufs Parkett. »Anna war so wunderschön. Du kannst dir nicht vorstellen, wie schön sie war.«

Alle Augenpaare richteten sich auf ihn. Christophe hielt inne, Girauds Kopf unter Wasser zu tauchen. Er schleuderte ihn zu Boden.

»Halt doch einfach deine Klappe, Patrick!«, schrie Jules ihn an.

»Nein, ich halte nicht meine Klappe. Ich habe schon viel zu lange meinen Mund gehalten«, versetzte er. »Jules schaffte es immer wieder, junge Mädchen mit seinem Charme zu bezirzen, ihnen zu versprechen, sie groß herauszubringen. Er konnte sie zu Dingen bewegen, die sie eigentlich nicht wirklich tun wollten. Sobald sie vor ihm standen, zählte ihre eigene Meinung nicht mehr. Ich habe diese Gabe immer an ihm bewundert. So schaffte er es auch, Anna zu überreden, länger zu bleiben, als sie wollte. Ihr beim Essen zuzusehen, wie sie mit der Zunge lasziv über ihre Lippen fuhr, das war einmalig.« Patrick schluckte schwer. Es kostete ihn Überwindung, alles auszupacken, was er erlebt hatte. »Die anderen Gäste waren längst gegangen. Jules tanzte mit Anna eng umschlungen zu einer alten Ballade der Rolling Stones. Es tat ihr gut, so gehalten zu werden. Zum ersten Mal erzählte sie uns, was mit ihr los war. Das hatte sie noch nie getan. Ich bewunderte sie für ihre Courage. Jules hat aber auch ein sicheres Gespür dafür, Schwächen anderer Menschen für seine eigenen Bedürfnisse auszunutzen.«

Bernard entdeckte Nadine im Türrahmen. Sie lauschte den Worten. Niemand außer ihm bemerkte sie.

»Anna wollte mit einem Mal nur nach Hause, so, wie sie es von Anfang an vorgehabt hatte. So eng mit einem Mann tanzen wollte sie schon gar nicht.

Aber Jules wollte mehr. Er ertrug es nicht, dass ein junges Mädchen sich ihm verweigerte. Ihm darf sich niemand verweigern. Er muss das bekommen, was er haben will. Sonst wäre es eine große Demütigung für ihn. Jules presste Anna stärker an sich und versuchte, ihr seine Zunge in den Mund zu schieben. Anna wehrte sich und warf ihren Kopf hin und her, damit er ihren Mund nicht traf. Ihre Gegenwehr machte Jules nur noch schärfer auf sie. Er schleuderte Anna aufs Sofa und warf sich auf sie. Mit einer Hand presste er ihre Wangen zusammen. ›Was bist du nur für eine naive Schlampe! Meinst du, ich mache das alles nur für dich? Für wen hältst du dich, Mädchen. Du musst auch nett und zuvorkommend zu mir sein. Wir wollen Spaß haben, nicht wahr, Patrick? Wir wollen nur ein bisschen Spaß haben, mehr nicht. Ist das etwa verwerflich?‹, fragte er. Er ließ von Anna ab, nahm ihre Hand, führte sie zwischen seinen Schritt ...« Patricks Stimme stockte, zitterte. »... wollte, dass sie ihn massierte. Es war Anna anzumerken, dass jede Gegenwehr gebrochen war. Sie hatte nicht länger die Kraft, sich zu wehren.«

Bernard warf blitzschnell einen Blick auf Christophe. Der Mann brodelte. Noch hielt er sich mit starker Willenskraft unter Kontrolle. Jede Handlung, die diese Männer seiner Schwester angetan hatten, schmerzte ihn. Noch wollte er genau das Wie und Warum erfahren. Es war nur eine Frage der Zeit, bis er all seine Hemmungen fahren lassen würde.

»Christophe, Christophe«, rief Bernard ihn, aber er reagierte nicht auf seine Zurufe. »Überlassen Sie das der *Police.* Das ist nicht Ihre Aufgabe.«

Keine Reaktion.

Laval sah niemanden an. Er blickte zu Boden. »Jules hat mich gerufen: ›Komm her, Patrick! Schau dir an, was für wundervolle Brüste Anna hat. So etwas hast du noch nicht gesehen.‹« Patrick Laval schlug beide Hände vors Gesicht. »Jules hat mich dazu überredet mitzumachen …« Die letzten Worte blieben unverständlich.

Bernard sah Patrick an. Mit seinem Geständnis zog er den Hass und die Verachtung der beiden Männer auf sich. Von Jules, weil er ein Verräter und Feigling war; von Christophe, weil dieser es kaum mehr ertrug, zu hören, wie die beiden Männer seine Schwester zu einem Objekt ihrer Lust degradiert hatten.

Christophe stand kurz davor auszurasten.

Bernard musste unbedingt Zeit gewinnen, sodass er ein Geständnis erhielt, ohne dass auch noch zwei Leichen vor ihm lagen. Dazu durfte es nicht kommen. Das wäre der Supergau. Ein Fiasko. Es war klar, wer dafür zur Verantwortung gezogen werden würde. Philippe, wo bleibst du denn?, beschwor Bernard ihn in Gedanken.

»Wessen Idee war es, Anna die Treppe hinunterzustoßen?«, fuhr Bernard ihn an.

Laval sah verwundert auf. Er war praktisch ein gebrochener Mann. Die Frage erreichte ihn nicht, so, als käme sie aus einer anderen Welt.

»Monsieur Laval«, setzte Bernard nach. »Haben Sie verstanden, was ich Sie gefragt habe? Haben Sie Anna Piat die Treppe hinuntergestoßen?«

Patrick Laval reagierte immer noch nicht.

»Sag kein Wort«, schrie Jules. »Dieser Flic will dir etwas einreden, was du nicht getan hast, um sein Gesicht zu wahren. Du musst diese Frage nicht beantworten, nicht bevor unsere Anwälte eingeschaltet sind.«

»Monsieur Laval«, forderte Bernard ihn auf, »drehen Sie sich um. Hinter Ihnen steht Nadine, Annas Schwester. Schauen Sie sie genau an. Sieht sie Anna nicht wie aus dem Gesicht geschnitten ähnlich? Beantworten Sie ihr meine Frage: Haben Sie Anna Piat während des Shootings die Treppe hinunter…« Weiter kam Bernard nicht.

»Nein, nein, nein«, wehrte sich Patrick mit aller Macht dagegen, »da mache ich nicht mit. Sie werden mir diese Scheiße nicht anhängen können. Es ist genau andersherum gewesen: Ich habe die ganze Zeit versucht, Annas Leben zu retten. Jules war außer sich vor Wut, Zorn und Angst. Diese Schlampe wolle ihn fertigmachen. Er lasse sich aber von niemandem fertigmachen, schon gar nicht von einem Model, das seine Karriere allein ihm verdanke. Ich sagte: ›Denk doch mal nach, Jules, schalte deinen Kopf ein. Anna sucht gewiss keinen Streit. Sie hält diese Belastung gar nicht durch. Sie wird damit nicht an die Öffentlichkeit gehen. Nie.‹ Aber Jules ließ sich nicht beruhigen. Er war felsenfest davon überzeugt, sein Ruf als Fotograf sei ruiniert. Für sachliche Argumente war er nicht länger zugänglich. Ich sagte: ›Selbst wenn die Geschichte öffentlich wird, können wir immer noch sagen, da war nichts. Die Story ist erstunken und erlogen.‹ Doch Jules wollte davon nichts wissen. Er meinte, Anna zwinge ihn zum Handeln. Sie habe es sich selbst zuzuschreiben, dass es so weit kommen musste«, brach nun alles aus Patrick heraus.

»Erzähl nicht so eine Scheiße hier«, fuhr Jules ihn an. »Das stimmt doch gar nicht. Du hattest die Hosen gestrichen voll. Du wolltest so schnell wie möglich einen klaren Schnitt. Du hast die Vorstellung nicht ertragen, dass dein Name in den Schmutz gezogen wird. Was für ein Name denn überhaupt? *Du* hast ja keinen und nichts zu verlieren.«

»Seien Sie still, Giraud!«, brachte Bernard ihn zum Schweigen. »Drehen Sie sich zu Nadine um, Monsieur Laval! Sehen Sie nicht mich an. Haben Sie Anna Piat die Treppe hinuntergestoßen?«

Nadine vor sich zu sehen, die eine so große Ähnlichkeit mit Anna aufwies, kroch Patrick unter die Haut. Er war unfähig, dem Mädchen in die Augen zu schauen.

»Das musst du verstehen«, stammelte er, brach dann aber wieder ab. »Ich wollte es nicht tun. Ganz bestimmt nicht. Ich habe deine Schwester verehrt und bewundert. Sehr. Sie war ein so wundervolles Mädchen ...« Er brach wieder ab. »Du schaust mich so hasserfüllt an, als wäre ich ein Monster. Ich bin aber kein Monster.«

»Weiter, Laval.«

»Jules ließ mir keine Wahl. Es sei kein Problem, niemand würde etwas merken. Ich sollte Anna hinterherlaufen, sobald sie auf die Toilette verschwand. Die Möglichkeit dazu ergab sich früher als geplant. Glaub mir, ich wollte es nicht tun. Jules drohte, mich an den Pranger zu stellen und zu behaupten, dass ich mich allein an ihr vergangen hätte.«

»Was seid ihr nur für ein widerlicher Abschaum!«, gellte Christophes Schrei durch den Raum. Er ertrug es nicht länger, wie abfällig Laval über seine Schwester herzog. Mit einem gewaltigen Sprung trat er Patrick in den Rücken. Dieser schrie auf und fiel ungebremst aufs Gesicht. Nadine sprang geistesgegenwärtig zur Seite, sonst wäre er auf sie gestürzt. Christophe sprintete sofort los und verpasste Patrick einige heftige Schläge auf den Hinterkopf.

»Hören Sie auf, Sie bringen ihn um! Überlassen Sie das der *Police.* Er wird seine gerechte Strafe bekommen«, schrie Bernard. Ein Desaster war das. Ein Ermittlungsdesaster. Er brauchte Patrick Laval unbedingt lebend. Bernard umringte Christophe von hinten, wusste aber nicht, wie er ihn packen konnte. Er fuhr sich mit einer Hand an die Brust. Sein Herz hämmerte und pochte wie wild.

Jules schnappte sich das Küchenmesser. Mit der Spitze voran stürmte er auf Christophe los.

Plötzlich ertönte ein schrilles Kommando: »Messer fallen lassen!«

Zwei Beamte standen mit entsicherten Waffen im Raum und zielten auf Giraud. Zwei weitere Polizisten zerrten mit aller Gewalt Christophe von Patricks Rücken runter. Christophe wollte einfach nicht loslassen. Die Polizisten schleiften seinen Körper über den Boden, rissen ihn hoch und legten ihm Handschellen an. Auch Jules Giraud wurden die Arme auf den Rücken gedreht.

Bernard stieß geräuschvoll die Luft aus. Die Panik in den Augen war ihm deutlich anzusehen. Aus ihm wich jegliches Gefühl, da war nur noch Entsetzen.

»Abführen!«, befahl Philippe Plupart.

»Das war knapp. Du hättest keine Sekunde später kommen dürfen, Philippe.«

»Das kann man wohl laut sagen«, antwortete dieser. »Ich habe dir doch erklärt, du sollst das Mädchen da rauslassen und sie keiner Gefahr aussetzen.« Plupart drehte sich zu Nadine um und nickte ihr zu. Ein Polizist führte das Mädchen am Arm aus der Wohnung.

»Hab ich doch«, verteidigte sich Bernard. »Sie hat sich nicht getraut, in die Wohnung zu gehen. Dann ist sie aber doch heraufgekommen.« Er fluchte vor sich hin, dass er sich auch noch rechtfertigen musste.

Die Polizisten kümmerten sich um den schwer verletzten Patrick Laval. Ein Notarzt wurde gerufen.

Bernard schüttelte sichtlich mitgenommen den Kopf. »Nicht in meiner kühnsten Fantasie hätte ich mir vorstellen können, dass Christophe Piat hier aufkreuzen und solch ein Massaker anrichten würde.«

»Das hättest du aber sollen, BB«, wies ihn Plupart zurecht. »Bei einer solchen Aktion muss man immer mit dem Schlimmsten rechnen.«

»Ach, das sagt ja genau der Richtige. Rechnest du denn immer mit dem Schlimmsten?«

Der Seitenhieb saß. Philippe verstummte.

»Du wirst nicht glauben, wie es wirklich abgelaufen ist. Die beiden Männer haben Anna Piat auf dem Gewissen. Ihr Leben zählte – nichts. Das ist ein teuflischer Plan gewesen, den Jules Giraud und Patrick Laval ausgeheckt haben. Beinahe hätte er auch funktioniert. Laval hat gestanden, Anna die Treppe hinuntergestoßen zu haben.« Ein Geständnis, das unter dem Eindruck massiver Gewalt entstanden war. Aber das sagte Bernard nicht. »Anna musste sterben, weil sie sich weit vorwagte. Die beiden Männer sind über sie hergefallen, haben sie sexuell missbraucht. Anna wollte den Skandal an die Medien weitergeben. Sie wollte, dass der sexuelle Missbrauch öffentlich wird. Dazu ist es nicht mehr gekommen.«

»Du kannst von Glück sagen, dass es keinen weiteren Toten zu beklagen gibt. Das wäre auf dich zurückgefallen. Ich habe dir doch gesagt, wir übernehmen das.«

»Wann, Philippe, wann? Sei ehrlich: Ihr hattet den Fall doch längst abgeschrieben.« Bernard fühlte sich leer und ausgebrannt. Er hatte keine Kraft mehr, mit Philippe zu streiten. Er wollte nur noch nach Hause. Er wandte sich von Plupart ab und rief Danielle an.

»Du brauchst dir keine Sorgen zu machen, Katze«, sagte er. »Ja, ich weiß, es ist spät geworden. Ich konnte nicht aufhören. Das ging nicht. Der Fotograf hatte Anna missbraucht. Ich erzähle dir später alles genau.«

Philippe trat zu ihm und berührte ihn am Arm. Mit den Fingern deutete er an, dass Bernard ihm das Handy geben solle. »Madame Bonnot? Plupart am Apparat. Es geht BB gut, na ja, fast gut. Es ist ihm nichts passiert. Er sieht aber fertig aus. Die volle Wahrheit zu erfahren kann manchmal sehr schmerzhaft sein.« Es klang so, als meinte Plupart sich selbst damit. »Es ist besser, Sie kommen Bernard abholen. Passen Sie gut auf ihn auf. Wir brauchen ihn noch. Er muss seine Aussage zu Protokoll geben.«

Epilog

Bernard Bonnot deckte den Abendbrottisch. Seit seinen Ermittlungen im Fall Anna Piat waren fast vier Monate vergangen, und der *Ex-Commissaire* war vollständig wiederhergestellt, war körperlich wie auch mental wieder ganz der Alte. Die letzten Tage war er noch einmal mit dem Mordfall konfrontiert worden, denn Bernard hatte beim Prozess gegen Jules Giraud und Patrick Laval im *Palais de Justice* als Zeuge ausgesagt.

Nachdem er von der Urteilsverkündung ins Hotel zurückgekommen war, hatte er ein *Poule au pot* gekocht, einen Hühnereintopf nach dem Spezialrezept seiner Großmutter, den Danielle besonders mochte. Er goss zwei Gläser Rosé ein und reichte eins seiner Frau. Sie schaute ihn gespannt an, doch er wollte sie noch ein wenig auf die Folter spannen.

»Wie ist es gelaufen?«

»Wovon redest du, Katze?«

»Mensch, Bernard, von dem Prozess natürlich.«

»Ach so, das meinst du, kann ich ja nicht ahnen ...« Dann konnte der *Ex-Commissaire* sein Lächeln nicht länger unterdrücken und stieß mit Danielle an. »Sieg auf ganzer Linie!«

»Und das heißt?«

»Patrick Laval ist wegen Vergewaltigung plus Mord zu einer lebenslänglichen Haftstrafe verurteilt worden.«

»Und Jules Giraud ...?«

»Der Fotograf hat ebenfalls ›lebenslänglich‹ bekommen. Für Vergewaltigung und Anstiftung zum Mord. Die beiden können frühestens in fünfzehn Jahren einen Antrag auf Strafaussetzung zur Bewährung stellen.«

»Das ist gut. Und gerecht.«

»Genau. Dafür hat sich der ganze Stress doch gelohnt«, antwortete Bernard. »Soll ich uns auftun?«

»Warte bitte einen Moment, ich habe noch zwei, drei Fragen. War denn jemand von den Piats da?«

»Das ist ein bisschen schwierig. Christophe bekommt seinen eigenen Prozess. Denk nur, er hätte fast die beiden Männer zu Tode geprügelt. Aus jedem seiner Schläge spricht der Hass. Er wird seine rechtmäßige Strafe schon bekommen, darauf kannst du dich verlassen. Madame Piat war anwesend. Mit zusammengekniffenen Lippen hat sie sich bedankt. Sie musste ganz schön über ihren Schatten springen. Ich habe die Situation richtig genossen.«

»Und Nadine?«

»Sie war nicht da. Sie lebt seit drei Monaten in Paris und macht eine Ausbildung zur Modistin. Offenbar hat sie sich entschlossen, Annas Traum von einem neuen Leben in der Hauptstadt selbst zu verwirklichen.«

»Da kann man ihr nur Glück wünschen.«

Bernard nickte.

»Madame Piat hat mir übrigens einen Brief von Nadine gegeben. Sechs Seiten lang. Du kannst ihn später lesen.« Er legte einen dicken Briefumschlag neben Danielles Teller. »Sie versucht mir darin zu erklären, warum sie erst so spät von Annas Vergewaltigung erzählt hat.«

»Gibt es dafür überhaupt eine nachvollziehbare Begründung?«

»Ja. Der Grund war ihr Misstrauen. Misstrauen, das man ihr in der Familie von klein auf beigebracht hat. Gegenüber der Polizei, gegenüber Annas Modelfreundinnen, ihrer Mutter und Christophe. Und über weite Strecken auch mir gegenüber. Erst als ihr klar war, dass sie mir vertrauen kann, hat sie die Wahrheit erzählt.«

»Das macht Sinn ...«

»Denke ich auch.«

»Was passiert denn mit der *femme de ménage?* Sie ist doch jetzt reingewaschen, oder?«

»Marie Denis arbeitet wieder bei ihrer alten Firma. Sie hat als Entschädigung sogar eine kleine Lohnerhöhung bekommen. Patrick Laval hat im Prozess gestanden, dass er das Vorsicht-Schild nach Annas Sturz in seinem Wagen versteckt hat, um den Verdacht auf Marie Denis zu lenken.«

»Was für ein Schwein ...«

»Das kannst du laut sagen. Dafür hat sich aber mein Freund Philippe Plupart von seiner allerbesten Seite gezeigt und vor Gericht laute Lobeshymnen über meinen kriminalistischen Spürsinn und meine unübertroffene Hartnäckigkeit angestimmt. Es sei höchst bedauerlich, dass heutzutage nur noch wenige Kriminalisten aus meinem Holz geschnitzt seien.«

»Das hat er wirklich gesagt?«

»Hat er ... Mein Ex-Kollege besitzt nämlich das unschlagbare Talent, sein Fähnlein nach dem Wind zu hängen. Und jetzt wird gegessen.«

Bernard füllte die Teller, und sie setzten sich.

»Weißt du was?«, fragte Danielle.

BB schüttelte den Kopf.

»Ich habe eine neue Aufgabe für dich ...«

»Eine Ermittlung?«, fragte Bernard konsterniert.

»Ach was!«, lachte Danielle. »Damit werde ich dich in Zukunft verschonen. Nein, du sollst morgen zum Baumarkt fahren und Tapeten, Farbe und neuen Laminatboden kaufen. Wir werden nächste Woche die ersten drei Zimmer renovieren.«

»Wir?«

»Sicher. Ich mache die kreative Oberleitung, und du kümmerst dich um die handwerklichen Aspekte. Das ist doch eine faire Aufgabenteilung. Findest du nicht?«

Bernard war sprachlos, doch dann musste er grinsen. »Irgendwie schon, Katze ... Klar, wenn ich es genau betrachtete ... Spricht nichts dagegen.«

»Prima! Denn ich will, dass unser Hotel einen weiteren Stern bekommt. Und zwar bei der nächsten Überprüfung und nicht erst in fünf Jahren.«

Bernard ersparte sich eine Antwort, aß sein Huhn und nickte hin und wieder lammfromm, während seine Frau ihm die Einzelheiten ihres Renovierungsvorhabens erklärte.

Widerstand war in dieser Situation von vornherein aussichtslos und hätte deshalb keinen Sinn gemacht.

Erstens war die Katze nämlich nicht zu stoppen, wenn sie sich etwas in den Kopf gesetzt hatte.

Und zweitens ...

Zweitens war er schließlich Pensionär, der froh sein konnte, wenn er etwas anderes zu tun hatte als das ewige Spazierengehen. Tja ... wenn Bernard Bonnot allerdings zufällig in einen spannenden Kriminalfall reinstolpern sollte, dann wäre das möglicherweise etwas anderes.

Aber das war wie gesagt Zukunftsmusik.